挚爱无语

向雁林 著

中国文联出版社

图书在版编目（CIP）数据

挚爱无语 / 向雁林著． －－北京：中国文联出版社，
2024.6

ISBN 978－7－5190－5523－3

Ⅰ.①挚… Ⅱ.①向… Ⅲ.①散文集—中国—当代
Ⅳ.①I267

中国国家版本馆 CIP 数据核字（2024）第 105448 号

著　　者　向雁林
责任编辑　王　斐
责任校对　李佳莹
装帧设计　中联华文

出版发行　中国文联出版社
地　　址　北京市朝阳区农展馆南里 10 号　　　　邮编　100125
电　　话　010－85923025（发行部）　　　　85923091（总编室）
经　　销　全国新华书店等
印　　刷　三河市华东印刷有限公司

开　　本　710 毫米×1000 毫米　　1/16
印　　张　16
字　　数　238 千字
版　　次　2024 年 6 月第 1 版第 1 次印刷
定　　价　78.00 元

让文学照亮有爱的生活

——向雁林散文集《挚爱无语》序

刘晓平

向雁林是一个有爱的人，我这样说是有双重含意的：一是说他待人、待物、待社会有爱，他是爱大家、爱世界的可爱之人，甚至是爱世界一切美好事物的人；二是说当他行走于世，身上背负着世人对他一样的爱，他是一个懂得回报的人，同样肩负着一种爱人的责任。

雁林是我在张家界认识多年的朋友，当他还在桑植县税务局副局长的岗位上时，我俩便相识于工作交往中，时间一长便成为好朋友。后来他调市地税局，办公就在张家界日报社前边，有时吃个早餐还可以碰上。交往日多就成为无所不谈的朋友，他也爱好写作，但一直不曾投稿。我们成了好朋友后，有一天他就与我说起："我也是爱好写作的人，以后多给予指点，我也加入您的写作者队伍。"我一听，十分高兴地对他说："好呀！十分欢迎。让文学照亮生活，更让它照亮我们的工作。"后来，为了体验采访，提高写作水平，我们几乎跑遍了全省的大半地区，西到怀化，南到永州、郴州，从衡阳、湘潭、益阳、常德回家。再后来，他提出了想出版集子和加入湖南省作家协会的想法。我便记在心里，条件一成熟，我便推荐他加入了湖南省作家协会。后来我离开报社调到市委工作，我们接触交往便少了，我以为他已出版了作品集。直到前日不久，突然接到他的电话，他又提出出版作品集的想法，要我为其写序。得到他作品集时，一切都准备得很好，就是没给作品集命名。他说："作品集命名的事，也就拜托您了。"我接下作品一看，77篇作品中共分成"梦里水乡""那山那人""故里旧事""至爱至亲"四个小辑，各小辑篇章内容各不相同，哪一个小辑标题命名都不能统领其他小辑，故不能作为全集的书名。这样，我就只能在集中所有作品中，去寻找有相同意义的题目来作为全集的命名。还好，所有文章看完，我还是找到了一篇题目叫《挚爱无语》的文章，我觉得此文可以统领各小辑中的所有篇章。再细看，原来写的是作者一个家庭的挚爱无语，有父母之爱、妻子之爱和女儿之爱，也表现了作者"我"对他们的"挚爱"。再看其他各辑中的篇章，其实他表现的就是山水自然之爱、与己有关联的人物之爱、人生经历过的故里旧事之爱、至爱至亲的亲人之爱。好，就用此文作书的标题。我便赶紧与雁林兄发微信联系，讲了我的理由和用意，作者相对整个文章而言，都倾注了满腔的挚爱真情，完全具有统领的作用。很快雁林兄便回复了我："很好！您真是慧眼识珠，它既点明了全书的思想、境界、主题，同时所有篇幅，正是本人用挚爱之情来表现对祖国、对事业、对亲人、对同事、对乡情、对创作的态度。"书的标题就这样定了下来。

要说作者的创作特点，总的来说还是简洁、朴素、细腻，实在而具有生活的情怀，感情真实但有时也不缺少浪漫。我想还是以《挚爱无语》一文来稍作说明吧。该文看后，您首先会觉得作者写得简洁、朴实，没有文人的左征右引和装腔作势。他写母亲之爱：天没亮，妈就为我煮了家里仅有的四个鸡蛋，塞进我上衣内袋，说先可以暖暖身子，饿了可以饱肚子。他写父亲之爱：早早准备了一根小小的楠竹扁担，将我所有的行李挑上，送我至老屋门口的大田角，他是站在初春乍寒的风中，双眼默默地注视着我瘦小的身子，在他眼里慢慢地消失。我至今都没有忘记，我爸那双注视我的眼睛，那无语的目光鼓励我，给我勇气、给我力量。写妻子之爱：我在受了挫折后，她无语地陪我喝酒，然后烧洗脚水，铺好被子，洗衣服。只给我平常的一瞥，便将平凡的爱埋在心里，但却超越了平凡。写女儿之爱：在我33岁生日那天，女儿给我画了一张生日小卡片，用水彩笔画了一个蛋糕，歪歪斜斜地插了33根生日蜡烛，在花的下面很认真地用钢笔写了一句："祝爸爸生日快乐！"都写得这么简洁、朴实，无语的挚爱却表现得温暖人心，只有用心才能体悟得到。反观作者，其对亲人的爱又何尝不是如此。

同样，在"梦里水乡""那山那人""故里旧事""至爱至亲"四个小辑里的篇章中，均写得简洁、朴素，对祖国山水之爱、对乡里邻人同事之爱、对故里乡亲旧事之爱，对人生至爱至亲之爱，也一样如此。但是，却让人读后，心中有股热气扑腾，如《梵土净天》《醉卧雪乡》《最美西莲》等。在个别篇章中，作者的浪漫情怀也尽情地有所展示，如《花落有声》《宝峰湖的雾》《走马南浔》等。

好的画无须把色彩铺满，艺术家在画面必须留白，好让赏读之人有思想的空间。我也得向艺术家们学习，话不能说得太全，文章不能写得太满，得让读者在阅读的过程中，有总结的空间、遐想的空间，读者才是权威的评论家。我只是在好友雁林兄出版作品之际，写下这些文字以示欣喜和祝贺！

是为序。

2023 年 9 月 3 日于月亮湾

（刘晓平　中国作家协会会员，中国诗歌学会理事、中华文学旅游诗歌委员会主席，湖南省散文学会荣誉副会长，湖南省诗歌学会荣誉副会长，张家界国际旅游诗歌节创始人）

目录

梦里水乡

那山那人

故里旧事

至爱至亲

梦里水乡

人间瑶池（中国湖南张家界宝峰湖）

人生旅途，步履匆匆。可让人感觉到最朦胧、最醉人、最缠绵的，是那一湾湾清泓、一盏盏眉桥、一艘艘乌篷、一轮轮窗月，还有那一丝丝垂柳、一团团柔雾、一颗颗眨眼、一道道晨光。她以她特别的情愫和温柔的胸怀，让人们千里寻觅岁月静好，淡泊往事成烟。于是，便有了秦淮河的丝竹琵琶，宝峰湖的"金蟾含月"，西湖的"断桥夕阳"，南浔的"吴侬软语"。便有了九曲溪的"竹筏戏水"，千岛湖的"万千渔火"，娄水的"桑植民歌"，周庄的"小桥流水"……风若有信，花定不负，只要你来静谧水乡，她必风情万种，春夏秋冬，各不相同，春的绿红，夏的清凉，秋的缤纷，冬的暖阳。或有一场雨，淅淅沥沥，送来清美；或来一个人，红伞绿巾，伫立桥头；或等一只雁，翩翩南归，叫声如诗；或待一枝梅，傲霜应雪，引领春归。临窗看闲云，托腮听箫声；围桌一盏酒，足以暖凡尘；起身满惬意，余生不悲秋。不要惊醒杨柳岸，不要载走古老窗，看那青山在水中荡漾，看那晚霞在亲吻夕阳，看那篷船在桥下摇曳，看那风铃被秋风吹响，原来幸福就在眼下身旁，原来静好就在梦里水乡。

崇山瞰秋

沿着飘带一样的路
乘着白云、穿过喧嚣
当夕阳的余晖洒满山坡的时候
我瞰了崇山的秋

趋于唐舜的伟大
归于崇山的雄伟
欢兜立于天地之间
成为那一座座五彩生命的山峰

于是七仙女故意打翻盛满颜料的盘
把山色涂染
于是孙大圣故意摇动火焰的扇
把溪流潺潺

红的耀眼、黄的夺目
翠的欲滴、蓝的如烟

是祭天神坛高香的烟雾不忍飘散
还是天门神洞洁白的云朵久久眷恋
就把那一树树枫叶煮红

就把那一片片杏叶化茧

于是，蓝天下五色生辉
于是，高山上层林尽染
天堂山村的晚秋
醉了鬼谷、迷了八仙

品味乌镇

知道乌镇，是很久以前的事，那时还在上高中，有《林家铺子》的选段，听老师说茅盾是侗乡乌镇人，也叫沈雁冰，心里就一直想乌镇是一个怎样的镇子，居然就能有林家那样的铺面；乌镇是一个怎样的水乡，居然就能养育这样的文人。我为啥就不能生在乌镇？说不定我生在乌镇，或许还有张家铺子，还有午夜。然少儿痴事，就如南柯一梦。久违的乌镇，在近 100 多年里最长的夏末，终于让我走进。

位居江南六大古镇之首的乌镇，曾叫乌墩或青墩，具有 6000 余年的悠久历史，素有"鱼米之乡，丝绸之府"之称。外甥告诉我说："江南水乡，美不胜数，侗乡古里，最美乌镇。要是有时间去逛逛水乡，你就去品味品味乌镇，品味品味西栅。因为其他古镇是游的，而乌镇，特别是西栅是品的。住在西栅，既可在秋色中品味，也可在晨曦中品赏，更可在晚霞中品悟，有枕水可让你美梦成真，有望水可使你欣然所得，有依水可叫你回味旧事，还有临水可收藏你心中的疲惫负累，还你一个豁然开朗的心情，充满希望地继续前行。"

外甥从湖南石门的一个山角落漂泊到国际大都市上海白手起家，打拼了 20 多年，现混得像模像样，美妻娇女，别墅香车，一应俱全，公司业务，蒸蒸日上。所以我信他的话，到了上海，我和表哥商量就去乌镇遛遛。说不定乌镇的灵秀水韵，也会给我们带来好的财气运道。于是一路"陈芝麻烂谷子"，2 小时的高速戛然而失，不到 11 点，我们就一头扎进了乌镇，一道融入了乌镇。

穿过东栅到达西栅，整个镇子早已是游人如织了，熙熙攘攘的人群和来往如梭的车子，将整个镇子填得满满的。好在外甥是做旅游的，通过关照我们一路通关，乘缆车沿廊道一周，轻易就到了下榻地——枕水。我趁缆车徐徐前行之际举目四顾，只见全镇阁楼逶迤，河道粼粼，以河相间、街河相依、河街并行、桥街相连、屋筑傍河、深宅大院、重脊高檐、舒张有序、河埠廊坊、衬竹布兰、过街骑楼、避风遮雨、临河水阁、古色古香、镇水相溶、浑然一体，透现一派古朴、明洁、灵秀、蕴茵的幽静。"齐鲁青未了""澄江静如练"的诗句在这里得到最为透彻的诠释，小桥流水人家，摇橹石巷晚霞。石板街道，古旧木屋，清清河水，悠悠篷船，仿佛都在暗示着这里有一种特别的情致、一种特别的氛围、一种特别的气息、会给你梦一般的记忆、歌一样的思索、诗一样的情怀。而枕水就是相融在这个水乡之中的一个驿站，虽然外表没有什么特别之处，一样雕梁画栋、飞檐高琢，可走进一看，藏着四星级。我和表哥很是惶然，恐花外甥钱太多，可外甥说怎么也要让乡里的舅舅潇洒潇洒，便依然使然，乐得奢侈一回。

安顿好住处，我们便信步而行，在一叫"灵水居"的临河小店里叫了几个小菜，算是中餐。饭间外甥告诉我：它由12座小岛组成，70多座小跨河石拱桥将这些小岛串联在一起，水巷密度和石桥数量为全国古镇之最。街区内有许多名胜古迹、手工作坊、经典展馆，还有民俗风情表演、休闲娱乐场所，自然风光美不胜收，泛光夜景气势磅礴，真是一个让人休闲度假、流连忘返的世外水乡。

草草吃完午饭，迫不急待的我就拎着相机，顺着巷道徜徉起来。干净青色的石板街上，红红绿绿的人或来或往，脚步悠闲，笑声荡漾，不同肤色的人不时按着相机键，"咔、咔"地把街道和爱人收进胶卷，藏在心里，带回故里。巷道两旁古色古香的店铺，檐角灯笼高挂，货架琳琅满目，乌锦、木棉、布鞋、湖笔、姑嫂饼、三白酒，还有蓝印花布、木雕竹刻，价廉质优、色味齐全，工艺精巧，或饰或藏。店铺主人热忱周到，话如琴声，脸展笑颜，使你不由得驻足细赏，满怀喜情购得一二什物，或孝敬老爸老妈，或打点同事朋友。从沉香悠久的昭明书院到蓝天布花的宏泰染坊，从登高俯瞰西栅全景的临水阁转到肃穆遒劲的公埠石碑，从飞眼传情的水上戏台到铿锵堂木的评书说场，我如鱼得水，匆忙而过。然后圆我初始之愿，去灵水居拜谒茅盾墓。在茅盾纪念馆的后山，有一个小山丘，是整个西栅的最高点，苍翠松柏之间掩映着一座"子"字意形坟墓，墓前立有一汉白玉雕半身像，那自然就是茅盾像。茅盾的夫人孔德沚女士就陪葬在他的左边，只是坟身稍微小点。立于我文学偶像的墓之前，一束野花，三个鞠躬，心中突生一种沧桑，只觉茅盾那睃睃的双眸，像在告诫后来文人：不要追名逐利，要做一个有信仰的文学使者，传播真、善、美，要清者自清，以德养身，这样才能写得出让大众百姓喜欢并流传千古的文字。是的，从茅盾的临终遗言里，我读懂了一个革命文人的毕生追求。从茅盾墓下来，经孔另境纪念馆，穿过磨临水，我又造访了乌将军庙，因为没有乌将军当年的鏖战，也许就没有乌镇，是乌姓将军的猎猎战旗和赤胆忠心，造就了乌镇的悠久文明，繁衍了不老的神话。步出乌将军庙，遥望茫茫北湿地、九曲龙形田、七星别墅群时，天空中已从云朵的稀疏处，射出道道晚霞，黄色的湿地云烟缭绕，旁山的梯田层层泛金，高耸入云的白莲塔在夕阳的映照下晶莹剔透。晚风轻拂，银波粼粼，船帆点点，元宝湖的翠波就一直泛到京杭大运河。原来不觉得大半天已匆匆而逝，运河天际的晚霞，早已把西栅檐角的灯笼点燃，华灯初上，西栅的夜来了。

西栅的夜，美丽而又温柔，特别是在落幕时分，站在通济桥上放眼远望，雾雨烟岚的西栅变得如梦如诗。屋脊高挑的大红灯笼发出的红光和墙头、栏檐、桥孔饰灯的柔光相融在一起，形成一幕桔黄的雾岚，把巷道衬得暖洋洋的，把河水映得金灿灿的，游人的脚步不再急匆匆的了，一艘艘篷船从这个桥孔穿到那个桥孔，像一个个自由的精灵，桨声、水声、笑声、琴声融合在一起，温馨地飘洒在空中，一切都使你安然、无忧、惬意、满足。其实，坐在桥栏上，看着水上桥、桥里水、巷中人、水中影、水动船移，秀发飘逸，一切就像一幅天然的水墨画，你也就成了那画中的随意一笔，花开花谢的惆怅，云卷云舒的激动，日升日落的疲惫，都在自然中灰飞烟灭。唯有那金橘的光线把你脚下的巷子铺满，把廊桥的木栏渡黄，把窗前的纱帘掀开。即使你穿着睡衣半靠在木栏也是可以悟佛顿道的，轻悠悠、飘荡荡、一丝丝、意切切，脚步轻了，心情好了，不觉中你就远离了世俗、烦恼，信守着执着的信仰，成为一个纯洁的人。人在水乡，身随水摇，触景生情，情随船漂，心把身影投入水中，犹如金鱼在翠波粼光中穿行，谁不享有云水心情？若忽有灵感，和衣木栏，轻轻将手伸入水中，豁然船碎了，人没了，只知身在水乡，仿佛净化了的灵魂一下就升上了天堂。哦，其实本来就在天堂，若不在天堂般的水乡古镇，哪有升上天堂的灵魂？若没有淡泊名利、等闲得失的胸怀，哪有天堂的灵魂归途？也许，乌镇的西栅是灵魂净化的最好去处。

清晨，我醒得最早，其实我根本就没有入睡，如梦如醉的感觉，让我感知晨曦的第一道霞光属于我。所以，我一人踱步于安静的巷道，任乳白的光从我身上穿透而过，寻找我内心深处的那丝杂念是否已无。随意的流连中，仿佛只有遥远的鸡鸣声渐远渐近，只依稀匆匆而过的白鹭划过天际，画眉唱歌了，来不及收拾一夜的思绪，巷道的脚步杂了，河道的流水欢了，模模糊糊的廊桥牌坊清晰了。西栅的夜醒了，我知道虽有许多的心思来不及打点，但我深信今天的阳光必然比昨天明媚。

品过了西栅，当然也不会忘了游走东栅。所以从西栅出来，我和表哥便按照《似水年华》的景物，和其他游客重拾记忆。东栅的建筑风格与西栅没有别样，只是多了些热闹。古朴的民居沿河岸铺展，青瓦白墙，绵延数里，石桥相连，窗棂相对。虽没有西栅的淡定安静，但很是热闹繁华，很是生态原貌，生活的气息很浓。无论是从皮影戏馆到三白酒作坊，还是从文昌阁到修真观，每个景点都承载着东栅丰富而悠久的历史文化。照样循着青青的石板，我来到观前街17号茅盾故居，想我还在书生时期的答案，只见平凡的青瓦白墙上挂着一块牌子，没有别样。四开间两进两层木结构楼房，坐北朝南，屋内陈设简单。但就这简陋的故居里，却散发着沈家世代书香特有静雅之气。我靠着门柱，若有所得，叫一美女帮我按下快门，留得一照，便依依不舍地穿过熙熙攘攘的高墙窄巷，绕过雕龙刻凤的锦堂会所，就来到了出口，拜别了梦里水乡。

其实，乌镇的美，适合静静地欣赏。匆匆而过也许真还感觉不到它柳絮舞烟、淡雅恬静、如画似诗的感觉。但毫无疑问，只要你用心去品赏，那梦里的古镇，你即使没有牵手夕阳、歌吧回首，却一定会给你留下回忆、留下故事。即使往事千年，它那水韵流云、桥洞船影、悠悠石板、飞檐翘角、氤氲红晕，依然会清晰地萦绕在你心头，哪怕三生烟火，也都铭刻你心。这就是乌镇，一个你来过就不曾忘记的水乡，这就是乌镇，一个你住过就不想离开的古镇。

（原载《张家界地税》2014 年第 1 期）

走马南浔

在今年春天的一个清晨，我们一行五人相约邂逅江南水乡，走马"耕桑之富、甲于浙右"的古镇南浔。

南浔隶属浙江省湖州市，位于中国长三角城市群的中心腹地，太湖南岸，是浙江省湖州市接轨上海的东大门，也是湖州市南浔区委所在地。悠悠七千五百余载的历史，"国家 AAAAA 级旅游景区、中国魅力名镇、国家卫生镇、江南六大古镇"等诸多殊荣，使南浔如一颗五彩的珍珠在江南水乡熠熠发光，撩动人的思绪，牵动人的脚步，寻觅而来，欣然而归。

我们一行坐大巴到南浔后，是坐着踩士，也就是慢慢游抄近路进入古城的，踩士告诉我们：看南浔走近路，从桥看起，顺河道转悠，省事节时。是的，江南古镇，有河就有桥，有河必有柳。始建于宋朝的广惠桥、通津桥、洪济桥就号称"南浔三古桥"，凡是来南浔寻古的，莫不流连这三桥的古风桥韵。顺着踩士指示的方向，我们一行越过广惠宫，直奔广惠桥。广惠桥不高，上下仅有 24 个阶梯，由暗紫色的麻石雕砌而成。但此桥却是南浔三古桥中最有名望的，桥旁不仅曾是张士诚起兵议事行宫的神地，而且南浔的"辑里丝"也就是从此桥下起运运往上海、天津、广州，销往海内外而誉满全球。踩在岁月斑驳、凹凸不平的石阶上，手抚着悄然而立的桥栏，心底不由升起水起舟移、船尾相连、帆蔽云天、灯红酒绿、吴箫婉转、长袖绵绵的境况。其实，到了南浔"辑里丝"是不可不知的故事，要不你就白走了南浔。因为南浔是我国丝绸业的发源地，可以说没有"辑里丝"就没了南浔，当然也就没有了后来的数百家富商，也就托举不出江南"巨富之镇"。

下了广惠桥，我们沿河而下。巷道 3 米有余，全由青石板砌铺而成。街边柱边，不时摆有兰草、月季、海棠，花香透肺、沁人心脾，莫不让人心旷神怡。两旁民房林立，枕水人家浔迹、云水遥、得月楼等依次而至，这些民居和酒店全都粉墙黛瓦，特色鲜明，且橡角相望，窗棂相对，行走其间就犹如徜徉在雕梁画栋之间，目不暇接。穿过洪济桥，绕过古梧桐，我们就来到了被孙中山先生称为"中华第一奇人"张静江的故居。故居位于南浔镇东大街108号。是其父张宝善所建，始于清光绪二十四年（1898），一栋清代传统的三进五间式古建筑，每进都有一厅五室，每进之间都各有天井相间，且每进一堂便递高一级，俗称"步步高升"。厅堂门楣上面雕有近代著名儒商周梦坡所书的四个大字："有容乃大"。故居在2001年被列入中国第五批全国重点文物保护单位，成为张氏建筑群的代表。

自张静江故居出来我们折回逆向而上，越过一个廊桥，不到500米便到了百间楼。百间楼是江南至今保存最为完整的沿河民居建筑群之一，相传是明代礼部尚书董份为女家眷而建的居屋，因蜿蜒数里，房间多达百间，故得名"百间楼"。百间楼傍河而建，依河而立，骑楼式长廊顺河道蜿蜒逶迤，石桥缓缓相连，石阶层层相叠，拱桥遥遥相依，木柱廊檐相对，蓝天白云，碧水涟漪，廊楼倒映，檐角相应，粉墙黛瓦，莲池曲桥，构成了一幅江南枕水人家的美妙画卷。也许正是这种"封火高墙耸入云，窗洞墙门遥相应。过街骑楼含古韵，河埠码头沐亲邻"的氛围，酿造出了"九里三阁老，十里两尚书"的神话。其实，"九里三阁老，十里两尚书"说的是南浔自古贾而好儒，且多俊才，如明代万历年间的礼部尚书董份就是其杰出的代表。所以来到南浔一定会有人骄傲地告诉你"四象八牛七十二黄金狗"。据传在南浔，五百万两银子以上大户人家称之为"象"，一百两以上至五百万两为"牛"，十万两以上一百万两以下称之为"狗"。如像刘镛、张颂贤、庞云曾、顾福昌四人约有白银七千万两，相当于当年清政府一年的财政收入。当时的南浔真可谓"富甲一方"。

穿过百间楼，忽有酒香飘来，一行踏近一看，原来是来到了御酒坊。这间酒坊相传夏商，盛于南宋。风舞牌幡，幡送酒香。进得屋内，只见黄酒白酒琳琅满目，酒蒸白雾缭绕，酒糟涓涓滴滴，大瓶小瓶，大坛小罐，摆满整个酒舍。闻到酒香不由得就饥肚咕噜，抬手一看，时间已到下午3点，该吃点东西了。于是一行鱼贯而出，在天云楼酒楼一临窗方桌坐下，狼吞虎咽起来。

待我们酒足饭饱日已西斜，本来还计划要去看看"虽有人作、宛如天开"的小莲庄、私家藏书巨楼嘉业堂、江南第一巨宅张石铭故居、倒流香火圣堂广惠宫、罗马式红房崇德堂、南浔史馆等景点的，可我们已买好了4点半开往上海的车票，因时间原因只得忍痛作罢。其实，在南浔不仅有许多的景点可看，而且还有非常有特色的民俗和小吃，如广惠桥下的西施浣纱，南部河道的水乡婚礼，河傍街道的民国风情，楼亭深处的水上丝竹，一定会让你玩味到江南水墨的奇妙神怡。还有桑葚酒、定胜糕、绣花锦菜、辑里湖丝等十多种风味小吃皆为人间上品，妙不可言。可这些都只能在我们眼中匆匆一晃，走马而过，在心里留下再觅南浔的念想。

顺着古运河我们一路匆匆赶往车站，眼睛却不时回头遥望那渐行渐远的石桥、骑楼、灰墙、檐角、窗棂、篷船。其实这里或许才是诗与画、家和情的远方，因为在这里，你能真正体味到"得月楼上传婵娟，云水遥下水清涟；未到斜阳红色晚，板桥东泊卖花船"的水乡神韵，也才会真正体会到"春风悄然踏古道，绿野芬芳弃尘嚣；碧波摇影寻旧梦，青楼游客追新潮"的恬静情怀。

是的，柳丝吐碧时，君定再归来。

2015 年 9 月于杭州

梦里秦淮河

　　最早认识秦淮河，缘于唐代杜牧的一首《泊秦淮》："烟笼寒水月笼沙，夜泊秦淮近酒家。商女不知亡国恨，隔江犹唱后庭花。"雾霭如烟，月色朦胧，酒肆飞歌，飞橼挑红，俊杰如云，倩女如花……从此，在我的印象中，秦淮河与风月旧事，与才女佳人，与诗仙墨圣是裹挟在一块的。当时的我没有能力走近秦淮河，只能是心生些无端的遐想。所以我以为秦淮河是文人墨客的风景，因为只有文人墨客才会有故事，繁华似水，轻歌曼舞，芦笙丝竹，长歌当哭，以至把秦淮河水，酿得如陈酒，吹得如柳絮，使人如痴如醉。特别是在高中时读了朱自清的名篇《桨声灯影里的秦淮河》后，一探秦淮便成了我的梦。今年的初春，也就是柳絮吐绿、布谷鸣翠的一个下午，因一个朋友照顾一趟差使，终于让我有幸在而立之年走近秦淮河。

　　因为工作，虽然我上午打秦淮而过，下午也打秦淮而回，但都仅是从匆匆的窗口里，浅浅地浏览了一张山水画。同事们分明看出了从我眼里流露出的那种急切和神往，于是大家一道加班加点忙完公干，硬是把晚上时间挤了出来，匆匆地吃完晚饭，便一道融进秦淮的夜。

　　秦淮河古称"淮水"，据说是秦始皇令工匠凿通方山引淮水，横贯城中，故曰"秦淮河"。其实秦淮河是扬子江的一条支流，全长约110公里，是南京地区的主要河道，在历史上极有名气。六朝时代，秦淮河及夫子庙一带繁华异常，十里秦淮，两岸贵族世家聚居，文人墨客荟萃。隋唐之后，一度冷落。但在明清时期再度繁华，富贾云集，青楼林立，画舫凌波，成为江南佳丽之地。据说秦淮风光，以灯船最为著名，细读朱自清的《桨声灯影里的秦淮河》，就可领略到灯船的风采。而如今的秦淮风光，则以夫子庙为中心、秦淮河为纽带，包括瞻园、夫子庙古建筑群、白鹭洲、中华门城堡，以及从桃叶渡至镇淮桥一带的秦淮水上游船和沿河景观，融古迹、园林、画舫、市街、河岸绿化和民俗民风于一体，成了极富情趣、魅力空前的江南绝景。

夕阳刚刚才给秦淮的上空抹上几道金黄，薄薄的夜幕还来不及铺上一片朦胧的烟霭，挂在屋顶的、船头的、树上的、桥栏的霓虹灯"哗"地全亮了，立在河边的、路旁的、桥上的、院中的路灯"哗"地全亮了，一个灿烂多姿、风情万种的夜里秦淮便如同一幅十里画卷展现在你的眼前。从清清的水影里，从闪烁的灯光中，从流动的人潮里，从温馨的气息里，我感到这厚厚的夜，如同一本厚重的书，诱人猎奇，这斑斓的灯，如同天上的星，撩人心醉。

从明远楼一下车，我便被缓缓流动的人潮簇拥着向前移动，涌入夫子庙，导游精细的声音如同一串银玲随风入耳："夫子庙，是孔庙的俗称，原来是供奉和祭祀孔子的地方，始建于 1034 年，位于秦淮河北岸贡院街。它利用秦淮河作它的泮池，南岸有照壁，北岸庙前有聚星亭、思乐亭，南北岸的中轴线上建有棂星门、大成门、大成殿、明德堂、尊经阁等建筑。由于时代要求，孔庙现已成为群众文化活动场所。1985 年修复夫子庙古建筑群，周围茶肆、酒楼、店铺等建筑也都改建成明清风格，这里供应的传统食品和风味小吃不下 200 种。"听着导游的介绍，再环顾四周，那红的、白的、黄的、蓝的各式各样的小吃，晶莹剔透、香味飘扬，着实把我馋得口水连忙往肚里吞。步行到贡院，我才弄懂秦淮十里烟楼、花船逶迤的由来。江南贡院，是旧时江南学子考取功名的地方。高大气派的牌楼，威严森列的贡院，连同街中心郑板桥、唐伯虎等塑像，莫不令人驻足观望，感慨万千。没有贡院就没有"扬州八怪"的清高桀骜和唐寅的风流韵事，当然也就没有秦淮的风花雪月。

到了魁星阁，看到摩肩接踵的游人，看到那一艘艘齐头并尾、有序停放的仿古画舫，我知道我已经站在秦淮岸边。此刻，大小船上都已点起灯火。一眼望去，五彩的霓虹灯已把整个秦淮河雕琢得如一幅琉璃透明的山水画，难怪《桃花扇》中有这样的诗句："梨花似雪草如烟，春在秦淮两岸边，一带妆楼临水盖，家家分影照婵娟。"河中，画舫轻移，波光粼粼，或是导游讲解的声音，或是电瓶船螺旋桨搅动河水的声音，或是游客们"啧啧"的称赞声，或是从河岸上飘下来的吴调旧曲，它们糅在一起，分明成了一种旋律，让人感觉到一种厚重的行进，感知一种期盼的和谐；河边，初春疏疏的河柳已经吐露出米粒般的新绿，茵茵的草泛出的翠光，让人醉进心里。不时在草地上张开的那一朵朵山茶、月季，那一蓬蓬蜡梅、三角梅，娇滴滴的，红艳艳的，把湿漉漉的空气调和成沁人心扉的香，笼罩了整个金陵古城。河上，小桥宛如襟带，凌河飞舞；天空，眉月细描，繁星闪烁。船移星闪，波折影乱，她们把秦淮的天衬托得很高很远，似乎藏着无边的韵味。这就是繁华的秦淮河？望着河中那令人眩晕的灯光、游移的画舫，听着悠扬的笛韵、喃喃的吴语，我整个的心和整个的身都浮了起来，仿佛只是一个在山水画中游动的灵魂。口里也不自咏道："朱雀桥边野草花，乌衣巷口夕阳斜……"秦淮河是厚重的，是她沉淀了层层叠叠的历史，流逝了岁岁年年的时光，并在沉淀中把时光溶解如茶。秦淮河是静谧的，是她历经千秋岁月，看惯风花雪月、刀光剑影、朝野更迭、聚合离散，并在平静的河水中安定了浮躁的人心。秦淮河始终是自然的，是她为人们承载了太多的奢侈、过多的繁华，并告诉人类应该返璞清韵和美。

随行的同事看到我如痴如醉的样子，轻轻地扯了扯我的衣衫，说："该回去了吧，都凌晨3点多了。"我不好意思让朋友再等我，违心地说："回吧，回吧，夜太深了。"下船拾阶自得月楼上岸，经秦淮人家而过，秦淮的夜就留在了我的心底。其实，我从心里是不想走的。因为秦淮的夜实在是太诱人了，她让人真正感觉到了夜的美丽和深邃，从而在心里滋生一些新的觉悟和期盼，洗尽疲惫，忘记痛苦，坦然自若地走向明天。

回到宾馆，我拿起手机，给我的一位好友发了一条短信："相去千万里，心随月色归。来生甘作船，嫁与秦淮水。"

2006年3月于南京

宝峰湖的雾

"水是山的灵性，湖是山的眼睛"，人们用这句话形容湖南张家界著名景点宝峰湖的神韵。然而，你可能不知道，宝峰湖还有一处特别的美：宝峰湖的雾。

宝峰湖的雾是清纯的。凌晨，只要你立于湖边或倚在船头，平眼望去，就会看见整个湖面像铺了一层松松的、厚厚的棉花。远处那些俊秀的峰峦，则成了一道墨泼的画屏。偶尔从雾中传来的百灵和画眉的叫声，会像琴声一样浸入心扉，使人心醉。如有缘还会目睹一路白鹤拍打着雾从山那边飞来，自眼前一掠而过，隐入雾中而不辨去处。此刻，你心情如雾般的净，不再心事曲折如蛇。

宝峰湖的雾是充满激情的。当一轮红日在晨曦中缓缓爬上山巅，把一束束光芒刺入雾中的时候，雾便开始涌动起来，整个湖面浪花一片，全都一个劲儿地向前赶，欲冲出四周的青山围壁而流入东海。然雾柔山坚，它们只好一个身翻过来，卷成一团团，或绕于船头，或挂于岩边，或系于树梢，或滞于空中，像一条条雪白的纱巾，在晨风中游走、飘动，似一团团柔软的丝绵，在湖面上跳跃、滚动，任阳光把它抹成金黄。这时你就会感到，雾碎了自己却美了宝峰湖，她是有色的、有情的。

宝峰湖的雾四季不同。春天的雾湿漉漉的、沉甸甸的，特别厚，通常把整个湖盖得严严实实，使人分不清是在山中，还是在水中？四周满山的花香浓于其中，雾就成了香的，嗅得使人心跳；夏天的雾则素洁得很，不染一丝纤尘，常和清晨湛蓝天空的白云相媲美；秋天的雾薄薄的，似一袭巨大的轻纱，摇曳在湖的上面，透过轻纱的间隙，可隐约看到粼粼翠波和悬垂于湖边熟得红透透的野果。只有到了冬天，整个雾才贴着湖面，顺着山坡向上爬，若是雪天，便很难分清哪是山、哪是湖、哪是雾、哪是雪了。

宝峰湖的雾就属于宝峰湖，没有宝峰湖的雾便没有了宝峰湖的美。薄薄柔雾，缕缕轻烟，冉冉失散，如聚如别，她以她那无私的身心，造就了天堂山村的绝妙风景和张家界人的淳朴情怀。

2007 年 8 月于宝峰宾馆

（原载《张家界日报》2010 年 3 月 13 日）

画里宏村

　　闲读时咏过唐代诗人许宣平"负薪朝出卖，沽酒日西归。借问家何处？穿云入翠微"。这首《贫薪行》的诗句，又鲜知诗仙李白为寻访许仙翁云游新安，在歙县草庵题诗"我吟传舍咏，来访真人居。烟岭迷高迹，云林隔太虚。窥庭但萧瑟，倚杖空踌躇。应化辽天鹤，归当千岁余"的故事后，心里被徽州山水深深地牵引，于是有了去徽州的念头。一趟流水潺潺，一溜故道幽幽，一目青瓦粼粼，一顾白墙依依，一眺小桥石拱，静玩宏村便成为我的愿景。

　　去年的金秋，好友绍敏圆了我的念想。黄山西南麓的羊栈岭下，有一座牛形的古老村落，他就是画中乡村，一幅灵秀的山水画卷。该村始建于南宋绍兴年间，距今约有900年的历史，被誉为"当今世界历史文化遗产的一大奇迹"。宏村之所以叫"牛形村"，只要站在村后的山岗上一望便知。巍峨的雷岗山是其牛头，村口两株沧桑的古树是其"双角"，月沼为"牛胃"，南湖为"牛肚"，蜿蜒的水圳为"牛肠"，民居建筑为"牛身"，四座古桥作为"牛脚"。听绍敏的介绍，再细细地品味"山为牛头，树为角，屋为牛身，桥为脚"的村落，"牛形村"还真是惟妙惟肖，就像一头悠闲的水牛静卧在青山绿水之中。绍敏还告诉我这种别出心裁的村落水系设计，不仅解决了村民消防用水问题，同时还调节了气温，为居民生产、生活用水提供了方便，创造了一种"浣汲未防溪路远，家家门前有清泉"的良好环境。房前汩汩清泉潺潺流过，屋后层楼叠加交相辉映，村中湖光山色美不胜收，村后青山逶迤绿水蜿蜒，闲庭信步其间，悠然之情让人心醉。

　　我随着绍敏从南湖畔沿水圳北上，进入村中央，这占地数千平方米的半月形池塘，就是宏村八景之一名"月沼"。有故人取名"月沼春晓"，真是意幽深远，看那半池秋水，涟漪无限，鸳鸯嬉戏，鱼翔潜底，鸭鹅划波，红鲮轻移。特别是塘内碧水如镜，蓝天、白云、青山、粉墙齐倒映塘中，秀美如画。若是早春时分，塘柳吐绿、峰峦倒映、荷叶出水，那月沼春晓就更名副其实。月沼虽然历史悠久，名响海内外，可掘建简单，四周均用青石铺地，沼弦部由 13 根石柱连接石板，构成石雕栏杆，沼弓也无栏杆，主要是便于村民汲水、浣洗。月沼周围是形态各异、排列有序的民居、庭院，一般为汪氏长老居住，月沼的北畔建有一宗祠，叫汪氏"乐叙堂"，俗称"众家厅"，是宏村最古老的祠堂。

从月沼的沼弓细步走过，穿过正街，只见层楼叠院，街巷蜿蜒，庭院相连，花木馥郁。沿途民居大多为二进单元模式，马头墙层层跌落，枋椽拱姿态各异，形象很是逼真生动，让人目不暇接。绍敏告诉我，据统计，全村现完好保存明清民居有 140 余幢，其中数承志堂最为出名，特别是"三雕"精湛，富丽堂皇，堪称徽派一绝，被誉为"民间故宫"。承志堂位于宏村上水圳，始建于清咸丰五年（1855），原是清末著名盐商汪定贵的住宅，现为省级重点保护文物。承志堂气势恢宏，是一幢至今保存最为完好的徽派古民建筑，它不仅建有两院（外院、内院）、两堂（前堂、后堂）、两厢（东厢、西厢）、两厅（书房厅、鱼塘厅），还配有搓麻将牌的"排山阁"和吸鸦片烟的"吞云轩"，连马厩、地仓、轿廊、走马楼、花园等也一应俱全，并设有活水池塘和水井，堂内人员用水可足不出户。全堂为砖木结构，砖、木、石雕俱佳，尤以镀金木雕最为丰富精美。看了承志堂，你基本上可以比较全面地了解徽派古建筑的灵性和神奇。

因为时间关系，看完承志堂后，我们又匆匆地迈过树人堂，经过亭前大树，顺着"牛肠"水圳，远眺南湖书院，便沿南湖蛇形而出。那闻名遐迩的双溪映碧、雷岗夕照、雉山木雕、塔川秋色、木坑竹海就只能等下次寻觅了。然"塘中鹅舞红掌，鸭戏清波，空中炊烟氤氲，徽风柔波"的感觉，云蒸霞蔚，泼墨重彩，风吹不动，石巷幽幽，山因水青，水因山活的灵气，人、古建筑、大自然融为一体的和美，就莫比如此了。

于是心想：若有闲时踏青山，不来此处何称游？人入画来心入轴，剪来窗烛读春秋。

2010 年 9 月于福州

（原载《张家界地税》2012 年第 1 期）

荆坪寻古

中国西南有个最小的县叫中方，怀化有个最古的村叫荆坪。原来在一些资料上看到过关于荆坪是全国文明村、新农村示范村的报道，没有引起我太多的兴趣，所以虽几进怀化，游过洪江古商城，拜谒过抗战受降坊，流连过侗寨风雨桥，唯独没有进过荆坪古村。这次从通道侗寨采风回归，雁秋邀我同往，说荆坪如老酒，不品怎知淳厚？才知荆坪古村，真是很古，着实有些旧年陈迹，让人睹物思人，知盛知衰。

从怀邵高速向右一拐，越过舞水大桥，不到 5 分钟，我们就进了荆坪潘氏古文化村。整个村面积虽仅 8 平方千米，只辖 6 个村民小组，428 户人家，1720 人，可人平均收入达 4200 元，是全省最有名的富村，从村头远远望去，清清舞水绕村而过，一座座民居依河而立，金秋时节的稻田穗黄粒满，沉甸甸，金灿灿，一块块无害蔬菜地里的瓜菜叶盛瓜熟，绿茵茵，脆滴滴。而从那一家家农家乐餐馆里飘散出来的清香，馋得我们不得不在七星古树旁的一家农家店里坐下，决定先吃饭，再看村。

在荆坪，第一个看点要数七星古树。之所以叫七星古树，是因为从舞水河码头古驿道边至潘氏祠堂周围，矗立着按北斗七星状排列的七棵古树，这也是荆坪古村的标志。在七棵古树中，有小石拱桥曰"双凤桥"，每至星月当空，这里便树影婆娑，石拱倒挂，月印拱下，凉风习习，从来都是小孩戏耍的天堂、婆姨唠叨的佳点、老人侃谈的胜地。这些古树都已年过千岁，故称"重阳树"，棵棵历史悠久，挺拔伟岸，以至树冠覆盖方圆三里有余。七棵树中最为有名的就数村口那棵四人才能合抱的"重阳木"，这棵经历了 1100 多年风雨的古树，已完全不堪岁月的重负，呈弧形慢慢由东向西斜躺在路边，成为古道上一座由古树凌空架起的天桥。由于"重阳木"的奇特和悠久，村民们已给它赋予了新的含义，为了驱邪避灾，人们称它为"拜树干娘"，只要将孩子的名字写在红布上，挂在树干上，这棵神树就会保你免遭灾难、功成名就。所以远远望去，挂在树上的红布条已形成一个三尺左右的红色瀑布，耀眼而夺目，热烈而吉祥。

虽然我们一行中没有一个姓潘的人，但作为省级重点文物保护单位的潘氏祠堂不仅是古村的一绝，而且其浮雕还真有古色古息，所以也不得不睹。据相关资料记载，潘氏宗祠占地面积有 1600 多平方米，是湘黔两省相邻十多个县市潘氏族人祭祀的祠堂。该祠始建于宋代，后又经多次修葺，所以祠内物品、神像保护完好。宗祠大门上方镶刻有一幅幅精美的彩色浮雕，每一幅浮雕都演绎一个历史故事，主要是有关潘氏的发展渊源。如《金顶（鼎）山》介绍的是潘氏发源地；《文王求贤》介绍的是潘氏的受姓之始等。进入祠堂大门便是戏台和戏楼。这里现在是全村的文化中心，每逢节日，台下锣鼓铿锵，台上出将入相，真是"独健登台东西南北尽情演，堂人就座雨雪阴晴乐意看"，好不热闹。祠左边毗连五通神庙，右连关圣帝殿，斜对面是文殊阁和观音堂，进入此中，敬然肃然。

出得宗祠，便有一古驿道遗址，这是连接悠久与现实最为直观的一道音符。驿道从古村的古建筑之间蜿蜒远去，依稀能看见在驿道上风驰电掣的号兵身影，急促而又坚定的马蹄笃脆。历史上之所以称此为"中方"，是因为就其地理位置方位而言的，以荆坪村古驿道附近的一口"四方圹"为中心，以30 千米为半径，东去是安江，南移是黔城，西离是芷江，北上是泸阳，可谓是"中心咽喉""兵家必争之地"。目前此地还被考古学家初定为战国"牂牁国"的都城，古代西南地区商贸经济文化的中心，谷、米、桐油、麻布、草药、柴炭以及本地特产，都在此地聚散。特别是南疆边城的安危、属国的兴旺安定、倭寇的进退信息、各朝的天令国策等，均经过此道，如狼烟南传北往，遥相呼应。站在古驿道上，极目远舒，夕阳灿烂，不禁突生一种惆怅，脚下的这条青石板道，虽早已看不见信马由缰，临风驰骋，也听不见马蹄笃急，号角嘶鸣，而是满目青草，蹄声渐远，可那份依稀的感觉早已了然心中，真的就是往事并不如烟。

古村中还有一处废墟很有名气，那就是新园旧石器遗址。它虽是一石器遗址，但就是因为它的出现，填补了湖南无旧石器记录的空白，从此"舞水文化"的名字，进入了北京大学考古系的教学教材，并将永远流光溢彩。繁华落尽，高墙仆地，昔日的楼台宫阙已成断壁残垣，过去的显赫战功已化过往云烟，所有的故事都深深地掩埋在一片瓦砾里。其实废墟早已不是废墟，而是一种历史的见证，它安静地留在那里，承载着历史的底蕴与苍凉，推动着人类的进步与发展。

看到我们信步驿道、驻足遗址怅然若失的样子，雁秋忙说："古道虽古，可村里还有比古道更古的东西，如方井有序的古巷、斑驳陆离的古墙、清甜爽冽的古井等都是值得一看的。"于是，我们鱼贯而入，顺着九曲廊回的古巷，踩着凹凸不平的青石，来到唐代的古井旁，默数了井口记载生活艰辛的36条坎痕，豪饮了一碗纯净甜美的井水后，来到一农户庭院中细看久负盛名的石鱼。只见四尺见方的一个石盘中，盛满清水，有四条鱼戏于水中，远观鱼羟轻滑，水荡细波，前驰后追，鱼趣跃然。可委下身来，却只见四条石鱼静卧盘中，摇头摆尾，鱼眼炯炯，惟妙惟肖，着实让人感叹石匠工艺之精妙，以至以假乱真，混淆视觉。

抚摸完石鱼，我们一行就走进了八卦阵。八卦阵占地一亩有余，房间若干，据说当时修建此屋是为了防范盗匪，躲避战乱。我们进入此中，随着雁秋左窜右拐，走得满脑晕乎，连他一路介绍的什么鱼上树马骑人、五通庙风流神、湘西土匪拜把白崇仁等逸闻趣事，现早已忘到九霄云外，难觅半言片语了。只好说整个荆坪的建设布局，就是一个巨大的八卦阵形，缘由就是村里的名人潘仕权懂音律、会占卜、掌礼乐、著述颇丰，所以整个荆坪院落建筑，大弄小巷，纵横交错，外人进入院中，如入迷宫。步入其中，还真为潘仕权其人能在自己桑梓之地如此不遗余力建设故土而感怀有余。

其实，荆平古村之所以古，是因为除了上述之外，还有古码头、古水文碑、古篆字、古村俗（傩俗、婚俗、丧俗、酒俗、食俗）、古村乐（傩戏、打渔鼓、腰鼓舞、霸王鞭、莲花闹）、古木雕等一系列古物古址，古韵古风，它们就像一坛坛深窖千年万载的美酒，纯香悠久，耐人寻味。若是有时，去村里更起数星斗，树下把盏舞，上下五千年，尽在谈笑间，确实一件惬意妙生的事，不信你去看看？

2011 年 8 月于中方县城

崂山脚下听海潮

　　本来是说好了去看崂山的，可也许是我从小就在山里长大的缘故，也许是家乡张家界的山水名气太大，一到崂山脚下看见那一片片雪白的浪花和那一浪高过一浪汹涌澎湃的海潮，我便舍下了登山的念头，想一个人留下来在海边坐坐。同行的伙伴都说我不够意思，说是不登崂山枉到青岛。可我确实被大海的神秘吸引，全然不顾同行的感受，执意要留下来，一门心思地窥视海潮的风采。

　　这是一处名不见经传的海湾，一路奔腾而下的崂山小河在这里入海，因此形成了一个比较小的冲积扇。面积不大，估计大约方圆两千米，可湾内礁石奇兀，林立有序，外可见海天浩瀚，鸥翔九霄，内可见崂山巍峨，仙山来客。选好了位置，我拾一石阶而下，择一较高的礁石坐下来，便伏身于大海的身边了。

　　时间刚好是早潮，所以我一到礁石旁坐下，原来平静蔚蓝的海面便涌动起来，充满腥味的海风也变得有些咄咄逼人了，身下的海滩和靠着的礁石在我的眼里晃悠起来。海的尽头似乎有一条条灰白的线在向海边赶，密密匝匝，层层叠叠，排山倒海。海浪在岸边拍打的声音更大了，海水因礁石的冲撞而激起的浪花更多了，轰轰隆隆，茫茫苍苍，我的心也因此而澎湃起来。

　　"呼……啪"，一个3米多高的海浪呼啸着从海面滚过来，重重地摔在海滩上，浪花一下激起10多米高，又从空中直落礁石滩上，雪白的浪花把整个海滩全都掩藏起来，一片苍茫，哪是海哪是滩是分不清的了。我也躲闪不及，一个踉跄，全身被海水淋了透湿，活脱脱的一只"落汤鸡"，苦涩的海水灌了一满嘴，浑身被海浪砸得一阵生生地痛。还好我心里早有准备，死死地抱住礁石，才没有被海潮卷走。整个大海此刻好像被核弹击中了一样，强大的冲击波把浪潮越推越高，欲有把海岸推平之势，咆哮声震耳欲聋，高海浪接踵而至，海藻、海星刚刚被浪潮摔在滩头，又"哗"的一声被海水卷走。望着这一浪一浪前赴后继的浪潮，原来一直没有明白的力量是什么，一下子豁然开朗。力量原来就是坚定的锲而不舍，就是无畏的勇往直前，就是忘我的粉身碎骨。伏身于海滩上，沐浴于海潮中，我突然觉得连水都能凝聚成排山倒海之力量，那作为自然的主人又有什么不能征服呢？困难和灾害能拧弯我们中国人的腰吗？不能，永远都不能。

也许是太累了吧，昏沉沉雾蒙蒙的天慢慢地变得明朗起来，海浪也由高变低，由大变小，当海风把如薄纱一般的晨雾轻轻移送给远苍尽穹时，湿漉漉的我和衣躺在海滩上，又可细细品味崂山海潮柔情万千的另一面了。海面凌波叠翠，海浪轻轻地亲吻着那一颗颗光滑洁净的鹅卵石，像是一对永远也拆不散的情侣，不时有海鸥从海天外展翅飞过，抛下一串欢呼，五颜六色的海花从海中缓缓爬上，把美丽缀于海滩，岸边的树草在摇曳中发出"沙沙"的声音，和海边的习习柔风、喃喃细语，合奏成一首"家"的钢琴曲，让人躺在海边就如同躺在母亲那宽厚温情的怀里，唯有那远行的海轮把海面画上一道白线，披着一片云彩，把你的目光引向无边无际，任海天一色的蔚蓝把我的心涂得一尘不染。

这时，我才恍然大悟，海鸥为什么要把千种相思留给大海，彩云为什么要把万般柔情献给大海。原来，海不仅是力量的源泉和化身，而且是柔情和温馨的故里。

我可能没有读懂您深含的哲理，但我分明触到了您的那种博大、那种宽厚、那种不屈、那种亲情，我也深深地明白只要一伏入您的怀抱，就会成为您永远的儿子。

因为，天地间再也没有比您更宽阔、更温暖、更慈爱的怀抱了。

我永远的恋，崂山的潮。

2002 年 8 月于青岛

纳西神都丽江

　　一次和几个闯过世面的文人喝酒，一位资深的作家告诉我说："中国有三座最美丽的小山城：一是古商城洪江，它是中国近代资本主义的活化石，展现了中国近代市场经济的曲折历程；二是苗都凤凰，因沈从文的书、黄永玉的画，由灰砖、铁瓦、石板街、吊脚楼而组成的天堂山而蜚声海内外，成为甚嚣尘上的世界旅游景点；三是纳西神都丽江，那里是中国悠久、古老的水上威尼斯。"对于洪江、凤凰，我没有言语，但对丽江我不置可否，一向自负的我想："那是你的看法，我没去过，谁知道是咋样？"可去年到过丽江之后，我迅即对古城丽江肃然起敬，中国水上威尼斯还真不是浪得虚名。

　　丽江古城是中国历史文化名城中唯一没有城墙的古城，坐落在丽江坝中部，纳西人都叫"巩本知"。"巩本"为仓廪，"知"即集市，由名可知丽江古城曾是仓廪集散之地。它始建于宋元，盛于明清，明代著名旅行家徐霞客在《滇游日记》中，就曾称丽江古城"宫室之丽，拟于王者""居庐骈集，萦城带谷""民房群落，瓦屋栉比"。可见当时丽江古城已繁华无比，久负盛名。特别是因为丽江古城集中了纳西文化的精华，并完整地保留了自元朝以来形成的历史风貌，被国务院列为国家级历史文化名城，联合国教科文组织授予世界文化遗产。

　　自新华街踏进古城，你一定会被脚下的青石板路面震慑。它与一般的石板路不同，磨光的五花石面上印有五颜六色的图案，像是由众多不同色彩的小石头融聚而成的，它清亮光洁，脚感沉厚，仔细寻觅，你就会发现五花路面，斑痕累累，卵石凸凹，深浅不匀，也许这五彩的石板路，才真正是古城随风摇曳的经幡，因为它是几百年人踏马踩的痕迹，离开了丽江它还能有故事吗？

　　其实，在丽江古城有两条街是不得不看的，那就是新华街和七一街。要说新华街与其他街道不同，就是其路面铺垫的青石板为竖状，它一路陈迹、一路沧桑，为中国最早的茶马古道，自它可北出中甸，自古以来就是进藏马帮的必经之道，因此卵石间蕴藏着无数的悲欢离合。出四方街向南走的一条狭长古道为七一街，其路面铺垫的青石板则为横状，它是连接内地的一条古道，南通鹤庆、大理，华夏文明就是通过此道源源不断地传入的，据说明代大旅行家徐霞客就是由此入城，并迷恋上这五花石路的。行走在五彩路面上，看摊贩云集，连绵数里，古玩百货，琳琅满目，如同行走在古城市井风俗的画里面。特别是在四方街西段，你可观赏或购买各种古旧手工品，翻弄这些古物，犹如翻开一张张久远的羊皮，读一个个古老的故事。

　　行走在五花路上，一路潺潺之声不绝于耳，一阵阵清凉沁人心脾，那便是古城流动的神韵。一条玉河水，在城中一分为三，三分成九，再分成无数条水渠，在古城之中形成放射网状的水系。从而使整个古城主街傍河，小巷临渠，泉水叮咚，清亮明丽，使得古城生机勃勃，春意盎然，水绕道折，九曲廊回。古城看水，理所当然要看桥，也正是那一座座石拱桥、木板桥，把一栋栋雕梁画栋、一条条五彩石路连接起来，勾画成一幅水彩画。中河是古城中最大的一条河流，它把古城一分为二，东西两城区的联系和交往，都要跨越中河，所以中河上的桥最多，且坚固厚实，桥大桥长，多数为石拱桥，如大石桥、万子桥、百岁桥、南门桥等。东河和西河是人工河，水浅渠窄，所以河上多为木板桥、石板桥，如在新义街、新华街和光义街一段河上，木板桥、石板桥，桥旁垂柳，渠底鱼游，自成风景，莫不让人流连忘返。

　　古城的桥最为出名的莫过于位于四方街的映雪桥。该桥为明代木土司所建，因桥下河水能隐约看间玉龙雪山的倒影而得名。映雪桥系双孔石拱桥，拱圈用板岩石支砌，桥长 10 余米，桥宽近 4 米，桥面用传统的五花石铺砌，坡度平缓，便于两岸往来。因为该桥处于古城中心，密士巷、五一街与四方街交汇于此，商旅往来，市井交流，都经此桥，故为"古城首桥"。此外，如果有时间，也别忘了踏步万子桥、卖鸭蛋桥、卖鸡豌豆桥等，这些石拱桥各有作用，又独具特色。

为了寻找古城的灵气，我自齐王府后门拾级而上，登高览胜，观古城形势，才知造城之科学，可谓之匠心独具。古城巧妙地利用了丽江坝中的地形，西有狮子山，北有象山、金虹山，背西北向东南，避开雪山寒气，接引东南暖风，藏风聚气，占尽地利之便。我想这也许就是风水吧，这也许就是丽江古城万年昌盛的灵气所在吧。

立于后山，远可眺乌龙雪山，近可瞰古城建筑。玉龙雪山为云岭山脉中最高的一列山脉，是世界上北半球纬度最低的一座有现代冰川分布的高峰。远远望去，群峰南北纵列，山顶积雪皑皑，山腰云雾蒸腾，宛如一条玉龙腾空而起。城内古朴的民居院落，构造简单粗犷，灰瓦如鳞，椽桷相争，院内绿草茵茵，花红木绿，形成了人与自然的美好和谐。如从空旷各自环顾，你会发现有四条街呈辐射状由此向四面递延，而每条主街又有数条支巷呈放射状再向四周延伸，由此形成以四方街为中心，四周店铺客栈环绕，沿街逐层外延缜密而又开放的格局，如一张典型的蜘蛛网。

步履于丽江街巷，有一个特别的风俗是必须了解的，那就是纳西人女人自古便当家，在丽江最悠闲的是男人。从外表看，纳西族男人仪表堂堂，体格健壮，肤色略黑，额骨高，鼻子长，身形美观，头发柔软而卷曲。他们热情、豪爽，有着高雅的情趣，很多人精通音乐和绘画，执迷于本民族的古老文化。在河岸边、柳树下，你随眼就能看到纳西族男人或提着鸟笼，游来荡去；或闲坐桥头，谈论着打猎的趣事；或位于石礅，酌饮黄酒思忆往事。而中年妇女则身着传统服饰，匆忙地穿梭于街道石巷，肩扛背驮，摆摊设点，主内忙外，勤劳当家。那特有的"披星戴月"服饰，成为石板路上一道流动的风景。

其实，纳西神都本身就是一本书、一段史、一幅画。徜徉其中，你会感受到一种圣洁的力量，在鼓励你笑对失意苦恼，淡泊名利是非，脚踏实地做人，如石巷的石子，虽经历风雨剥蚀后依然平凡如旧，却光彩如眸。

2010 年 10 月于昆明

（原载《张家界日报》2010 年 10 月 8 日）

如诗如梦游周庄

上有天堂，下有苏杭，中间有周庄。我虽然未到过苏杭，但却执着于周庄，梦想有一天能步履于周庄的石板街，摇桨于梦里的细水巷。今年5月我终于梦想成真，踏步周庄。

下得车来，徒步于古镇的街上，我感受到古镇的生活节奏是平稳的。街上很少有车辆刺耳的尖叫声，妇女们包着五彩的头巾和缠着手绣的束腰，从你身旁晃过，各种吆喝声夹带着诱人的香味扑鼻而来，使你忍不住诱惑坐下来吃一碗米线或喝一碗阿婆茶，然飘进耳朵里的文绉绉的吴言侬语，使你听不懂却用眼睛寻找答案，清静幽雅的氛围，使你觉得这里一切都是从容不迫的。随风飘动的垂柳，波光粼粼的巷水，摇桨晃橹的小船，涓涓流淌的豆腐坊，火苗直窜的铁匠铺，和那老虎灶、万三蹄、米粉店，使你感触到什么是伸手可拂的美，什么是活生生的水乡神韵。

越过石牌坊，沿着碧绿而流畅的水，一过"贞丰册国"，我便直奔双桥，游览周庄的人是不能不看双桥的。因为双桥可以说是周庄的眼睛。双桥即钥匙桥，由世德桥和永安桥两座石拱桥构成，银子浜和南北市河在此相交，形成"十"字形，而石桥又依河联袂而建，由此而成为十分别致的一景。特别是当银月当空、星光灿烂时，桥上绿荫掩映、情侣相偎，桥下碧水泱泱、叶舟轻移，那便是画家也画不出来的山水画。我想如果我能再年轻一次的话，就一定去双桥谈一次恋爱，享受那一刻铭心的温馨，和那染也染不得、画也画不成的墨泼画融为一体，铸成永恒。

下得桥来前行30多米，就是"轿从门前进，船自家中过"的玉燕堂，也就是明代建筑之绝品张厅。坚实的石柱和细腻的雕刻，透现出往日张家富甲一方的风采。和张厅比较起来，沈厅则有过之而无不及，规模更大，占地2000多平方米的沈厅，坐南朝北，共有七进五门，大小100多间房间，前房后屋全部用过街楼和过道阁连成一片，形成一个完美无缺的走马楼。整个院落宏大精细，在沈厅的第五道进中可以看到江南首富沈万三的座像和他的生平简介。陶熙在编写完《周庄镇志》后，就曾感慨地写下了"散尽粟千仓，积成雪万顷。荒芜旧东仓，仍幻繁华景"的诗句，难怪流淌不息的银子浜一致吟唱着一首怀旧的情歌。

走出沈厅，我闪身富安桥旁的茶楼，喝一碗阿婆茶。茶楼不大，但非常洁净，红木凳桌，紫砂茶具，仅茶楼椽角随风晃动的灯笼信幡，就可以给你几分惬意。阿婆看上去60多岁，身板很硬朗，戴在颈项上的银器和缀于耳上的玉环不时发出清脆的响声，绕缠在银发上的手绣头巾和刻在额头上的道道皱纹，使我仿佛回到了长袖飘飘吴越女、隐隐约约浣纱声的境地。其实，阿婆茶不是喝的而是吃的，是在谈天说地说累了，便吃几颗花生，嚼几粒兰花豆，尝几片腌菜，或是喝一口茶。我没有时间吃茶但也猛吸几口，只觉得满口清香浓郁、甘甜生津，一路疲惫也了无影踪。

喝完茶绕过澄虚道院，拾级而上，一路就爬上了周庄的迷楼。二层楼高的迷楼，经历过一个世纪的风雨洗礼，在这里可以觅得爱国诗人柳亚子、王大觉等抨击时弊、号召革命的足迹，也可以欣赏到"红愁绿怨女经天，蜡泪成堆烬篆烟"的情怀。立于楼上稍稍极目，就可以见一花木扶疏、绿树掩映的四进式院落，那便是南社诗人和政治活动家叶楚伧的故居。如果没有叶楚伧的话，迷楼上的《汾题吊梦图》一定是没有的。

站在仓丰桥头，水乡古镇在夕阳的映照下变得隐隐约约起来。摇曳的光圈把片片绿叶、道道楼阁、粼粼翠波晃得朦胧一片，挂在水巷两旁楼阁上的红灯笼先后亮了，把整个古镇映衬得如梦似幻仿若天堂。我也知道我就要离开周庄了，匆匆忙忙的一天时间是不能读懂有着厚重文化遗产的周庄的，只不过那种"夜里摇橹蹿水巷"构想也只有留给下次了，但周庄即将进入梦乡的那种安谧的鼻息，分明使我感到惬意和满足。画一般的周庄有太多的故事，有特别的氛围，在那里你可以觅得一份野趣，忘掉都市烦恼，还朴于诚实、善信、有为之间，感悟到善就是金、实才是美的道理。

如诗如梦的周庄，从解读你开始，我就将心深植于你的怀中。

2002 年 7 月于上海

（原载《税友》2002 年第 9 期）

心泊千岛湖

生于武陵，长于武陵，常行走在大山溪流之间，所以对湖的感情不深，没有把湖当成"海子"的情愫，不是"千岛湖事件"，我还真没有神往之念。可当我从浙江的西面又折回到东面，一睹千岛湖风采的时候，才知道湖的魅力往往有独到的效果。虽山回路转，来去迢迢，可璀璨纯净、丰腴妖娆的千岛湖却一下就摇撼住了我的心。

千岛湖位于浙江省杭州西郊淳安县境内，不仅是国务院首批公布的44处国家级风景区之一，而且是目前国内最大的国家级森林公园。1959年，淳安县顺利建成新安江水电站后，因筑坝蓄水，"千岛碧水"的千岛湖便应运而生。湖区面积573平方千米，湖中拥有形态各异的大小岛屿1078座，平均水深34米，能见度9—14米。整个湖区分为东北、东南、西北、西南、中心五大湖区。由于湖水被国家有关部门鉴定为一级水体，所以有"天下第一秀水"的美称，"农夫山泉有点甜"也缘于此。

行走在千岛湖里，我认为有三件事必须亲自感受，不然就会后悔三生。一是乘船穿行于空蒙的湖烟水色间，享受水的柔美和山的凝黛；二是乘缆车、登梅峰望湖，一览千岛湖的全景，享受水无常态的神韵和无界；三是安于湖中的渔船，吃湖鱼，喝黄酒，听淳安的城南旧事，享受淳安的渊源和厚重。

我随着人流从码头登上游船，恰似迈入缓缓敞开的闺门，掀起艳垂下丝丝缕缕的湖烟，那远山在空中绵延的曲线，游艇在凝脂上滑动的音符，会使你豁然开朗，自然曲线的流畅和天籁之音的优美，让你觉得不是神仙胜似神仙，原来仙境在淳安。船行3分钟后，旭日便从东边乍露阳光，以至云消雾散，湖水奇妙的颜色便渐渐显露出来。清晨纯净的湖水，不是绿色，不是蓝色，却又似绿似蓝。细细推敲，才知是因为水中浮游生物极少，湖水深而清澈如镜，所以看上去就像翡翠般似绿似蓝了。在那似绿似蓝的边沿，一座座连绵起伏的峰峦，被一夜春雨洗得清新无尘，只是偶尔在那峭壁或沟壑间，撒落几块雪白的轻纱，任它在山水间任意游走。山峰时高时低，山坡时陡时缓，不知是水怀拥着山，还是山怀抱着水。难怪有人说千岛湖既有太湖的烟波浩渺，又有西湖的娟秀气韵，唯有那峰峦与天际连接的曲线，似是淳安村姑嘴中流淌出的一曲曲欢歌，把人的希冀从山的这头，牵到山的那头，从山的那头牵到山外的大千世界。

千岛湖湖面开阔，一碧万顷，1078 座大中岛屿，大的如山，小的似船，个个青翠欲滴，像一块块坠入湖中的硕大碧玉。听见猴儿的嘻声，我和其他游人一道离船拾级而上，登上了猴岛，只见机灵的猴儿时而树上，时而树下，与游人嬉戏一团，野趣十足，不时从小朋友手中抢得各种食品。而坐落在中心湖区与东南湖区交界处的孔雀岛上，几百只孔雀则以葱翠林木、万顷碧蓝为背景，向你展现一幅幅硕大缤纷的彩屏。在此观孔雀起舞，赏孔雀群飞，看孔雀觅食，听孔雀欢叫，和成群孔雀合影，人与鸟的和谐便跃然心中。

大凡有中国人的地方都离不开龙，千岛湖亦不能除外。千岛湖中的龙山岛在古代就为浙西名胜。20 世纪 50 年代淳安拦河筑湖后，龙山岛就更加蜚声国内外。特别是岛上的海瑞祠，飞檐翘角，庄严肃穆，使人对"刚正不阿、直言敢谏"的一代名臣海瑞"海青天"更加由衷敬佩。登上宁古钟楼，击钟放声，那由近而远、浑厚凝重的声音，莫不使人感叹名利如尘，风吹云散，气节如金，人生短暂。最为奇特的是与水上的龙山岛相呼应，水下还有一个偌大的龙宫，据说宫内景色奇特，怪石无数，潜游其中，无与伦比。只是因为在更换潜水设备，使我此次无缘一睹容颜，只能留与以后的日子了。

导游告诉我要俯瞰千岛湖的全貌，就必须登梅峰，"不上梅峰观群岛，不识千岛真面貌"，在那里你可以一览千岛湖全景。于是我与小谢、小王三人成行，不看鹿岛，也不钻霭云洞，一心相约梅峰。下船拾级而上，蛇行二三里，便坐上缆车，随着轿箱在山坡林木间轻轻滑动，不一会儿我们就登临峰顶，站在梅峰望湖阁了。立于阁亭石栏放眼望去，只见碧波万顷之间，岛屿星罗棋布，港汊交错纵横，大的方圆十里，小的刚露荷尖，有的像狮，有的如虎，形状各异，千奇百怪，真让你目不暇接，湖边山上及湖中岛屿都覆盖着茂密的植被，不见土，不露石，青山翠屿，无限生机。由于湖中众多游艇各自穿行于不同的航道，游艇飞速划过而激起的一道道美丽弧线，更让湖面增添一分柔美，紧紧地吸引着你的眼球。

下得梅峰，我们奔上了位于湖边停靠的一条渔船，热情的船家把我们让进设于船舱的包房，嘴里高声地嚷道："来一条千岛湖的深湖鲤鱼，喝一壶淳安的地道米酒，听一曲淳安的悠久睦剧，品一盅望湖峰上的千岛玉叶，你不是皇帝都胜过皇帝了，你们可千万别错过这一良机。"是的，既来之则安之，哪有不安之理。其实，淳安人住的是石瓦屋，围的是麻绣裙，听的是睦剧歌，看的是竹马舞，吃的是又薄又脆又香的玉米饼，这些带着浓厚的淳安乡情的民俗，散发着泥土气息，听了醉人。据说理学家、教育家朱熹那首《观书有感》"半亩方塘一鉴开，天光云影共徘徊。问渠那得清如许？为有源头活水来"的千古绝唱的灵感就来自淳安的马凸村山水，后来马凸村因此改名源头村。淳安瀛山书院的成就更大，声誉甚远，以至先后有 24 人中了进士。其中詹骙还中了状元，形成了"潇洒千峰郡，清新七子诗"的文人盛事。东阳人胡长孺对此有诗赞："曹刘千古风流在，未必淳安劣建安。""来来来，再来一壶怎么样？"听到船家的吆喝，看到酒醉饭饱、东倒西歪的几个伙伴，我知道，他们醉了，我也醉了，我们一同醉倒在千岛湖厚重的文化里、质朴的民风里，醉倒在有形无态、有涵无界、有韵无声的千岛情结里。

2008 年 8 月于千岛湖

竹筏九曲溪

"仁者爱山，智者乐水。"我虽不是仁者智者，但我也喜欢行走于山水之间，因此，在我的心灵里，有不少溪流和湖泊。然而真正让我乐此不疲、心灵为之深深震撼的只有两处：一处是九寨的水，她以柔美的姹紫嫣红和五光十色感动了我；另一处就是最近才去的武夷山九曲溪，她以流动的千万风情和奕奕神采，让我醉在其中。

九曲溪是我游览过的名景中一个不可多得的景点。河流流域面积5平方千米，全长9.5千米，平均河面宽7米。自古有人称之为"溪流九曲泻云液，山光倒浸泽涟漪"。它从巍峨的武夷山主峰黄冈汇万壑溪水而成，在青龙山形成武夷第一瀑——青龙瀑布后，一路欢跃叠浪，滚滚向东。到了星村镇，一河清澈莹莹的玉带，便折为九曲，和河流沿岸的99座夹崖森列，统称为"三三九九"，成为武夷碧水丹山的绝景。

九曲溪的水，可谓是曲曲含异趣，湾湾有佳景。当我登上那自远古小舟演化而来的竹筏时，心里便豁然开朗，心神一下就被那离奇秀丽的景色震慑。我们一筏六人，外加一前一后两个艄公，在艄公的一声"哟嗬嗬"中竹筏就下了水，似一条游龙，融进了水中，映在了山中，同时也把九曲溪深深地刻在了心里。溪水山绕水转，水贯山行，人在筏上，筏在水中，水流筏移，好不逍遥。

乘舟抬头可以观山。随着竹筏的缓缓滑动，微微抬头或纵目远眺，武夷山的36峰便尽收眼底。玉女峰插花临水，亭亭玉立，默默守望着不变的恋情；白云岩仙云缭绕，岩石凝紫，熠熠闪烁着天堂的光辉；双乳峰状若金莲，仰天怒放，喃喃诠释着母爱的内涵。还有仙掌峰飘如垂练，饱含神韵；齐云峰形似火焰，冉冉天际；特别是天游峰独出群秀，三面环水，登之凭栏可瞰武夷全景，观壁立万仞。若是雨后初晴、晨曦初开，则可见云腾山移，佛光罩峰，使你飘然如仙，陶然忘归。有的山峰如雄狮猛虎，有的山峰则若象鼻金龟，莫不惟妙惟肖，栩栩如生，真是 36 峰峰峰有秀色，个个均不同。难怪九曲溪的第一曲就如此道来："一曲溪边上钓船，幔亭峰影蘸晴川；虹桥一断无消息，万壑千岩锁翠烟。"

乘舟低头可以赏水。置身于竹筏之上，河水清澈见底，两岸青山倒影其中，画在水中，人在画上，水动山摇，影影绰绰。整个溪流自西向东，蜿蜒自如，曲曲有滩，滩滩有歌。仔细凝视水中，还可见鱼翔浅底，悠然自如。若是将鱼食抛入河中，鱼儿们纷纷跃出水面，馋相百出。第一曲是幛岩浅滩，那里波涛汹涌，浪花千万，竹筏自浪尖而过，只听一阵尖叫。紧接着就是芙蓉滩、老鸦滩、卧龙滩、林渡口，曲曲相连，松竹环簇，滩陡水激，筏如箭飞。舟过第六曲卧龙滩后，溪水依南而流，缓缓前行，便是雷磕滩。在这里仰望崖际，可见 3000 多年前古越人的悬棺葬具"船棺"，它凌空飞架，风雨不毁，超然无语，高悬九天，不由得引发你思古之幽情。可你还来不及收拾思绪，一阵浪花簇拥，就到了两岸翠竹倒挂、碧水如染的九曲浴香滩，阵阵花香，荡人心扉。难怪诗人朱熹在九曲如此吟道："九曲将穷眼豁然，桑麻雨露见平川；渔郎更觅桃源路，除是人间别有天。"

难怪有人说武夷山美在九曲，它是碧水丹山的魂，它是奇山异水的根，它是巍巍武夷的情。若是没了九曲，五夷便失去了灵性。

2005 年 11 月于厦门

荷叶塘里拜曾公

有人说在中国近代史起过重大作用的历史名人之中，只有一人毛泽东没有点评过，后查相关记载也真如此。历史上的那么多人物毛泽东都曾经或褒或贬，或尊或嗤，为什么唯独对曾国藩没留片言只语？后读唐浩明所著曾国藩系列《黑雨》《血祭》《野焚》三部曲，才对曾国藩有一点了解，深感他荣获晚清"中兴第一名臣"，晚清著名理学家、政治家、书法家、文学家，而被荐崇成"千古第一完人"，其虽来之不易，确也是名副其实。同时也深为曾国藩的所作所为所感触，深为那一方山水的神灵而顶礼膜拜。我拜谒过舜帝陵、九嶷山、韶山冲、炭子冲、彭家围子等许多名人故居，受到许多神益，于是，有了拜谒荷叶塘、踏步富厚堂的冲动。去年"五一"长假，我的冲动终如愿以偿，并以此文记之。

从车上跳下来，只见一片青瓦粼粼，彩旗猎猎，我想那一定是富厚堂了。立于门楼之前，细细环顾，只见富厚堂坐南朝北，半月形的鳌鱼山从东南西三面把富厚堂实实环围，像是盘坐在一把巨大的圈椅上。山上树茂林密，郁郁葱葱；门前塘清荷绿，小河东流；四周峰峦叠嶂，群山环抱，天高云淡，风清穹远。导游告诉我："曾国藩故居富厚堂又名毅勇侯第，坐落在双峰县荷叶塘（旧属湘乡），始建于清同治四年（1865）。整个建筑是仿北京四合院式的土石砖木结构，堂前就是有名的半月塘，场坪有高耸的门楼，然后就是主楼八本堂，进去依次是公记、朴记、芳记3座藏书楼，堂后建有荷花池，山上筑有三亭，即鸟鹤楼、棋亭、存朴亭，是小憩聊天的妙处。后山还有咸丰七年（1857），曾国藩亲手在家营建的思云馆，凭栏白云孤飞，望云思亲，可生万千感慨。整个园子占地面积4万多平方米，建筑面积1万平方米。特备

37

藏书楼是富厚堂的精华部分，曾一度藏书达 30 多万卷，系我国保存完好的最大的私家藏书楼之一。"导游的介绍，让我心里暗暗地对曾府建造的规模和精湛称奇。

听完导游的介绍，环顾花岗石月台上飘扬着的大清龙凤旗、湘军帅旗、万人伞等，似乎找到了盛清名堂或"乡间侯府"的一点感觉。经过坪中石板道，直达二进台阶，从正门悬挂着的"毅勇侯第"金字直匾下穿过，便进入了富厚堂建筑群，细观雕梁画栋，奇石珍木，香花绿草，桌椅成设，踏步回廊九曲，石阶层叠，梯楼回旋，廊道孔桥，虽感整个建筑景象宏伟壮观，精细周到，却不觉富丽堂皇，奢侈骄横，一种古朴归真、大方沉稳的感觉了然心中。

细步踱过前进正堂和后进正堂，只见堂梁墙壁挂有许多横匾直匾。中间最为有名的应属同治九年（1870）皇上御书钦赐曾国藩的"勋高柱石"那块了，因它挂在正堂的中梁之上，位置最高。在"八本堂"的额匾下面是曾纪泽用隶书撰写的曾国藩家训"八本"："读古书以训诂为本，作诗文以声调为本，事亲以得欢心为本，养生以少恼怒为本，立身以不妄语为本，居家以不晏起为本，居官以不要钱为本，行军以不扰民为本。"这八本家训也早被国人认可并熟记心中，常以诫训。后厅两旁是正房，一边是曾国藩夫人欧阳氏居，另一边是其长子曾纪泽夫妇所居。前栋左大门为南厅，是曾国藩次子曾纪鸿夫妇的住室；右大门为北厅，是曾纪鸿长子夫妇住室。南北两端分别是公记书楼、朴记书楼、芳记书楼。这里是富厚堂的精华所在，各类藏书约达 30 万卷，是中国近代最大的私家藏书楼，也是曾家潜心考究的圣地，可谓誉满海内外。曾氏后裔代有英才，如外交家曾纪泽、数学家曾纪鸿、女诗人曾广珊、人大教授曾宪楷等，我想藏书楼应该是功不可没的。

经书楼而出顺势右拐，是一条小廊，在那里我们看到了许多镜框，也找到了富厚堂之所以能够保存完整的原因。原来在新中国成立后直至改革初期，曾氏故居一直是革命机关的办公场地，当时的人民公社、乡政府、供销社、粮站、医院等 7 个单位都在里面办公，围墙和墙壁到处都是毛主席语录和革命标语，因为是革命机关场所，所以没有遭到冲击，没有毁损，甚至还得到维修，以至富厚堂能够比较完整地被保留下来。而那些镜框则是那段历史的见证，"文化大革命"也见证了这座乡间侯府的变迁。

看完两个展厅，有人还去看了曾氏十堂和拜谒曾氏祖坟，我未随行而独自一人沿后山小径，在秋阳斜影中缓步，随意弯腰在小沟抓了一把沙土揉于掌中，只觉沙土松散而富有弹性，迎阳光而照，反射点点银光，仔细辨看，原是沙土中含有矿物。真是福地神山，想建堂之初定有高人指点，才生如此之人，才成如此之名，才建如此之堂。我想如果不是曾国藩屡战屡败，屡败屡战，越挫越勇，心态非常积极阳光，平定太平天国，克复名都金陵，也许就没有"无湘不成军"的歇后语；如果不是曾国藩倡办洋务，创造了中国历史上的六个第一（创办了第一个近代军事工厂——安庆内军械所，第一新式工厂，第一台蒸汽机，第一艘轮船，第一家翻译局，派遣了中国的第一批留学生），中国的晚清历史或许又是另一种写法。曾国藩是晚清一位重臣，近百年来极具争议，可谓是毁誉参半、褒贬不一。有人说难以定论是因为他处理过的两件大事，让后人一时无法适时定论：一是早年平定了太平天国起义，当时有人把他称为"曾剃头""刽子手"；二是1870年办理的"天津教案"，被当时的舆论扣上"卖国贼""汉奸"的骂名，清王朝由"康乾盛世"转为没落衰败腐朽的动乱年代。可人们也记得，正是由于曾国藩等人力挽狂澜，整肃政风，倡导洋务，推动开启了中国的近代化，才出现了"同治中兴"的局面，并使大厦将倾的清王朝延续了60年。虽然在曾国藩的故事中看不到肃然敬然、贫不能敛，从他的住宅陈设反倒还稍有奢靡，但这也体现了他和光同尘、稳健厚重，造就了他内方外圆、内清外浊的性格，所以能办大事、成大事。虽然我同样也说不准对他的评价，但曾国藩个人在政治、军事、经济、文化等各方面产生的令人瞩目的影响，不仅影响当时，而且延至今日，甚至他的有些整家、治军、兴邦的观点也被永远流传，成为人们心中的智者、圣人。

不觉中已到山后的"思云馆"，"思云馆"取意"望云思亲"，是曾国藩守孝思亲的地方，正堂上悬挂着曾文正公像。"思云馆"里有许多对联，其中我认为有两副对联值得一提。一是曾文正公像旁的对联："有子孙有田园，家风半读半耕，但以箕裘承祖泽；无官守无言责，世事不闻不问，且将艰巨付儿曹"。这副对联据说是曾国藩之父曾麟书所作。上联意为曾国藩出生背景，下联道出他仕途坎坷，将所有希望都寄托在他的下一代。另一副是挂于曾氏卧室，上下联为"取人为善，与人为善；忧以终身，乐以终身"。上联意思是跟好的人相处，把好的东西传给别人，下联则为人生无常，有苦有甜，要用一种乐观的态度对待人生。其实人到了中年，细细一想也是的，人只能活一次，千万别活得太累，更不能活得狂妄！如果自己能够持有一颗平常心，坐看云起云落、花开花谢，一任沧海桑田，或许就能获得一份云水悠悠的好心情，做一个平常的人、平凡的人、纯粹的人，使每一天都充满阳光，洋溢希望。

"微雨晴时看鹤舞，小窗幽处听蜂衙""长笛不吹山月落；高楼遥吸海云来"。从"思云馆"出来，读过馆里的对联，旅途疲惫顿失，仿佛心身都轻松了许多。细细一品，此行还真有所获，有许多东西还真不是凡夫俗子所能感悟的，多造访哲人名居，不仅能开阔视野，饱览胜地，还可修身养性，受用终身。

2011 年 10 月于娄底

（原载《张家界地税》2013 年第 2 期）

翠　鸟

翠鸟，是生活在老家河边的一种很可爱的小鸟。

它喜欢生活在水边的苇秆儿上，一双红色的小爪子紧紧地抓住苇秆儿。它的颜色非常鲜艳，身上的羽毛像一条条五光十色的毛巾，在晨曦的照射下，闪烁着耀眼的光芒。

翠鸟的身上长满了羽毛，而且每一羽都惹人喜爱，有的是绿色的，有的是蓝色的，有的是黄色的，像是一件件儿童的上衣，充满了活力，也显现了生命的珍贵。

翠鸟的声音很清脆，像是一只自动的小提琴，不时地传出美妙的声音，总让山里河边的姑娘小伙听得如痴如醉。更有土家口技人将翠鸟的声音模仿得惟妙惟肖，持一片竹叶将之献于舞台，使许多城里人享受了远山近水的天籁之音。翠鸟最爱贴近水面飞，一眨眼又轻轻地落在苇秆儿上，一动不动地注视着水面，等待着水面上游来的小鱼。尽管小鱼是那样的精明，可在翠鸟面前只要悄悄地把头伸出水面，轻轻地冒个小泡，都难以逃脱翠鸟那锐利的眼睛。只要小鱼一在水面露头，翠鸟便似箭一样地飞过去，刹那间便叼起那条小鱼，贴着水面向远处飞去。只有那根苇秆儿依旧在水边上摇晃，水面上还留着荡漾的涟漪。

小时候，我很想捉一只翠鸟来饲养，偷偷地在河边和伙伴捕捉了几次，都未成功。于是，我就把这个愿望告诉了爷爷，想请爷爷帮帮忙。爷爷对我说："我这老头在河边整整生活了72年，孩子呀，你知道翠鸟的家在哪里吗？沿着小溪上去，在那陡峭的石壁上，洞口很小，里面又很深，不容易逮呀！"听到这些，我很是失望，只好在翠鸟飞来的时候，远远地看着翠鸟在水面上飞来飞去。同时也默默地祈祷它永远住在我家门口的河湾里，把这里当成自己永远的家，不再回到那峭壁的石洞里，这样我就可以天天看见它那娇艳的影子了。

后来，我长大了，也因为工作的需要，离开了家乡的那湾河水，离开了我最喜欢的小鸟，来到了山外精彩的世界。可是，让我魂牵梦绕的翠鸟却一直都飞翔在我的心里：你还生活在我故乡的小河吗？你还着那一身五彩的羽毛吗？你还记得那个经常用弹弓小石子打你的那个淘气的小朋友吗？

年前回老家祭祖，看到乡亲们乘脱贫致富和乡村振兴的东风，一家家故人住上了洋楼，一个个老乡跨上了摩托，一山山茶园流光溢彩，一片片果岭林披红挂绿，心里就像喝了蜂蜜一样甜滋滋的。特别是那条小河两边修起了防洪堤，堤上杨柳轻拂，绿草茵茵，紫薇吐红，清香阵阵，河面清波粼粼，鱼翔浅底，翠鸟穿飞，白鹭安歇。见此情此景，便知是杞人忧天了。翠鸟在这片青山绿水间，生活得很恬静安逸，用它五彩的羽毛描绘了老家远山近水的五彩人生。

1998 年 8 月 28 日

大连印象

没有到过大连，你是感觉不到它的那种神韵的，崭新的面貌和处处充满生机的大连人，一定会让你心情舒畅，一定会使你流连忘返，一定会在你心里烙下印记，让你久久不能忘怀。

大连是一座绿意荡漾的城市。徒步在大连的街上，你一定很惊奇，成排成行的银杏树、槐树和梧桐树，把城市划成一些规则的豆腐块，能种草的地方没有一块不是绿茵茵的。草的中间，或有紫薇、丁香，或有玫瑰、芙蓉，或有夜来香、君子兰，它们全都微笑着，张着一张张灿烂妩媚的脸，风吹来，湿漉漉的、香喷喷的，沁人心脾，叫人如痴如醉。如果你稍稍仰望，便可见四周的山全都郁郁葱葱，一块块绿茵自由地延伸着，向海边、向内地，勾画成一个海天一色的神奇世界。

大连是一个旅游的好去处，真的有许许多多的东西让你参观、游览。有亚洲第一大广场星沙广场，有中国第一个森林动物园，有江泽民总书记亲笔题名的世界排名第七的金石滩高尔夫球场。在那里，你可见天高云淡，海阔浪喧，你可睹世界之奇龟裂石，极地之绝动植物展，你还可以与你的对手隔海飞球，在绿色连天、碧波万顷的草地和海湾间留下你神奇的一球，画上一道绝美的弧线。十里天然海边画廊滨海路是一定要看的，无论你是自东向西还是自西向东，都可以让你美不胜收：老虎滩虎视眈眈，龟裂石绝无仅有，怪坡百思难解，礁石垂钓忘忧。还有，你可听惊涛拍岸，你可听海鸥声声；你可以跃身海中自如遨游，浪遏击水，你还可以静躺在海边细腻的沙滩，双手枕于脑后，可以什么都想，也可以什么都不想，把名利得失、愁恨烦恼全都丢进风里，甩进海里，把平静和快乐握在自己手里，轻轻松松地做一个自由人。另外，身为炎黄子孙，到了大连一定得花四五十分钟，驱车去看看我们自己新建的军港，瞧瞧我们今日雄伟的军舰，感觉一下昔日中华民族的苦难。那一刻你一定心潮如海，有一种骄傲和自豪，并由衷地向日夜守卫在万里海疆的兵哥哥行一个军礼，道一声平安。

大连是一盏不灭的明灯。大连的灯美、灯奇、灯多，一到夕阳西下，整个城市华灯齐放，霞光万丈，和那千万渔火相映成趣，互补有无，把整个海湾和市区勾画得如花似锦、如梦似幻，胜似天堂琼阁，赛过海市蜃楼。那五彩的柔光将每一个人的心照得亮晶晶的，耀得暖融融的。而最让你心动的则是那一树树金灿灿的市灯——槐树灯，那灯立于街道的两旁，自灯杆大约2米高处，便有灯泡依层而上，共有十八层，椭球状的灯泡密密匝匝、晶莹剔透，和那绿意欲滴的银杏树、玫瑰红及满山满坡的槐树融为一体，以一栋栋高楼大厦为主体，以蓝天、碧波为背景，构成一幅奇妙无比的灯光风景画。

然而，最让你留念的是那每一张脸庞都写满温馨的大连人。他们每一个人虽然都脚步匆匆，但却没有让你感触到忙乱和无序，相反却使你明确地感觉到他们生活和工作的朝气和平稳，相识的人自然是不用说很友好，可就是不相识的人在这里也像老相识的人一样，处处能得到礼遇和帮助。记得有一次，我在俄罗斯风情一条街购物，买的几条真丝头巾由于手未拿紧，一阵风来就被吹到了街的那一边，正当我无计可施时，街的那一边走来一位女孩："先生，这是你买的头巾。"我来不及说一声"谢谢"，也没有看清女孩的面容，只觉得她的背影很美，只知道听口音她是大连人，我的遭遇很美，以至那一刻成为永恒而铭记在心。其实，在这个神圣的国度，我只不过是那千千万万个得到过帮助和关爱的一个缩影，那文明的风范和友爱的温暖如信风、如春潮，正激荡和鼓励着自强、自信、自立的中国人，稳步迈向幸福美好的明天。

大连的感觉真好，它如美酒，如香茗；它是天堂仙山，是蓬莱琼阁，它无愧于"北方明珠"的美誉。

2002 年 9 月 9 日于大连

溇水之恋

　　在桑植的西北面，在我梦里千回的家乡，有一条绿茵如带的河流，从湖北鹤峰下坪镇七垭村土地岭北坡黑湾的七眼泉喷薄而出，自西北向东南，蜿蜒二百余里，一路汇涓纳流，一路千回百转，一路波涛汹涌，一路如诗如歌，养育着河岸两旁的百万土苗儿女，见证着溇州历史的千载风雨兴衰，穿越红色桑植的六个乡镇，经九溪古城，绕五雷山脚，汇滔滔澧水，入渺渺洞庭。它就是我眷眷的母亲河，亲亲的溇水。

一

　　悠悠溇水，10 年前可是一条桀骜不驯的蛟龙。由于整个水系源于武陵山脉，山峦逶迤，坡陡林密，所以迷漫着神秘色彩，流传着诸多故事。且两旁山高峡深，河流滩险水急，且气候多变，暮霭无常，所以造就了一条堪称绝妙的动植物长廊，这里不仅种类繁多，而且多奇珍绝品，如有中国"活化石"之称的珙桐，有树干方圆数里的国树"银杏王"，有成群结队嬉戏于绝壁的猕猴，有秋日霜染万山红遍的红枫，有春来如云漫山遍野的杜鹃，还有国家一级天然繁衍保护动物的大鲵，营养丰富堪称"武陵一绝"的银鱼，素称"水果之王"的猕猴桃，诸如此类，朗朗万种，让你目不暇接，历历可数。自河旁山坡阿妹口中飘出的"树是活化石，山是万宝山；人是不老松，地是刮金板"歌谣，莫不使你魂飞魄动，魂牵梦绕？所以以河为生的土家人，建吊角木楼而居，锉石阶栈道而行，凭河生财，以水繁衍，代代相传，生生不息。他们除了耕植水田坡地、放狗狩猎密林、采药万壁千仞外，或持篙浪遏飞舟，穿梭河道两岸，渡人接物，送出迎回；或相约结网水下，乌篷鹭鸶，捕鱼捞虾，丰衣足食；或结伴洗衣酱菜，炊烟缭绕，点红着绿，肉香酒醉。更有不安分的男人，收桐油，贩猪鬃，伐杉木松竹，凭三尺竹篙，揽一排木排竹筏，出长滩，越九溪，飞江口，散杉木、南竹于津市常德，收香水花布于土楼。于是，他们就是走江湖的人，就是见世面的人，就是小孩眼里的大哥大，淑女眼中的真男人，因为在那个时代，只有他们才能偶尔窥视大山外面的世界，带来那些红红绿绿的信息。因此，小孩才向往着外面的精彩世界而励志走出大山，淑女也才想攀一叶高枝而飞往山外。

其实，我就是这条清澈的河水养大的。河里的鱼虾，是我童年最美最美的奢望，总让我有一句骄傲的话甩向小伙伴："星期天我又吃了鱼，你吃了吗？"看到伙伴们吞咽口水的样子，我很是得意。河里的小木船，是我成功走出大山的阶梯。除了依靠小木船砍柴、采摘外，假期我还可以当小纤夫，帮着叔叔伯伯散绳拉船，虽然工资不高，一天挣一元钱，但只要我天天缠着去，假期就能挣上二三十元钱，下学期的学费就够了，所以我的肩上至今还有深深的纤痕。我想也许就是母亲河这温馨的河水和险峻的滩头，培育了我柔和的脾气和刚毅的气质，使我的生命里有着不竭的动力和勇气。

二

然沧海巨变，就在白驹之间。2000年江垭水电站开始建成发电，原来气势汹涌的溇水，瞬间就变成碧水一片，一个富饶水乡，一个魅力神话。水涨岩升的仙人岩神话不见了，风雨驿站的中渡口拉索消失了，望而生畏的百步梯沉入水下了，暗礁连环的五里滩波澜不掀了，山变得更绿了，水变得更柔了，人变得更精神了，一条胜三峡、赛丽江的水上动植物长廊、断层岩谷自然景观——百里溇水风光就天设地造、鬼斧神工般轰然出世，让人莫不叹服，莫不骄傲，莫不神往。

自江垭水电站码头上船，逆水上行就是百里溇水风光。拦河筑坝后，原来波涛汹涌、日夜不息的溇水变得浩渺万里、翠波粼粼。以山为雄，以水为柔，山水交融；以幽为神，以壁为奇，神奇莫测；以洞为险，以瀑为帘，瀑洞相依。使本来就洞幽、谷深、山奇、壁绝、瀑飘的自然风光，更加显得迤逦夺目。

自柳杨溪的阴门山景点上至长滩坪遥望伟人睡像，是整个桑植溇江风景带的核心景区，这一带色瑰峰秀，洞幽林深，泉水飞瀑如珠，悬崖绝壁齐天。若是早上，日出东方，帆船镀金，水面披银，金浪万里，白鹭点水，喜鹊声翠，薄雾轻绕，泼墨如画，让人莫不精神气朗，百竿始步，只争朝夕。若是晚上，船泊水湾，渔灯万盏，红绿相叠，飞翠流金，如梦如幻，让人恍若置身仙境，流连忘返，莫不陶醉。

桑植百里溇水画廊早有晨色，晚有归雁，一步一景，步步动心，春夏秋冬，各尽妖娆。其中最有代表的景点有八处，我叫它"溇水八景"，也称它为"溇水八绝"。

阴门山是桑植溇水的首景，也是古老民族对母性的顶礼崇拜，巨大的山架如同上帝鬼斧神工地将母性的伟大刻在一泓清水之上，跃然眼前，圣辉熠熠，不容有一丝亵渎。若在雨天，白雾如纱，轻轻飘逸，泉水如练，半隐半现，真为天之神物，生命之源，不愧为"溇水一绝"。

自阴门山向前左拐，不到三里就是"溇水二绝"响水洞。响水洞原来是竹叶坪乡柳杨溪村的一引水隧道，负责柳杨溪几百亩稻田灌溉。现因水面上升，洞下已是一片汪洋，三四里隧道成了水上一景。自南而北，洞幽深远，风动波涌，水声"叮咚"，如秦汉钟瓦，通古启今。洞外还可见万亩水面养殖基地，浮萍相间，整齐划一，世代以山为生的人们，开始凭水借力，加快致富步履。这里由柳杨溪清水鱼合作社出产的淡水银鱼、黄金鱼等系列产品已远销北京、香港等地，成为中国湘西头号绿色绝品。

船过南斗溪缓缓而上，经人潮溪大桥，在中渡口右边的绝壁出，可见一石蔓凸出如伞，石蔓下有一石柱如女，长发绕肩，双眸含情，我们叫她"仙人打伞"。据传是渡口廖舫公的独生女阿秋与阿哥相恋私订终身后，阿哥为筹办婚礼，破篾扎排，只身架排涉险，不料滩陡水急，排散人亡，一去不归。可怜渡口阿秋终身盼郎不归，香消玉碎，最后浮身石壁，风雨不顾，望穿千秋，以留下千古绝恋，是为"溇水三绝"。

在仙人打伞的斜对面，从水面向左边山上远眺，在离水约百米处，隐约可见一条斜嵌在绝壁上的石栈道，那就是"一夫当关，万夫莫开"的"溇水四绝"关门岩。关门岩锉道完全靠石匠悬空手工锉成，宽不足一尺，刚好放下一脚，石道的上方锉有不规则的石窝子，便于在行走时攀抓。锉道呈"之"字形状，蛇行约一里后，在顶部完全隐入一斜谷缝间，凸出的两块巨石形成一个天然的石门，故称"关门岩"。此道是旧时溇州三乡通往外县的必经之道，虽险峻无比，也不知有多少人曾命丧于此，但栈道如歌，却从未停歇它的延伸。据说，当年红二方面军就是在此歼敌灭匪，红旗猎猎，一路向西。现在，人们早就飞桥南北，村通道阔，不再攀缘石道了，可关门岩的险峻奇特仍叫人叹为观止。

与关门岩隔河遥遥相对的，便是"溇水五绝"贝子溪落香瀑了。自贝子溪拐向白市方向，不到两里水路，就可见一线水瀑自天而降，飘飘洒洒，如练似纱，在靠近水面的一凸出石垭上摔碎，撕裂成几十道白色细流，呈扇形涓入湖中，那就是落香瀑。其实，之所以叫落香瀑还有一个原因就是在初春时节，山花如云，水瀑夹花香自九天而下，使整个河谷凉爽幽然，香气袭人，故曰"落香瀑"。如恰是金阳当空，天蓝云白，则可见彩虹如桥，衬水映壁，如梦似幻，赏心悦目。若是春雨秋风之时，在落香瀑一带又全是飞泉流瀑，珠溅影叠，十里水帘，美不胜收，粉身碎骨、宁为玉碎的豪情当油然而生。

在贝子溪落香瀑划船一圈，弃船上岸，就到了溇水最具野趣的原始天然系列景点，人称"溇水六绝"的世外城廓——廖城。其实廖城并不是一座城市，它素称"北山"，因山高路险，孤峰入云，且四周峡谷万丈，与外界相通甚少。明末年间有几户朱姓人家，先后因皇权之争遭灭门之灾后逃遁至此，北山才人丁暂兴，狗叫鸡鸣，山里人日出而作，日落而息，天高地远，自誉为城。沿廖城石栈道拾级而上，悠悠十八弯，层层三百阶，步步闻鸟语，身入白云端。到达山顶你便可见一世外桃园：百户人家卧山而居，树木郁葱，稻黄菜绿，鸡犬相闻，宁静和睦。没有外界喧嚣的鸣嘶和灼热的浪潮，只有黄牛的轻喘和百灵的细语。在这里门不落锁，你可以随便进入一家木楼，好客的主人会很快烧好土家腊肉，烫好自酿米酒，听你侃侃而谈外面的世界。其实在 30 年前，这里还是真正的山顶片居，没有电视广播，不问朝权更换，毛主席是他们心中永远的神。牛猪羊等牲畜，都是靠人工经水路自廖城栈道成双配对背上山来，然后再在此交配繁养。所以除盐巴外这里布自纺，酒自酿，衣自缝，粮自足，物华天宝，丰衣足食。虽然现在廖城先后走出了十几个名人，有首都的"北漂汉"，也有深圳的"打工妹"，有房企的"大老板"，也有省府的"公务员"，但无论有多远，他们都或在中秋时分，或在大年三十，携妻带女，踏步栈道，眷亲故里。这也许就是叶对根的感恩，浪子对老屋的深情。

当然，在这里，你先可以依溪而息，做一回姜太公，钓线河傍，闲暇晚秋，说不准还会钓上十多斤一条的野生鲤鱼，让你名扬钓友。你也可沿着去年才新修的村道直达号称"湖南西伯利亚草原"的南滩草场。在那里你不仅可以享受江南风吹草低见牛羊的特别风景，还可以骑马扬鞭，穿梭于广袤的崇山峻岭间，当一回牧马人。如果你有闲情，更可选中秋时分，散帐篷于草地，烤全羊、烧土鸡，喝一壶纯正的苞谷烧，吐一次曾经的尴尬事，吹着旧时的口琴，数着遥远的星星，把疲惫丢下，做一个自然人。第二天清晨看完高山草场日出后，再观赏人间奇迹，白市的"红旗渠"。它就是穿山锉洞8000余米、二级落差800米、湖南海拔最高的水电站——金滩二级水电站引水渠。依中里后山和谷村山坡的两架钢管水道，几乎直立山上，俨然两条褐色的巨龙，遥相呼应，雌雄相对，可谓宏伟壮观。如若你躬身隧道之中，虽险象环生，却也会刺激无比，莫不感叹人定胜天之道。此外，在廖城小憩期间，你还可以采天麻、香菇，也可捕锦鸡、画眉；可亲觅活化石红豆杉、珙桐树，也可探幽麻汉河、土匪屋。总之，只要你愿意，只要你能够，就能融入自然，返璞归真。

自廖城脚下继续向前，山高谷深，河面狭窄，非正午不见阳光，即"溇水七绝""一线天"。"一线天"约有十里水路，两岸绝壁高耸，松柏倒悬，断层如线，或斜或曲，层层叠叠，没入云端。绝壁之上，除奇花异草、鸟飞猴走外，还随处可见各种倒悬于河岸绝壁的钟乳石，如风似虎，如龙似僧，千姿百态，风情万种，让你目不暇接。船行其中，波掀浪涌，浪击洞隙，轰轰如雷，喧嚣和震荡莫不让你铿锵有力，踌躇满志。

船过"一线天"后，水面豁然开朗，船行如梭，笛声起伏，一个码头跃入眼前。这就是长潭坪渡口，"溇水八绝"最后一个景点——"伟人睡像"

的最佳观赏点。将船在河心停稳，遥遥西望，只见茫茫武陵之中，有一段山峦坐落有致，高低无差，交错细微，立体托衬，仿若新中国的缔造者毛泽东仰卧群峰之上，静观新中国不断强大的复兴之梦。凝神远望，从整齐容密的头发到光亮洁润的额头，从炯炯有神的双目到微微张合的双唇，从宽伟坚韧的双肩到博大如海的胸怀，丝丝细细，点点处处，端详和蔼，惟妙惟肖。若是日落之时，晚霞万丈，天幕金黄，伟人睡像更是天工开物，神采奕奕，莫不寓意着乾坤朗朗，国泰民安。

三

其实，犹如桑植莱茵河的溇水，真可以说是一天一景，一步一景，景景如画，波澜壮阔。善于弄潮的桑植人，也正依托着红色俊美的山水，靠着自己的聪明才智，镂刻着自己的童话，编织着生态桑植、旅游桑植、产业桑植、富饶桑植的强县富民梦。

悠悠溇江水，眷眷游子情；日日在冰心，夜夜故乡行。回望乡土，回望故人，这就是我永恒的溇水之恋，不息的生命之歌。

2013 年 4 月于江垭

九寨的水

有一位去过九寨的作家告诉我："要看水，去九寨，那种系心于红尘之外的恬静，只有那里才有。要洗尽疲惫和干扰，做一个自由的人，必须用手掬几捧九寨的神水，以滋润饱经风霜的心灵，找回千帆过尽仍年少的感觉。"为了寻找到那种感觉，为了让自己的心灵也能得到一次洗涤，我在一个秋高气爽的季节，去了一次九寨，沐浴了一次九寨的水，而且仅仅就是那一次，我就找到了九寨那种灵动的、神圣的感觉，并沉醉于那种奇妙之中。

经过一整天的颠簸，沿着岷江的浪花一路寻觅，在沐浴过历史古城松州的斜阳之后，终于翻过了雪山。看到那些立于路旁和一栋栋两层楼边的桅杆，望着那一片片随风不断传送经文的藏幡，我知道神奇的九寨马上就要融入我的心中。

九寨沟因有荷叶、树正、则查洼等九个藏族村寨而得名，其实，它的上游分别是则查沟和日则沟，两条小溪在沧海交汇，再顺着树正沟徜徉而出，属于嘉陵江白水河的一条支流，整个河流的形状如同一个巨大的"Y"字，静卧在雪山冰川脚下。远远望去，它静如处子，眸含深情，仰天而卧，无尘无埃；轻轻走近，它则香息扑鼻，风情万种，潮澜逶迤，赤诚不收。到了这个时候，你就不得不为她的魅力所吸引、所魅惑、所倾倒，而把心深深地撼动。

水是九寨的灵魂。我到九寨最大的感受莫过于水给我的启迪和领悟。虽然关于九寨的水的传说很多，有人说是阿坝高原男神送给天宫女神的镜子碎落人间而成，也有人说是雪山冰女离开藏王歌手时洒下的真诚泪滴。可不管怎么说，那洒落在阿坝高原上的 114 个晶莹如玉、形态各异的海子，会让你无法解读出那出乎意料的神奇和难以置信的美丽，而让你的思想信马由缰，穿越岁月。

其实，那里的高原湖泊，阿坝人称它为"海子"，因为过去的几十年甚至近百年，阿坝的高原汉子都渴望海、向往海，希望海能赋予他们更加宽阔的胸怀和更加豪迈的情怀，以及源源不断的力量。而阿坝的女人则叫它为"镜子"，每当晨曦破晓、旭日东升，姑娘们就会结伴而至，以湖为镜，把人和心都梳理得干干净净，放飞心中所有的祈祷和希望，然后一路歌声，或去赶集，或去放羊，或去跟心上的人寨后对歌。

我的心是让芦苇海那条翠绿的流水给拨动的，一线碧绿竟然就从那方圆十余里的芦苇荡里缓缓滑过，翠和绿，花和水，动和静，在这里天衣无缝地交融着、变幻着、演绎着，那是一首潺潺流动、娓娓人心的藏族情歌。如果说是因为有两条水下跃状如龙的生物钙化堤而使双龙海让你心潮澎湃的话，那火花海一定让你叹为观止。因为光线的折射和冰水的流动，辅之秋天四周密密麻麻、颜色各异的树叶，在太阳的照射下，粼粼波光上如同有万千火苗不断熠熠闪烁，让火花海如同天造神设，使人不得不感叹自然的伟大。在五彩火花映照下，水下世界更是神奇。由于阿坝高原特殊的气候和丰富的地下水，在湖水的下面大多有一道道乳色的钙化堤，上面碧波荡漾，下面千状万态。透水而视，有的似游龙，有的像花海，有的状如金铃，有的胜似犀牛。水深不一，它则色彩不一、视觉不同，它则神态各异，但总能把你的心牵住，把你的情牵挂，让你流连忘返。

五彩池可以说是九寨水的灵魂。五彩池水面平均宽度不过60米，最长也不过100米，但由于它的池底拥有大量的粉末钙化沉淀物和藻类物，在太阳的照射下，呈现出淡蓝、翠绿、深蓝、乳白、枣红等颜色，使原本无奇的雪水，凸显出令人难以置信的色泽。一窥它的美丽，才知道什么叫色彩，一睹它的神态，才知道什么是美丽。

然而，从另一个方面来看，九寨的水又无处不充满活力和激情。九寨共有17处群瀑布，47个泉眼，11段湍流，它们或从绿色的簇拥中汩汩而出，一路"叮咚"扬花，窃窃私语；或从断壁峰合处猛然跌落，摔出雷霆万钧，彩虹斜挂。湍流要数盆景滩最为有生机，一层薄水从钙化的滩面碎波而过，一个个堆积而成却又形状各异的钙化圈中，悄悄挺立着一棵棵柳树、杨树等灌木，这些造型各异的水中植物站立在一个连着一个的水潭中，一盆一树，一树一景。或婀娜多姿、或苍劲挺拔，故曰"盆景滩"。而居于五花海下游的珍珠滩，则是另一番胜状。瀑布海拔 2443 米，瀑布高 21 米，宽 162 米，流经日则沟和南日沟交界处的一段平缓坡度后，水流经过多级跌落，依次滚落河谷。激流在倾斜而凹凸不平的乳黄色钙化滩面上肆意冲撞，溅起无数水珠，在太阳的折射下，宛若一摊跳跃滚动的珍珠。除了盆景滩和珍珠滩外，还有象征着藏男的诺日朗瀑布，它海拔 2365 米，瀑宽 270 米，落差 20 米，宽达 300 米，巍然宽大，是中国大型钙华瀑布之一，也是中国最宽的瀑布。滔滔瀑流自诺日朗群海而来，从顶部飞流直下，如银河飞泻，声震山谷。此时正值金秋季节，山谷坡地，万紫千红，瀑布在一片片红色、黄色、金色、酱色之中，分成无数股细流，飘然而下，若一幅浓重的油画，丰姿迷人。若至隆冬时节，这些瀑布从流动状态，变成固体状态，飞瀑就变成了一幅千姿百态的冰瀑画卷，婆娑成如梦似幻的童话世界。

翠海、叠瀑、彩林、雪峰、藏情构成了九寨的"五绝"，但我认为五绝中的"绝王"当数九寨的水，没有了九寨的水，就没有了九寨的灵性。所以，水是九寨沟的主角，是九寨沟舞动的精灵，不论是静静流淌的小溪，还是汩汩流动的涌泉；不论是平静如镜的海子，还是热情奔放的飞瀑，都让人惊叹、让人欣喜、让人折服，让人繁生纯洁和灵性。

九寨的水，是灵动的、纯洁的，是有灵魂的、有情感的。行走在九寨的水魅世界，一路碧水、一路惊奇、一路瑶池、一路美丽。在这里，才能真正体会到水的浩瀚和绰约多姿。"金秋访九寨，红叶胜花开。碧海泛五彩，风雪舞剑岩。四顾皆仙界，一步一徘徊。挥手暂相别，相约又重来。"

2001 年 9 月

走进边城

　　去边城一走，领略一下沈从文笔下那个大善真善的湘西小城凤凰的实地，是我在读高中便就有了的奢望。人到中年之后，对世道人情的掌故似又多了一些理解，看得多了也就习惯多了，却不曾有太多的收获和失意。近来重读《边城》，这种思绪又火燎般地在心里拂动起来，走进边城的欲望如同渴极了想喝一杯冰水。于是，便邀了一位朋友说好去边城一走，但到了临走的时候，他忽然说心里不踏实，有事不能陪我同行，我也就不免其难。两个人有伴固然好，可以彼此照应，然缘不能如此，也只能叹口气作罢，便一人上路。一条毛巾、一把牙刷、一块香皂、一套冬天的内衣塞进那破旧的帆布背包，朝肩口一搭，迎着冬日的暖阳，便把所有的心思和情感，都带给了边城。

一

　　走进南华门，下行车来，踱进凤凰，我才知道凤凰是凤凰，边城是边城，沈老笔下的边城是凤凰相邻的辰溪。我没有回头，也没有失望，随着人流，我自然而然就走进了凤凰。跃入眼帘的首先是那一幢幢七八层的楼房，精巧地落于那宽敞的水泥街道旁，街上的五彩灯火把山城的夜照得透明，并把那一排排悬挂在水泥杆子上的红的、黄的、蓝的广告牌耀得举目可见。街道、人行道边或街道中心绿化带里，每隔 1.5 米左右必栽有一棵玉兰或法国梧桐，大车、小车、机动车和非机动车分道相向，随着那红绿灯有规律的闪现而间断地流动。人行道边高低不一的楼房下面，挂满了××局或××股份责任公司的牌子。县委、县政府或军事管制区的大门边，则有一位神情严肃、衣冠整齐

54

的军人立于岗亭上，一动不动，他背上的刺刀在阳光里闪着白芒，给人一种庄严而不可侵犯的感觉。然而，道旁最多的还是那些装扮得各具特色的商店、酒楼、发廊，或是琳琅满目的商品列于眼前，让你看个够或买个满意；或是浓香醇烈的苞谷烧、糯米酒，名目繁多的山珍、野菜，将你馋得口水直流，不由自主地步入其中，吃个大饱后打着酒嗝，说着醉话跟跄地离开；或是在那些将眉描得很弯、头发披得齐肩、穿着开口很低的苗族靓妹的招呼下，走进发廊朝椅上一靠，说是洗个头，然后双目一闭，任一双玉手将那满头旅尘洗尽，满腹心思拂去。只是不论你怎么瞧，再也找不到沈老笔下那些凤凰挂于窗子、檐角、柱头上的，随风飘动的盐号、桐油号和缠局的信幡了。因为现在的凤凰，已不是过去那个万把号人的"镇"了，而是一个人口达 35 万，财政收入达近亿元的旅游名城，并发展成为湘、黔、川三省较大的农副、工业产品的集散地，可谓是"商贾如云"。如建在沱江河旁的沱江市场，就是湘、黔、川边区最大的集贸市场，它占地 27460 平方米，设有 568 个摊位，110 个门面，水果、百货、饮食、成衣等 16 个大行，一年市场就成交超亿元，是连续四年名震湘、黔、川边界的全国文明市场。

由于肚子在"咕噜"地呼叫，我随便闪身拐进了一家小店，本来想吃碗蛋炒饭填填肚子，可看见那约莫小手指宽、晶莹透明、白绿两色相间的绿豆粉条，便想定会好吃。于是改变主意叫了绿豆粉条尝尝。一吃味儿确有不同：粉儿细嫩得像蛋清，送到嘴里便主动往肚子里滑，喝一口汤，辣辣的、酸酸的，不到三秒钟额上便冒出了热气，汗毛全都竖了起来，全身轻飘飘的，舒服极了。我想可能只有沱江的水、苗寨的米和凤凰的绿豆，才能做得出这样鲜嫩可口的绿豆粉条，要不然其他地方的米粉咋没这种感觉？

吃完米粉，再信步河旁，举目环顾，我便真正理解了"凤凰似锦、沱江如诗"的含义了。沱江自上而下，一路翠波相加，"叮咚"有语。沿河两岸，连绵四五里全是美丽悦目的吊脚楼，飞椽高阁悬于河床的两岸。楼上檐牙相对，争爪斗角，楼下棚船轻移，河堤逶迤，构成了一幅荡魂摇魄的水墨画。沿河的吊脚楼大多是木质建筑，少数是砖混框架结构，一楼均空着，家私等生活用品全放在二楼上，一楼只做杂屋用。房下是去年才修建的防洪堤，防洪堤由青石水泥浆砌而成，洪水袭来时可以抵御洪峰袭击，洪水退后便可供人们散步、休息，是居民们理想的去处。人们下班或收工回来，便在各自吊脚楼的天台上吃露天饭，打露天牌，玩露天麻将。俏皮的后生有时还把 VCD 搬出来，或是朝着河对面暗恋的姑娘唱一曲《懂你》，或是仰望着天空的星星吼一曲《敢问路在何方》，以抒发只有自己才懂的心事。吊脚楼是从不寂寞的，因为吊脚楼本身就是一首诗，更何况又居住着本来就充满爱心和激情的土苗家儿女？

画似的吊脚楼之间，是河街，即那一条条悠长悠长的石板路。石板路全由青石板铺成，共有 5 块，中间的一块稍宽，下边是排水沟，相邻的两块次之，紧挨着中间的石板，两边的石块和它们凑在一起，便成了一条不太宽的石板街。由于岁月的剥蚀和街上檐头滴水长期的洗刷，人们脚下的石板已经不再平整，而是凹凸不平，脚印、水痕到处可见。但是只要你认真地去窥视，就可发现它以这种特有的方式和文字记载着石板街上走过的人和石板街上发生的事，并以一种近乎平静的心态来面对自己和现实，俨然一张古老的羊皮画，向人们展示它上面画着的丰收和记载的辛酸。

自北门下，自辉壁门然后向右转，登上飞龙阁便可见国画大师黄永玉的旧居。越过朝皇廊，行不到 300 米，便到中和街 10 号，那就是现代散文大师沈从文的故居。故居前并没有什么特别，一样的青石板街，一样的瓦灰砖墙，只是在铁灰的火统墙上镶有一块约一平方米的大理石，上面镂刻着"沈从文故居"五个大字，若不然是不会知道沈老就是在这里长大、在这里经风受雨、在这里著书立说的。院落很简陋，也不大，就 120 平方米左右，书房、卧室分列两旁，中间是客厅，乡下人称堂屋，完整典型的"书香之家"。楼上修有阁楼用于贮粮。堂前的空地上有他孙女亲手塑制的石膏像。他那慈祥和蔼的嘴唇、莹然含玉的双眸、欲展又蹙的眉宇、魏然宽厚的双肩，与那石板街旁一栋栋伟岸的吊脚楼融为一体，构成了一幅永不褪色的图画。本来是想仔细地探究一番，可恰巧不遇缘，碰上了给故居修葺，说尽了好话才得以一览，得到上面的一些，所以总有点望梅止渴的感受，只有指望下次再来了。但是，沈老他那种居陋室而系国安、甘清贫而不合污、著不朽而于平常的品质和情操，却已深植于我的心中，他用他那清秀的文字告诫了我和许多人：要走好人生的石板路，修好收获的吊脚楼。

二

　　顺着沱江向下走，傍河的左边是一条不足一米宽的碎石板路，路边植满了橘子树。虽然此刻不能看到春天翠绿欲滴、白花点点、蜂鸣蝶舞的景象，但却能一睹一树树成熟的柑橘，它们像一堆堆燃烧的篝火，把山烧了个红通通，把水映了个金灿灿。收橘、买橘的人和吃橘的人把整个沱江都吵得不安宁："买水打田椪柑哟，买沱江橘哟，先吃后买，不好吃不要钱！"果然也有一些人迎着吆喝声走到摊前，抓起一个橘子，大拇指一用力便去了皮，把橘红的橘瓣递进嘴里，做甜状的便弯身下腰，称上十斤八斤，做摇头状的便移向下一个摊位。人们生活富裕了，把橘子不太当数。所以无论是在田头地角还是在桥头街边，不论你是真买还是假买，反正买橘的人都能美美地吃上一顿，有时还能揣几个在口袋里带回家给仔。卖橘和种橘的人是绝不会嘀咕什么的，因为他们信自己的话："桃李橘柚，越吃越发。"

　　蹚过橘林，离城1.5公里的地方有一个山庄名叫杜田村，村旁有一山称听涛山。拾一石阶而上，行至云窟，便是沈从文先生的墓地了。立于墓旁，近看则积山万状，争气负高，含霞观景，参差岱雄；远看又朱壁连亘，环美幽丽，活水通脉，如珠走轻。沈老能安于斯，是听涛山之福，是凤凰人之福，是秀山灵水给沈老之福。因为苗家山水养育了他，他从沱江顺木排而出，一生虽漂泊辗转，可心一直没离开过故乡，他是属于凤凰的。因此，有了《流光》《水车》《友情》的旧事，由此有了长顺、艄公、翠翠的传奇。然而，墓地最为特别的不是墓旁四季皆有清泉汩汩而出直奔沱江，不是坟地晨晚都是云雾轻罩胜似仙境，更不是四周古柳参天，楠竹蔽日，蜡梅怒放，古藤悠悠，而是根本就不见墓更不见墓碑，只有在书有"听涛"二字的一块巨大的天然青石前，有一块不足10平方米又镶满了河卵石的平地，平地上立有一块不规则的石头，稍薄、呈偏状，无"×××之墓"的字样，石头正面用绿漆镂刻有四句话，是他自己的："照我思索，能理解我；照我思索，可认识人。"我想这肯定是沈老自己的意思，见字如见人。因为他一生对世人的贡献和榜样难道是用一块石碑能镂刻完的吗？没有碑比有碑更好，没有字比有字更深刻，妹夫"从文让人"的表述中，也许就是只有平凡才能体现这位文坛巨星的宽厚、纯朴和淡名如水的人格。唯有墓前那一路向东的沱江，将永恒地吟唱那辉煌如歌的岁月和他无怨无悔的人生。

三

枫树坳的老祠堂，早就在"新生活"开始时被国军的大炮炸了个灰飞烟灭，渡船也因此修起了美丽的沱江大桥，而早就成了城南旧事，人们只能在记忆的长河里慢慢晃悠。可枫树坳就是枫树坳，从来就不曾平静，过去是，现在也是。最近发生在枫树坳滕氏家和宗氏家的两件事，就证明了枫树坳的人的确不一样。

滕家祖辈三代单传，很是看重孔孟之道，所以自爷爷读了两年私塾后，虽然喝的墨水还不够把笔尖打湿，可居然偶尔也装斯文人，说些之乎者也的话。可是儿子老二不争气，读书常将 30 分改 80 分，连高中也没考上。回家开了间小店做生意，却又是经营无道，两年未挣一分钱不说，还倒欠了万把元的贷款，于是只好靠爹娘给的一副身板，回家养猪务农，不过心里倒是王八吃称砣铁了心："老子没读好，那是我根本不愿读，儿子再读不好书，我就不姓滕，搬出枫树坳。"好在滕老二的儿子滕远还算争气，勤奋好学自小学开始便一路领先，到上了县一中还是全年级第一。其他学生学不会的英语他偏一学就会。其间虽然滕远家为了凑学费四年没杀年猪，滕老二还偷偷地上县医院卖了 3 次血，可总算没白费。滕远很争气，1988 年参加全国统考，一举考上清华大学，放了凤凰的第一颗卫星。四年后清华毕业又弄了个研究生，并由学校公费送去美国留学。这一切，馋得全城的眼睛都往枫树坳瞧，滕老二的脸上一年四季都放着光。1996 年春节，谁都没有想到滕远居然带了个金发、蓝眼、高鼻的美国人回家过年，大把的洋糖、满桌的洋烟、满口的洋话，像是往城里丢了一颗炸弹。喝着拉菲、抽着细烟、讲着英语，像是往城里丢了一颗重磅炸弹。"唉，就滕老二有福气，不仅生了个会读书的仔，还娶了个洋媳妇回来""哼，我想枫树坳还要出更大的人物的，他再能，能像我老表的爷爷的叔叔，写出 70 余种集子吗？他再能，能像我姐夫的姑姑的舅舅一张画卖几十万美元吗？他再能，能像爷爷的表叔当几天民国总理吗？……"然说归说，不平归不平，吃完了滕远的喜酒，看到滕远护着洋老婆叽里咕噜地挥手"bey bey"，弯腰钻进轿车，车尾喷出一股白烟后逐渐消失在五百苗岭的时候，才想起："太阳落山了，我那砍脑壳的仔，是不是在家做作业……"

离滕远家只隔一条石板街的中和街住有一宗姓人家，是从吕家坪搬过来的，家有一女名叫宗红，大眼、乌发、一副好身段，人又精灵，很是惹人喜欢。自小跟滕远一道读书上学，拾菌打柴，活脱脱的一对兄妹，可谓之"青梅竹马、天作之合"。宗红高中时就芳心暗许，打心里发誓非滕远不嫁。无奈滕远傻帽一个，浑然不知，只是死读书，读死书，仅把宗红当妹妹看，宗红春心萌动却又不好开口。高考一完一个天上一个地下，然后便各奔东西，天各一方。宗红金榜无名，落了个暗自伤心。于是发誓干个体户也要创出一番自己的事业，实现自身"天生我材必有用"的志气，于是哭着、闹着缠住妈妈卖了两头猪，用家里的全部积蓄买回了全县第一辆摩的，冠名为"黄包车"，当起了女司机，在城区短途载客跑运输，二元钱一人。由于她童叟无欺，态度又好，生意很是红火。不到两年，她就将摩的靠边，变价卖给了表妹。换了辆捷达，三轮变成了四轮。又过了两年，宗红以房产作抵押向银行贷款400万元，组建了"红远"的士责任有限公司，注册资金达500万元，30辆捷达满城转，一色的苗女、五彩的苗服、一流的服务，就好像大连街头那些骑大白马、蹬黑皮靴、挂小手枪、配指挥刀的女骑警一样，成了凤凰街头的一景。她们一身花花绿绿，自然而不妖冶，把闪亮的银器、玉器，或簪于秀发，或缀于玉耳，或圈于手臂……使你不自觉地走过去招手，风光两三里路，然后心甘情愿地掏出10元、8元，说着"谢谢"后下车，省时省事，一举两得。如果碰上你有什么急事、难事或真忘了带钱，她们一样把你送到目的地，然后对你嫣然一笑，说："先生，下次可别忘了带钱。"然后一按喇叭，"哧"地驶开。如再碰上了那些心术不正的泡哥烂仔，她们便猛踩几脚刹车，把你弄得个晕头转向，然后下驱客令："对不起，到了，请付车费。"只是宗红现在还是单身一人，她已不再开车拉客，坐在家里当起了老板，招呼那一帮子倩妹满街转，过起了老板瘾。可前不久，有人说在中央一台的电视节目里看到过宗红，说她胸戴大红花，某某副委员长还给她发了奖。也有人说宗红想把"红远"公司迁到北京，和滕远合伙，把生意做得更大。可枫树坳的人想得最多的是："滕远这小子真是不可理喻，为什么要娶个洋老婆？要是红妹子能和滕远结为连理，我们脸上不就更光彩吗？不是枫树坳红红的枫叶，能保你交上好运吗？不是喝沱江的水，你能财源滚滚吗？……"反正，这些话不知真假，有人信也有人不信。只不过滕远倒是去年回来了，开了个旅游开发公司，还修了两栋很洋气的宾馆，说是再也不走了。"红远"公司也没迁走，车子也仍然在县城街上转，只不过由 30 辆变成了 100 辆，规模更大了。

四

由沱江往上走，经樱桃凹水库，不足 20 里，便是闻名遐迩的阿拉古镇。阿拉古镇位于川、黔、湘三省交会地，是古代兵家必争之地，即使现在也是川、黔、湘的交通咽喉。由于其特殊地理位置的重要性，在唐垂拱二年（686），唐朝官吏们便夯土垒石，兴建了黄丝桥古城，顿兵镇守，隶受唐，谓汤县治。清朝咸丰年间改土建为青石建筑，设有都史、巡介等衙门。它占地 2900 平方米，东西长 153 米，南北长 190 米，青石砌成的城墙分内外两道墙，外墙高 5.6 米，内墙高 2.9 米，墙上修有宽 2.9 米的通道，外墙上有青石砌成的炮口枪眼和墙垛。整个城墙仅设有东、西、北三门，因北门面临公路，即古官道，现今的国道湘川线，故称为"宝门"。站在城楼的阁台上，可远观城外 15 千米处人畜的活动状况和城内士卒的活动，战时阁楼可指挥作战，平时可训练士兵。黄丝桥古城距今已有 1300 多年的历史，它不仅是我国现今最古老、保留最完整的古老城堡之一，又是清朝实行屯兵制以劳养武最有力的见证。我从南门登上城墙，自南向北信步一周，只见那旧痕斑斑的青石古城，断石横道，枯草丛丛，青苔幽幽，天高穹远。我手抚断石枯草，目注古松翠竹，耳闻秋风阵阵，仿佛又置身于狼烟冲天、黄信猎猎、战马狂奔、血光剑影的古战场，仿佛又听到了幽远长久的水牛号角，震耳欲聋的松树炮声，还有那滚滚的铁蹄和对酒当歌的长啸……岁月匆匆，光阴荏苒，虽然烽火不再，土苗人民在和畅的日子里喝着黄酒，唱着苗歌，走向富裕，但古城那伟岸的影子却永存于人们心间，士兵们那种精忠、威武、无私的精神将永远激励后人，筑起一道坚不可摧的钢铁长城。

从古城墙里走出来，看到熙熙攘攘的人群个个脸上都像盛开的桃花，我的心情也一下子轻松了许多。虽然由于历史的客观原因和自然条件，有些地方有一极少部分人现在仍还比较贫困，可今天的日子已经是过去的边城苗民连做梦都不能想到的。村村通了公路，家家照上了电灯，就连小洋楼也修进了苗寨。有70%的农户家里购买了电视，有20%的家庭安装了电话。古老的官道也只是人们心中旧的彩调，石臼的声音不再在苗寨上空回荡，苗寨人真正过上了新的生活。就拿全县原来穷得出了名的米良乡排门村来说吧，村民过去只能肩挑背负，点桐油灯、喝天上水，听天由命，靠天吃饭。可现在由于有人民政府派去的扶贫工作队，在短短3年的时间里，不仅修通了村级公路，引来了自来水，照上了电灯，还建起了村办企业，让老师、学生搬进了崭新的希望小学。你能说变化不大吗？他们能不面若桃花吗？也正如排门人自己说的："真正的新生活，只有在共产党的领导下才能实现。扶贫工作队员不仅帮助我们改造了自然环境，更重要的是帮助我们立志脱贫奔小康，留下了永远也享受不完的精神财富。"

五

"不登南华山，枉到凤凰城"是边城人一句很自豪的口头禅。所以，在同行莫杨的提议下，我也像其他游人一样一头扎进了国家森林公园——南华山。从文昌阁中学大门旁斜行而上，经兰泉顺着麻石条砌成的石阶攀登，便是去南华山的路。石阶两旁绿荫葱葱，树木参天，不时有鸟叫从远处传来。不是"扑"的一声一群白鹭从身旁的樟树枝间惊飞，吓你一跳，就是自树隙里看到一行大雁排成"人"字状，在金黄的夕阳里缓缓南归。刚开始攀登，石阶平整而距离匀称，还感觉不到累，可只走了大约百米远，脚就变得沉起来，腿也越来越酸，一会儿便气喘吁吁了，爬至壹亭亭，便欲不再前行。可在亭里一息，看那亭文："怯者到此亭，勇者登绝顶，不到望月峰，不算南华行。"心中自陡生一股豪气：知难而退非丈夫，"走！"我一招手拉起同行的莫杨，便又继续登攀。5点半，我们一行终于登上了山顶望月峰。虽然我们几个人全都满头大汗，腿脚直打战，气也不打一处来，可登临峰顶的快感很快就将疲劳驱走。立于亭中，凭栏远眺，只见平林漠漠，轻雾蒙蒙，翠岱连绵，无穷无尽。俯瞰向下，只见凤凰庄严迤逦，沱江浩浩荡荡，群楼影影绰绰，船帆星星点点，车流滚滚，人潮迭荡，天堂山村，尽在眼中。此时我才明白"亭亭记"的精妙：是在鼓励人们不论做什么都不能半途而废，只能勇往直前才有可能获得成功，走向辉煌。于是向着群山，向着森林，"哟、嗬嗬"的几声，把激动的心情送得很远，任那回声入云，铮然久远。

下得南华山，回到山庄冲了个凉，然后和衣躺在床上，心中便滋生起了惆怅，因为我明天早上就要离开凤凰了。只不过我想：凤凰已不是从前的凤凰，凤凰人也不是从前的凤凰人了，他们不仅明白了一个夜晚有多少更次，夜里醒来是什么时候，而是和这个伟大国度的其他民族一样，操作电脑，学习外语，驾驶飞机，发射火箭，改革开放，建设小康，自己当家做主，筹划着灿烂的明天。他们依然庄严地生活在那片神奇的土地上，为了自己、为了民族、为了人类，继续并不断地幸福生活下去，享受大家庭的温暖，并深信今天的明天必定不同，明年的今天必定多彩，大山里的人生会更加亮丽。

念情依依、别意悠悠。当雄伟、迷人、别致、悠久的吊脚楼、石板街、南华山等在眼前渐去渐远的时候，我知道我也是属于边城凤凰的，因为边城凤凰已深藏于我的心中。其实，不论是谁走进边城凤凰，你都会为它的爱心所沐、真诚所动，而产生一种与之共追求、同命运的欲望，想融进天堂山村做一个地道的边城人。

边城凤凰，你能留下我吗？……

1999 年 12 月于凤凰

那山那人

天门洞开（中国湖南张家界天门山高尔夫训练球场）

岁月漫漫，玄歌相随。那山，便是远方，它惊艳了岁月；那人，便是诗句，她温柔了时光。是山的巍峨和俊秀，营造了气派和氛围，是人的多情和灵魂，酿成了故事和精神。由此，有了成头山的喷薄日出和古商城的熙熙攘攘，还有土楼的千年神韵和雪乡的林海传奇；有了梵净山的玄石净天和马合口的仗鼓长宴，还有皇都的迤逦侗寨和土家的吊楼阁窗；有了双门岛的心灵小憩和九寨沟的炫丽流溢，还有荷叶塘里的寻寻觅觅和江垭古镇的旧巷残阶……荷叶塘的荷花依旧亭亭玉立，芙蓉楼里的问候依然温暖催泪，峰峦溪的玄女依然风情万种，土家响客的唢呐依然响彻十乡八里。有了故事便有了精神，有了精神便有了传承，有了传承便有了创新。人行走在洒满阳光的山河里，感受美、赞叹美，然后创造美；人融化在圣贤英雄的精神里，汲取美、领悟美，然后提升美。那山那人，就是枕上诗书，就是风霜雪雨，就是众声春秋，就是人间正气。

土楼神韵

一次偶然的机会，让我亲眼看见了过去在电视或画册里见过的神秘建筑——福建南靖客家土楼，并深深地为它那多彩的风姿所折服，伟岸的身躯所震撼，构造的精细所称绝，以至一栋栋土楼立在心中，千年不倒，神韵永存。难怪有人说福建客家土楼是"东方文明的一颗明珠"，是"世界上独一无二的山寨神话建筑"，是"中国古建筑的一朵神秘奇葩"。它以历史悠久、风格独特、规模宏大、结构精巧等特点独步于世界民居建筑的艺术之巅。

自福建莆田上车奔南靖，一路山峻水曲，不时有一辆辆客运大巴迎面驶过。据随车的导游介绍这大多是去南靖或永定参观土楼的旅客，到目前，分布在福建闽西南的南靖、永定区境内的土楼有 35000 多座，那里山势蜿蜒，峰峦叠嶂，山坳里、坡地上，土楼就像群星一样密布且千姿百态。据不完全统计，土楼已接待了 43 个国家和地区的近百万中外游客，成为世界级自然遗产和世界旅游胜地。其实，到福建看土楼有两条线路：一条是南靖线，以四园一方（当地俗称"四菜一汤"）的田螺坑土楼群、东倒西歪楼（也称比萨斜楼）、闽南周庄塔下村等景点为主；另一条是永定线，以高北土楼群、承启楼、振成楼为代表。客家土楼主要有三种典型，分别为圆楼、方楼和五凤楼。其中土楼中最有特色的是圆楼，它是客家人南迁时为适应防卫需求聚族而居才出现的住宅形式。然而为什么会以圆的和方的为主？导游告诉我们因为自中国的远古时代开始，人们就认为天是圆的，地是方的，故古人以圆和方代表天和地，方圆就是完美无缺，方圆就是完整无损，因此对圆楼、方楼崇拜有加。尤其认为圆楼能给主人带来无穷的神力，给主人带来万事和合、子孙团圆。我们一行走的是南靖线，当车子爬过盛在岗一眼就能看见掩映在青山坡上的田螺坑土楼群。不等车子停稳，我们便鱼贯而出，站在观楼台上，透过稀疏的柿子树，田螺坑土楼群就静静地躺在约 300 米开外的山坡上，一方四圆组成土楼群真像"四菜一汤"，在一条条浮动飘逸的绿茶带和一棵棵橘红闪亮的柿子树之间，别致而又妩媚，沉香而又丰旖，悠久而又意远，难怪本地人盛赞为"五朵金花"。

别过田螺坑土楼群，我们来到下坂村，参观俗称东方千年不倒的"比萨斜楼"裕昌楼。裕昌楼始建于元朝中期（1308—1338），是刘、罗、张、唐、范五姓合建的一座 5 层土楼，该楼每层 54 个房间，5 个楼梯将整个土楼分成 5 大单元。在土楼的天井中心有一个用河卵石铺成的大圆圈，圆圈的中心建有一座单层小圆楼，称为"祖堂"。东倒西歪楼从外观上看不出来，只是你一脚踏进楼门，猛然看到全楼回廊的支柱不是左倾就是右斜，最大的倾角达到 15 度时，你的心就不由一紧，觉得好像听到了"吱吱呀呀"的断裂声，仿佛只要一阵风过，楼就会轰然倒下，忍不住拔腿就跑。其实，600 多年来，裕昌楼就是这样，有惊无险，风雨不动，所以有"土楼明星相"的美誉。而至于歪歪斜斜的来由有"误餐"之说，有"老虎入楼"之说，还有"火灾重建"之说，可要弄出谁为真相，那就得慢慢考证了。不过在闽西南靖土楼乡村，像裕昌楼这样歪而不倒的"比萨"土楼是绝无仅有的，它不仅成为一道有趣的人文景观，也算得上建筑学的一个奇迹。

从裕昌楼出来，我们来到福建南靖最大的圆土楼顺裕楼。导游告诉我们该楼始建于 1927 年，历时 20 年才竣工。楼外环外径 74 米，高 4 层 16 米，每层 72 开间，四层共 288 间，楼中楼又有房间 80 间，全楼共有房间 368 间。难怪好事者通过计算说：若一个人在楼内每间房住上一天，一年住不完；在每家一天吃一餐饭，要用两个多月的时间；每天认识土楼里的一个人，要用近两年的时间。其实这就告诉你随着人员的不断繁衍，你将永远也无法识全这栋楼的人。

看完裕昌楼，顺着一条清澈的溪水，就来到了号称"闽南周庄"南靖县龙洋镇的塔下村，该村始建于明代宣德元年（1426），是中国最为典型的客家村落之一。我们一路沿溪流信步而下，只见清溪如带，哗声似歌，鱼翔浅底，鸭鹅双戏，绿树成荫，容妆淡抹，山环水绕，九曲蛇行，仙楼雨桥，目不暇接。一幅鲜活的小桥流水、土楼人家的图画，直铺铺地展现在你的眼前，它能让你嗅到太白的气息、桃园的恬静、诗经的墨香。导游告诉我们，塔下村不仅是一个尚学之村，现有博士 5 人，300 多人从事科研，而且还是一个标准的长寿之乡，近 20 年就有百岁老人 6 位，80 岁以上的老人占 85%。向天挺立在张家祠堂门前大塔的 23 根白龙旗杆，就是福建客家人创业求学成功的缩影。

其实，在南靖不仅可以看土楼游塔下，还可以细细品味福建客家人的民俗，住在土楼农家里，品他们的满月酒，抢新娘的红婚头，观道士的祭祀戏，会让你乐不思蜀，他们无一不像土楼一样闪烁客家人的智慧。因时间关系，我带着眷恋和遗憾匆匆乘车离开，但那种相遇如花开的感觉，却永存心中，并期待着花开无数。

2012 年 6 月 28 日于福州

探秘天无尽头

学过地理或稍有点地理知识的人，都知道地球是一个椭圆形的球体，地球绕着太阳转，这样就形成了白天和黑夜、日出与日落，所以天没有尽头。可在胶东半岛的东端，也就是威海荣成市的成山镇，有一块凸出于大海之中、三面临海、一方接陆的小半岛叫"天尽头"，它是中国陆地的最东端，俗称为"中国的好望角"。其实它本名叫"成山头"，最高点海拔 200 米，东西宽 1.5 千米，南北长 2 千米，占地面积仅 2.5 平方千米。但就是这块神奇的半岛因为与许多历史名人的不期而遇，因为许多历史事件的偶然发生，陡然增添了许多神秘的色彩，从而引发了后人许多的遐想和猜度，因此百姓戏称它为"天尽头"。如今它被开发成 4A 级国家旅游景点，成为中国最美的八大海岸线之一，并且排位第四。现今，为了发展旅游，消除游客游览的顾虑和忌讳，人们在原"天尽头"的石碑旁，重新立了一块更加雄伟的石碑，将"天尽头"改成了"天无尽头"。从此代表着福寿久远、财源滚滚、国运昌盛的天无尽头，吸引来了无数国内外游客，成山头日出也因此誉满全球。

其实，天尽头的神秘流传已久。据史书记载，姜太公封八神，因日神首东，就曾在此修日主祠，拜日神迎日出。公元前 219 年、公元前 210 年，秦始皇嬴政曾 2 次驾临此地，拜祭日主，修建长桥，寻求长生不老之药，以致留下了"秦桥遗迹""秦代立石""射鲛台"，秦相李斯手书"天尽头秦东门"等著名历史遗迹和人文景观。前 94 年，汉武帝刘彻率领文官武将自今西安出发，登泰山，巡东海，直至成山头，为"成山头日出"这一奇丽的自然景观所折服，下令在此筑拜日台、建日主祠，以感天恩，且作"象载输，白集西；食甘露，饮荣泉。赤雁集，六纷员；殊翁杂，五彩文。神所见，施祉福；登蓬莱，结无极"以志之，这就是名传青史的《赤雁歌》。这些行为都为"天尽头"的神秘和神奇增添了氛围。可秦始皇也因东巡天尽头死在回京途中，些许政治家到过天尽头回去后先后下野，因而被政治家、企业家、名人视为一片不祥的土地。在人们的潜意识里，天尽头似乎带有一种神奇的力量，是一道神秘的魔咒，足迹所涉，厄运将至，所以为人们所忌讳、避而远之。

然而，是珍珠总不会被历史尘封。随着同名电影《天尽头》的上映和自然天成的独特基岩海蚀地貌及众多的人文历史遗迹越来越被世人看重，成山头这颗被神秘色彩而尘蔽的翡翠，逐渐光芒四射。特别是在改革开放之后，"天尽头"改名为"天无尽头"，各项基础设施日臻完善。岛上高峰突兀，跃腾起伏；海边巨龙吮海，潮汐恢宏；平视三方，浪啸不竭，烟波浩渺，鲸逐鲛戏；凝望日出，远海如火，日出如炬，云蒸霞蔚。故世界各国游客趋之若鹜，东方的"好望角"正展示着它无穷无尽的魅力。

我不是官，也不是企业家，所以也就没有那些忌讳，自大连访友过来，途经威海，若不借此机会寻古探幽、心潮澎湃一番，恐留遗憾，于是就试着上了成山头，逛了天无尽头。驱车驶入，抬步入园，映入眼帘的是一排秦始皇东巡时的雕像，这些栩栩如生、勇猛强壮的秦时勇士，一下就把我的心情扯回到那烽火狼烟的岁月，小山坡上那座古老的始皇古庙，正默默地诉说着始皇这位历史巨人的功与过、得与失，但谁也无法否认他一统七国、一统文字、一统度量衡的历史功勋。如果不是秦始皇生时有德，保佑百姓，死后有灵，福佑苍生，庙里的香火是不会久远的。

自庙堂大门出，然后沿石阶而下，三四十米远就到了天无尽头的石碑旁。站在大海边，我举目远眺大海，心里颇有遗憾。听人们说天尽头处的海浪声势极为惊人，颇有一种乱石崩云、惊涛裂岸的震撼。但在我举目遥望海面时，却发现这里的海面如一张蓝色的绸缎，随风微微起伏，悠悠冉冉，优雅、文静、温顺，只是海边偶尔间碰撞击起些白色的花朵，犹如亭亭玉立女人裙子的边。也许是今天，它只是想我感受到它无穷的温暖和柔情，而不想让我领略它慑人的杀气和威严。我想如果是那些大人物来到天无尽头，望着这静如绸缎、丝滑柔然的大海，他们的心情会是什么样的呢？是感慨大自然无穷力量的内涵，觉悟自身的渺小，还是在胸中再起风云，欲与天公试比高呢？大人物们的心思，我无法揣测，而此刻我想，无论他们当时有何种念头藏于心中，这种大自然的和谐生态，静中大道，惠风和畅，总会给他们以强烈的震撼而使他们有所悟的。和畅毕竟是一种方向、一种思想、一种境界。

环顾天无尽头的观台旁，还有几座《封神演义》的人物雕像，是与天无尽头的传说有关的。有齐国之宗的姜子牙，有威武声名的赵公明，有大义重情的云霄娘娘，还有文曲之星比干，等等。我很奇怪这里的设计师为什么会把这些人物给摆放在这个半岛上，因为他们生前并不是一个阵营的，而且也并不是《封神演义》中最有名的人物，但我又似乎明白好像这里缺少了他们，又缺少了灵魂，所以这里张扬的还是智慧与忠诚、繁衍与发展。我很喜欢姜子牙的随意与潇洒，所以在太公像前留了影。朋友问我："为什么要选择他，而不选择其他？"我说："姜子牙，一生赤诚、正直，心态良好，又是百家宗师，可学之处太多，沾一点灵气罢了，其他的我一个凡夫俗子真还沾不上边。"

由于我们一行是清早自威海而来，当然就赶不上看日出的时辰，也就目睹不了那一幕恢宏的景象，其实我在天子山看过日出，在泰山看过日出，甚至在故乡的后山也看过日出，但就没有看过海上日出。本来想在天无尽头住上一晚，无奈明天要赶到青岛开会，只得在心中无比遗憾作罢。细细一理，虽然来去匆匆，但总归在这充满神奇色彩的半岛上，画了一道弧，也应知足。罢也罢也，世事总有遗憾，哪只有月圆而月不缺？

2013 年 9 月于青岛

速描洪江古商城

对于湘西的洪江，我了解不多，仅从沈从文的笔下略知一二，很是为那种轻烟细雨、木排如云、船橹遮江的情况所感动，知道那是一块见证生命的神秘土地。然这份感动的进一步深化，以至铭心刻骨地把洪江的石板街、窨子屋、半戏台、旧码头记入心中，是去年的一次金秋之旅。也就是那一次沥沥细雨中的踏步，康熙时代烟火万家的"七省通衢"，"我国资本主义启蒙时期活化石"在我的心中得到了印证，一种独有的情愫牢牢地系于怀中。

青石巷上见沧桑

也许是洪江特殊地理位置的原因，洪江的石板街与相邻不远的凤凰古城的石板街不一样，和边江丽城的石板街也大有区别。一条条青色的石块，不太规则地铺在青云山下，沅水河旁，只有几条主要的巷子，如会馆、码头、戏台等要道的街面，青石板材铺垫得错落有致，除配有地下水沟外，还镶有沮水眼。而其他青石路面都不太规则，大多是就其青石板的大小和路面的宽窄随意铺设，如一条条随意泼墨而成的浅色飘带，蜿蜒迂回地镶嵌在洪江古城中，把 60 余座宫、殿、祠、寺、庙、院、堂、庵和 17 家旧报社、23 个古钱庄、34 所旧学堂及百余个作坊、千家铺勾画成一幅美丽的图画。难怪有人叫它"小南京"，难怪有人把它称成"明清古建筑群标本"。

初到洪江，一定会有人自豪地告诉你洪江的古商城有七冲八巷九条街，10 万平方米。如不是"文化大革命"时期的损坏和几次火灾，古商城要比现在情得多。徜徉在洪江的七冲八巷九条街里，注目着那一个个依稀匆匆忙忙的脚印，就如走在时空的隧道里，读一本黄得发白的古书。

在黔城芙蓉楼的一块石碑上刻有如是的诗句："风逐浪花浪涌波，鸬鹚滩泊客船多。瀑泉泛涨奔犹箭，洪水飞流快如梭。东去巨舻摇橹下，西来小艇扬帆过。看将滚滚若潮汐，激石冲回漩似螺。"读完此诗，不用思考就会明白，诗词中描写的那轻波相涌、泊船如云、鸬鹚盘旋、丝竹声声的境地一定就是古商城洪江。从这首诗里或多或少地印证了洪江被誉为湘西"小南京"的理由。因为湖南怀化的洪江，处在我国中南与西南交界之地，是历史上西南通往内地的"咽喉"，是西南水上交通的"瓶颈"。所以在民国时期，洪江最为鼎盛，有街道40余条，上为正街，中为米厂街和姜鱼街，下为河街。临街店面巷道，一色石板铺设，每日晨曦初现，街上便人如潮涌，接踵而至，不至三更，不散不减。"汉口千猪百羊万担米，比不上洪江犁头嘴"这句谚语，说明了当时的洪江能与全国的商业重镇汉口相媲美，甚至有过之而无不及。

其实，洪江的繁华是有特定的历史条件的，是和黔城、高椅古村这三座同类型的古建筑群相互联系的，加之特殊的地理位置，以及丰富的木材、桐油、传统的手工艺品等自然资源，便利的水上交通，使洪江成为中国历史上西南民族工商业发展的缩影，也成为现今中国自然保存最完美的古建筑群。

要见证古商城的繁华，其实只要到48座古商码头一旋，只要到29个大会馆旧址一瞧，你就会感受到那种博大的商韵，余热犹存。洪江三面环水，沅水在其境内蜿蜒迂回46公里，再加上从贵州、广西发源的巫水、公溪河，境内河流纵横，河道深宽，利于大船行驶，水上交通十分便利。目睹那一处处散发着当年神秘而又离奇的码头旧址，手抚那留有"若水巡检司"字样的断砖旧墙，脚踏那一块块高墙深院会馆的残阶遗梯，就仿佛隐隐约约听到那如歌的号子，看到那如潮的人流，体会到那悠悠古城商韵中的惊心动魄，以至沉醉于当年的繁华之中，如在细心地品味一幅如诗如画的"清明上河图"。

窨子屋内纳百珍

徜徉在七冲八巷九条街中，最为引人注目的就是那屋檐连着屋檐、高墙贴着高墙的窨子屋了。其实要寻找当年的豪门霸气，就得走进380多栋至今仍居住着6000多洪江人的窨子楼，因为就是这些平常而不平凡的窨子楼，藏匿了洪江人的精明和古洪江的繁荣昌盛，也正是这些老窨子楼，才勾画了当时的霸气和繁华。

明清的窨子楼是中国乃至世界的一大特色，而古洪江的窨子楼则是奇中之奇。四合院的方式，以高高的封火墙相分开，屋顶成比例地向中心低斜，并构成小方形天井，用以吸纳阳光和空气。窨子楼多为两进两层或两进三层，名门大家则多为三进三层，且在三层以上的窨子楼中，南北都修有天桥相连。这些窨子楼以山为骨架，以水为血脉，或建于高坡，或立于河傍，屋脊连着屋脊，椽角对着椽角，高墙贴着高墙，巍然而立，连绵十里，极是壮观。

虽然都是窨子楼，都一样的雕梁画栋、精雕细刻，但因大小不一，也风格各异。有"回"字形的，有宫殿式的，外墙用青砖砌成，名为"封火墙"，用以隔离和防火，墙内全部是木质结构的堂屋和厢房，沿着干天井或湿天井的楼道拾梯而上，就可以依次到达屋顶的晒台。立于屋顶的晒台，俯瞰那一片片青瓦粼粼的窨子楼，你就一定会感受到幽深庭院里散发出来的神秘商韵。

洪江的窨子楼与其他地方的窨子楼最大的区别就在于它带有明显的"商业特色"。那一扇扇呈几何等边斜角的门墙上，都在显著处标有号子，一楼高而宽敞，采光充足，是店面；二楼是仓库式结构，用以储物；三楼多为小间，装饰精细，为居室。仔细观察还不难发现洪江的窨子楼还有三个较为明显的特点：一是院中的天井变化多端，先是由小变大，再由大变小，体现了主人的精明；二是墙头和挑梁的彩绘颜色鲜明，简洁明快，线条流畅，显示了主人较高的文化涵养；三是门窗装饰依楼层由简入繁，由粗变细。门柱、照壁、家居均饰有龙游凤翔、云纹动物等。因此形成了典型的明清时期的豪门大户古建筑。

从等边斜角的大门步入窨子楼，你就一定会为窨子楼内的饰物所吸引，以至目不暇接。天井中的太平缸，雕花刻诗，金鱼戏水；窗户上的窗格内龙凤呈祥，百花竞艳；上楼的护梯乌黑发亮，倩丽有序；殿柱下的石礅，状如洋鼓，云纹精细；窨子楼中的每一块木板、每一朵窗花、每一间厢房都各不相同，争相异辉。而徜徉在窨子楼群之间，看到我国著名书画家郑板桥先生写给远亲郑煊的"吃亏是福",一定给你很深的启发：一个人不能满足于现状，要与时俱进，不断创新。只要拥有一颗平常的心，有时的吃亏就是幸福的开始。这句话也许是"苦尽甘来"最好的对仗。

戏台连桷道繁荣

如果说窨子屋是洪江的一绝，那么48个半戏台则是当时洪江如日中天极度繁华的写照。因为只有有钱人才修得起戏台，才请得起戏班子，因为只有人有了钱才去享受，才去看戏，才从简单的物质满足向精神享受转向。如不是商贾如云，何以戏台连桷？

说起那48个半戏台，是洪江人最难以忘怀的，也是洪江人津津乐道的，尤其是那些顶着一头华发仍然蹒跚着行走在青石巷里的老妪，只要一说起洪江的古戏台，那混浊的眸子就会发出一种异常的光芒，并不自觉地哼起旧时的小调。因为那是江南文化在洪江这座古商城中有力的展现，也是洪江商业鼎盛繁华的佐证。

由于洪江的商人大多数是外乡人，为了聊解思乡之情，几乎古洪江的29家大会馆都建有自己的戏台，甚至建有两个看戏台。前台是供普通老百姓和同乡会的人看的。后台是供富贾、军阀们看的。前台演的是连本戏或武打戏，后台唱的是折子戏和情戏。只有一个戏台的大家凑在一起看，有两个戏台的穷人和富人分开看，男人和女人分楼上楼下看。每至传统佳节，各戏台华灯齐照，彩旗飞舞，锣鼓喧天，佳丽如云，直闹得洪江如天庭仙境般，商贾乐不思归。据传，洪江人在民国二十年（1931）就看过无声电影，新加坡的武术团在民国二十七年（1938）就在洪江做过演出，几乎和南京同步。

这洪江的48个半戏台除了演戏外，还有一个用途，那就是供本地人作曲艺表演。只要是逢场赶集或是红白喜事什么的，打围鼓的、唱渔鼓的、敲三棒鼓的、使霸王鞭的、舞龙舞狮舞蚌壳的，一齐涌向那七冲八巷九条街，把每一个戏台都挤满，把每一条街都挤爆，使整个洪江变成歌的海洋、舞的海洋、快乐的海洋。真是"火树银花不夜天，弟兄姐妹舞翩跹"。

沅水鳞波吟新歌

走在古洪江的青石巷里，一位导游的话深深地触动了我，也触动了我们一行。她说："洪江古商城是一块蒙了尘的碧玉，只要稍作修饰，它将成为湖南又一耀眼的旅游景点，并为市场经济的不断探索和完善，提供一个研究和考证的现场。"

是啊，虽然在省委省政府的正确领导下，怀化洪江的经济获得了迅猛发展，洪江人也正过着健康和睦的幸福日子。但随着邵怀、长吉等高速高等级公路的快速建设，洪江将迎来一个新的发展机遇，也将面临一个严峻的挑战。如何利用湖南西部发展的机遇，盘活古洪江的旅游资源，我想应该是一个有用、有趣、有前途的话题。作为一个游人，我只是想洪江人是否应该想一想"租赁经营""合资开发""搭台唱戏"等门道，让这座在湘西沉睡了数十年的昔日繁华商埠，重新焕发活力？使这一座本来就藏匿万象的古城熠熠生辉？

"云外遥山耸翠，江边远水翻银。栏杆影入玻璃，窗外光浮玉碧。"有人用这首诗描述过古洪江的过去，但我想：这风景逸人、杯弓酬影、水波粼粼、欢歌无限的天堂世界，一定是未来洪江古城的缩影。

其实，要了解洪江，解读洪江古商城，需要的是一种感触、一种知觉、一种责任、一种细细的品味和觉悟。不过，只要你在古洪江的青石板上一站，仰视到那一片片、一层层精灵般的窨子楼，你就会感受到一份骄傲、一份自豪，更感觉到一份责任，使你不断地为了民族的振兴而奋斗不息。

2004 年 9 月于古城洪江

（原载《湖南日报》2004 年 9 月 16 日）

梵土净天

今年的夏天真是有些烦，连日的超历史高温，使我这个自命心静气沉的人都有一种莫名的烦躁，于是便一路劳顿，直驱北半球最古老的公园、全国著名的弥勒菩萨道场、武陵山脉的第一高峰梵净山，希望在那里找回些安静和惬意，重新拾回被高温和炽热带走的灵性和思考。

其实梵净山离张家界不远，地处江口、印江、松桃三县交界，素有"脚踏三县"之称。史称黔东之境，楚渝之间，武陵之主，辰河之源，可谓气势恢宏，不同凡响。据查梵净山平均海拔 2572 米，面积 500 平方公里。远远望去，大气磅礴，奇峰耸立，千山万壑，绿波迤逦。若不是天公不美，多了些飘飘洒洒的雨丝，将伟岸的峰峦泼墨得有些隐约模糊，稍稍有点高远难别，但那些挂在峭壁树梢游走不定的云雾，时隐时现的峰峦，和在山谷间夹带着花香轻拂的气息，分明就增添了一种清新而灵动的感觉，这里是真正的梵土净天。

清晨早起，稍作整休，便草草早餐。踏步法门桥，越过沟河，排队购完门票，我与同行便鱼贯而入，坐上景区的小环保客车，自然而然就融入了梵净山。我依窗而坐，穿过老山门、碑林，自竹林夹道而前，沿沟壑溪流而行，只闻"隆隆"水声由远而近，不到 20 分钟，便进入了梵净第一景——龙泉寺。龙泉寺巍然耸立在龙泉寺水坝之上，硕大的弥勒佛打坐于龙泉寺庙顶，金碧辉煌，笑口常开，为贵州最大的露天铜佛。香客居士怀虔诚之心进出于佛座下大殿内，佛光使然。拜身高 31.99 米的弥勒大佛必须仰视，不仰视不得见其身，也不能见其头，可谓佛前自低头。在龙泉寺水坝泄洪口，除了将水坝建雕的蜿蜒弯曲、恰如龙身外，还造有巨型吐水龙头，洪流从龙口喷出，瀑如飞练。肃立在龙泉寺殿前大桥两旁的数十佛头造像，雪白如玉，婉转如虹，和整个龙泉寺建筑浑然一体，可堪庄严盛大，直教你心灵震撼，熠熠佛光，不由得会产生"古殿灯燃长白昼，危楼钟动欲黄昏"的感觉，引出禅心自成、何用修为的感叹。

游完龙泉寺，我们赶紧上车，因为还要半个小时的车程，三十道急弯，跨越法因桥、因果桥等七座石拱桥，才能到索道上站，并乘索道顺达山顶。车顺着弯弯的溪水逆势而上，一边是匆匆向后滑落的坡峦翠影，一边是叮咚如歌向前奔流的涓涓清溪，香甜纯净的晨风迎面扑来，如米酒般把我们嗅得如痴如醉。

上得索道，和我家乡天门山、黄石寨的索道一比，没有多大区别，但往轿厢一坐，随着轿厢的缓缓上升，再左盼右顾，极目远舒，一种别样的感觉就自然而生。轿厢缓缓滑行，视野也越来越阔，山下清清朗朗的山水树木，慢慢变得影影绰绰，从山间不时升腾起的一缕缕白雾，千姿百态，变幻莫测，在风韵的山峦上游曳，或将峻峭的石壁打扮成天堂水帘，如一座座仙影留芳的琼楼；或将幽深的峡谷遮盖得严严实实，如一条条白花花的江面。忽然有一团云雾钻进轿厢，并把整个轿厢裹起来，让我经历了一回人在轿厢、身在云上、心在天外、飘飘如仙的感觉，而那种感觉旋即让我理解了什么是超然、什么叫洒脱，原来超然就是丢掉欲望，什么都不想，心如止水，把自己融进自然；原来洒脱就是把浮躁淡泊，忘记结果，只管过程，所以没有失落。半个小时的索道上行，就如同在一首悠扬的琴声中，把我从山下拉到上站，也从视觉透过心灵，只有那自动张开的轿门，才硬生生地把飞扬的思绪抽收，该下车了，到了上站万宝岩，只有徒步才能登临峰顶，品览绝景。

站在前往山顶的观光生态长廊上，忽觉阵阵凉意，刚还在轿厢内外随风飘逸的雾，在半山腰的上站房外就变成了细细的雨丝，我和同行的人不得以每人裹上了一件雨衣，红红绿绿的影子，忽然使整个山顶生态游道变得五彩缤纷，让雨中的梵净山多生了几分妖娆。其实生态长廊就是为了介绍梵净山的生态植被，沿着景区上山的木栈道，用图文并茂的方式向游人展示梵净山最为出名和特有的花卉、动物、植被等，让人在短时间里了解这个世界级动植物王国。由于梵净山山势高峻，山体庞大，所以形成了"一山有四季，上下不同天"的垂直气候和动植物分布，从而保存了世界上少有的亚热带原生生态系统，并孑遗着 7000 万种 200 万年以前的古老珍稀物种。据科学考察数据显示，该山有生物种类 2601 种，其中：植物 1800 种，被列入国家重点保护的珍稀植物 17 种；动物 801 种，被列入国家重点保护的动物 19 种。其中，"国宝"级的珍稀动物黔金丝猴，其数量比大熊猫还少，被誉为"世界独生子"。"国宝"级的珍稀植物珙桐是恐龙时代的古老植物，在地球上几乎消失殆尽，但在梵净山地区，至今仍有十余片大面积的珙桐分布。每当春末夏初，奇特而美丽的珙桐花就会纷纷开放，仿佛群群白鹤翩于林间。外国人羡慕地称它为"中国鸽子花"，并誉为"北温带最美丽的花朵"。除了上述最具代表性的稀有动植物种外，还有被奉为"梵净神树"的印江永义巨型紫薇，1300余年的树龄，极为茂盛的枝叶，每年三次开花，且每次颜色各不相同，人称"中国紫薇王"。在梵净山的团龙村，还有一株古老的茶树，树龄在 650 年以上，是中国现存最古老的人工定植茶树，人称"中国茶树王"。除此而外，特别要叙说的是一种随处可见的常绿灌木，那就是高 4—7 米、叶革质、3—5 片轮生枝顶的大钟杜鹃。每至春来，这些树龄 400 年以上的大钟杜鹃树，便花开遍山，艳压枝头，淡红色的冠钟状花朵，蜷成一团团，簇成一束束，迎风摇曳，美不胜收，风送花香，如痴如醉。难怪有人说"杜鹃花开满山红、云山雾绕遮真容。纷嚣世尘万千事，梵土净天可作注"。在云雾缭绕中，沿着木栅栈道攀爬，理数着种种稀奇古物，流连在动植物的时空隧道里，让我长了不少见识。虽因季节原因不见绝禽飞鸟、流红腾跃，可那在云雾中一株株挺拔的铁沙青冈，一簇簇常绿的灌木乔林，分明在向你证明这里的神奇和美妙，只有那几百年乃至几千年才长成的典型树干、繁茂树冠，在默语着风雨流年。

一个拐弯，一片峰林"哗"地就忽然耸立在眼前，这就到了老金顶，梵净山核心景区。亿万年的风雨侵蚀，将海拔 2500 多米的老金顶附近的石林峰群，雕琢得奇绝天下、鬼斧神功、惟妙惟肖、浑然天成，使老金顶孤峰突兀，断崖陡绝，沟谷深邃，瀑流跌宕。蘑菇石上大下小，仿如一棵硕大的蘑菇，看似飘飘若离，却顶天立地，巍然屹立亿万年，成为不倒的神石磨、梵净山的标志物。和蘑菇石相对的是神似倒立在园印合中印章的奇石柱翻天印，它也许从倒立伊始就没有盖下印章，但只有佛界才能识别读懂的印模，本来就是域外之籁。还有依山望母、泪眼千年的太子石，状若册籍、终卷不开的万卷书，更有状如鲤鱼、当空含月的鲤鱼岩，绝壁千仞、镇魂摄魄的思过崖，莫不令人叹绝，形神兼备。在峰林中间，除了观日台外，还有两块稍错叠加的巨大石块，石平如镜，立于之上，远可眺莽原逶迤，云谲波诡，近可见峰回水转，白练悬空，云厚时堆积如絮，云薄时稀疏如纱，真让人转眼风云相会，凭空移步作仙。若是凌晨则可目睹红日喷薄而出、彩云绵亘万里。据传在这里还常常出现令人魂牵梦绕的两大绝景"佛光"与"云瀑"，我想那应该是有缘人的奢想，此次虽未见佛光灿烂，也未见云瀑澎湃，但我觉得只要心中有佛，定有佛光庇佑，只要不沽名钓誉，就不管云卷云舒。

其实，梵净山还有许多的绝佳景观，天桥相连的红云金顶，当空横卧的万米睡佛，穿古透今的碑石摩崖，练尺三千的观音瀑布，还有薄如刀锋的薄刀岭，威武铿锵的将军头，交峦如剪的剪刀峡，幽深曲径的九皇洞，可谓聚险峻至极，显变幻之巅，神秘莫测，变化万千，悠远醉香，流连忘返。所以有人撰文称梵净山"集黄山之奇，峨眉之秀，华山之险，泰山之雄"，真是"崔嵬不减五岳，灵异足播千秋"。可就是因时间关系，我不得已仅到此一游，虽不能慷慨词文，尽心释怀，却也云水禅心，有获而归。

上山是木栅游道，平宽而又有护栏，因云在头上，山在云上，所以有点吃力，而下山的路虽然是青石板，却因云在脚下倒是轻松许多。经佛塔，远观镇国寺后，直接进四大皇寺承恩寺，再漫游天街，然后在恰似一叶轻舟的龙凤亭稍作小憩，就到了净心池。弯腰掬几口泉水，抹一把脸颊，顿时疲惫全失，只觉全身阵阵轻松，一路小跑就回到了万宝岩，乘索道下到了山门，结束了这次梵净山返璞归真、颐养身心的旅程。

说实在的，我还想在梵净山多待几天，山下的云舍我还没住，山涧的溪流我还没玩，山上的《敕赐碑》我还没读，所以有些失落，没到尽兴。特别是在这梵土净天里，只要展开思路，也许什么忧郁都可以化解，什么失落都可以平衡，什么纠结都可以打开。所以，我想还要再来，再来感受神秘久远的梵天净土，再来感悟如云似海的陌上人生。

2013 年 8 月于张家界

（原载《张家界文艺》2014 年文学版、《张家界地税》2014 年第 4 期）

秋游五雷山

去了几次五雷山，都没有留下片文断字，所以心中很是愧疚，总觉得亏欠它点什么。其实，五雷山不仅很出名，而且香火很旺盛，墙内开花墙外香，只是有点显远不显近的味道，而且它对我来说是有故事的，就如一瓶珍藏心底的窖藏老酒。

自市区出发再向慈利县东去 55 公里处有座山，亘古以来就为湘西的东边屏障，我们称之"湘西的东大门"，当年日军的侵华铁蹄，在全国人民的血战之下，就止步于此。此山东接临澧，南邻桃源，西处笔架山，北抵石门县，山势巍峨蜿蜒，郁郁葱葱。据传当年有五条蛟龙在山下兴风作浪，危害百姓，真武祖师爷命五雷大神在此镇压，一番血腥风雨后，将五条争斗的孽龙变成了五座山峰化身于此，永世不得动弹，曰"五雷山"。站在此山之巅，举目远眺，依稀可见五龙朝伏之状。自此之后，金顶之巅，经幡当空，佛经朗朗，云蒸霞蔚；五雷山下，民安业乐，鸡犬和鸣，一派祥和。

虽然五雷山不比嵩山、华山、泰山、少林寺有名，但由于香火旺盛，曾一度比肩武当山，每逢盛大的道教节日、庆典，南北武当都互派代表致庆。由于湖南五雷山与湖北武当山一南一北，遥相呼应，史上就有了"中国南武当"之称，如今已被誉为湖南最大的道教文化圣地，号称"楚南第一圣地"，湖南张家界 3A 级风景区。每逢"三月三""八月十五"的朝圣日，前来观光旅游的客人熙熙攘攘，络绎不绝，前来朝圣送捐祈福的香客，连绵三里，香蕴数月。

我和琳等在山门票站外择一块平坦的场地将车停好，买好票鱼贯而入。只见几十家商家客号均背贴南山，一字朝北，有序排列。步入廊桥，只见廊桥雕龙画凤，九回十转，一阶一阶向上延伸。驿道琉璃蜿蜒，巍巍入云，与蓝天下嶙峋的峰岚竞相争势，彰显奇山古刹之美，宛显佛光无限之境。此时已值晚秋，所以游客不多，但香客倒是不少，不时有人自我身边经过，不是气喘吁吁自我身旁鱼贯而上，就是满脸喜色自我身旁盈盈而下，满是喜气和惬意。名义上我是邀几位来赏秋观叶的，实质上我是来散心的、悟禅的，想把一些红尘抖落，没有牵挂、没有羁绊、没有任务、没有压力，自在自然，随心所欲，一切随意使然，一任秋光自然流淌。

沿廊桥拾级而上，步行3000余步，只见一座四角钩斗、古色古韵的建筑，堂内玉皇神像，面向东南，正襟榻上，榻前香火袅烟，氛围肃穆庄严。阳光自窗棂和大门斜射而入，使人有"紫气东来"之感。秋风摇动檐角风铃，和香烟一道悠然远溢，吉祥如意。这便是五雷山的第一道景观：玉皇殿。

穿过玉皇殿，就是功德廊。一条30米左右的亭廊式石阶，两旁摆立着几十块功德碑，碑上记载着捐建者的姓名和捐献的金额。数额大的有上万以上的，数额小的有五十几百的，昭示着人们多行善缘，多积善德，好人自有好报。我轻步穿过廊桥，就是石板铺就的上山路了。为了轻松登上山顶，我们择一石阶坐下，小憩片刻。卸下背包，举目四顾，只见廊桥在青翠葱绿间忽隐忽现，石板路在绿草翠树间蜿蜒前行，鸟在山上飞，人在路上走，山林红黄相间，蓝天白云如棉，洁净飘逸，如梦如幻。

继续往前走，一硕大而平整的岩石突然悬空南伸，那是五雷山著名的舍身岩。传说五雷山的道家仙客，在此岩上碰上机缘可得道成仙；恋情男女来此一游，可以今生今世相伴终老。不过这些终归是传说，不是我这个凡夫俗子所能领悟的，我不求成仙，也安于家庭。但若能在这舍身岩上见到仙人逍遥几曲或是抚舞几琴，倒是十分有益。我想此处琴声，悠扬堪比天籁，剑影可化寒霜。在舍身岩旁有一子懿祠，那是求子圣观。此处很是神奇，十年不育者来此处一炷香，三个拜，不出月余，便可见动静。所以不少来客不远万里，来此进观求拜，是求子求福。特别是不少回头香客，领子谢福，于是传说也就越来越神。

绕过道观往后，到了会仙桥。一架石桥将东西两峰相连，桥石条上镌刻的条纹和图腾，和桥旁的丛丛花草，相得益彰。桥的拐弯处是鹰嘴岩。它上岩下弧，下石上迎，状似鹰嘴，腾于苍穹。传说诗仙李白也曾到此一游，他的那首《连理枝》诗就得此灵感，落墨成章：

> 雪盖宫楼闭，罗幕昏金翠。
>
> 斗压阑干，香心澹薄，梅梢轻倚。
>
> 喷宝猊香烬、麝烟浓，馥红绡翠被。
>
> 浅画云垂帔，点滴昭阳泪。
>
> 咫尺宸居，君恩断绝，似遥千里。
>
> 望水晶帘外、竹枝寒，守羊车未至。

过桥沿山路继续前行，过一依山凌空而建的观景亭，便见一孤峰突然拔起，直入霄汉，一石阶层层叠上，云梯摇曳。台阶的尽头就是五雷山的神秘之殿，巍然耸立、香火万年的朝圣殿。朝圣的感觉在于虔诚，所以这108步石阶，所行之人必须心无杂念，专心至诚，不然不受玉皇大帝保佑，便有跌入山涧之患。朝圣殿的旁边，是道家仙姑的梳妆台和药王殿。特别是药王殿，据传东汉末年名医张仲景曾到过此地，寻得良方不少，都收录在他的名著《伤寒杂病论》内，传说明朝朱允也曾到此，求医而愈。因此五雷山便被后人们称其为"五雷仙山"。

朝圣殿的左上方，孤峰的顶端，有一削平了峰顶的山峰，山峰的顶就是一座金光四射、霞光万道的神殿，那就是五雷仙山的最高点，也是五雷山远近闻名的金殿。金殿大门正朝着太阳升起的方向。大殿里供奉着真武祖师爷，他满目慈祥，仪态可掬，面向东方，心定气闲，左手示客请进，右手置榻随性。两侧的雷公像，面貌可狰，令旗手持，正待听令。我们上前鞠躬，焚纸燃香，只见烟丝袅袅，青云直上。只隐隐觉得，虔诚至此，真武祖师一定会保佑我和我的家人一生平安。

早上上山，晚上下山，未有得道大悟，却也大致了解了五雷山的历史，道听了一些南武当的传说。其实，五雷山仅仅是我们华夏万千河山中的一处小景观而已，就是这座小小的仙山，都有如此湛深的文化传承，不知我们博大的华夏文明，又是如何的震古烁今呢？我为我生在这个伟大的国度而自豪，我也为成为这个伟大的国民而骄傲。让我们一道尽自己的微薄之力吧，你我同心，万民协力，我们的明天就会更加美好。

2006 年 9 月于慈利宾馆

峰峦溪

听苦竹河石板街上 81 岁的陈婆说，桑植的山数峰峦溪最美，水数峰峦溪最清，全当是一场白话，不以为然。可当我在那神秘的峰峦溪晃悠了一天之后，才知道那里的山，横亘蜿蜒，坦荡从容；那里的水，流光溢彩，牵魂动魄；那里的树，绿荫成穹，林涛不息。陈婆的话一点不假，峰峦溪特有的秀峻和清澈，是其他的山水无法比拟的。

自桑植县城经利福塔镇，沿苦竹河方向过九天洞前行大约 3 千米，向右转上一条沙石路，蜿蜒一段后过龙凤桥，一片奇秀的山峦便展现在你的面前，那就是喀斯特国家地质公园峰峦溪。刚刚修好的停车坪和游道，被今年 7 月的一场山洪冲得七零八落，然那秀美的山峦和潺潺的溪流仍带有一种让人抵不住的诱惑，忍不住使你拾路前行。

游道凹凸不平，断断续续，忽宽忽窄，游道两旁青草层叠，野花飘香，蜂鸣蝶舞。抬眼向前望去，首先映入眼帘的是那一幢幢拔地而起高有千仞的山峰，它们或似即将出征的将军，披甲戴盔，有雷霆万钧、一统山河之势；或似奋蹄扬鬃的战马，跃入九霄，嘶声悠远，让人陡生一身豪气；或似一曾百岁老妪，头顶银须飘舞，双眸凝望着山外，脸庞饱经风霜；或似一堵天然砌成的石墙，层层叠叠，错落有致，浑然一体，巍峨入云。其实，这里的山峰大大小小，林林总总有百余座，从左看它是一番景色，从右看它却是另外一道风景，"真是横看成岭侧成峰，远近高低各不同"。最为特色的要数逍遥门（也有人叫它南天门）了，一座山峰耸立于蓝天白云之间，峰峦之巅，一门自然天成，门洞内雾流云绕，门洞外峰峦叠翠，立于逍遥门边俯瞰，岱色连绵，炊烟点点，土家号歌，若近若远，声音随风传送，真可谓天籁之声。

举目环顾，峰峦溪万千景象，尽收眼底。

峰峦溪在万千峰谷中蜿蜒蛇行，就像是天宫中失落在人间的一串珍珠，大小不一的百余个深水潭和 30 多处小瀑布，让你感受到这里水的宁静和跳跃，从而引发你的思绪和憧憬；让你感受到这里水的流动和碰撞，从而激起你的冲动和豪情。有时候溪水从五彩的沙英石板上缓缓流过，灵光闪烁，如歌似诗，让你的心觉得有一种流动中的静止美；有时候溪水从三四丈高的石崖上跌落下来，瀑布成群，落水成珠，洋洋洒洒，自天而降，使你体会柔美在改变一种形态之后原来也可以振山撼心；有时候潭水波光粼粼，峰峦倒影，绿叶拂水，鱼蟹相戏，使人淡忘是非名利，融入自然万物，心旷神怡；有时候阳光自峰峦树隙之间，直照潭底，将那七彩石全部点亮，整个溪沟如同一个巨大的流动灯笼，霓虹闪耀，晶莹似玉。

黑龙潭对于峰峦溪来说是一处灵根，是不可不去的。两座山峰谷底，有五六十平方米的平缓河谷，四周长满了绿茵茵的水草，中间一大水潭，像是专门盛装从潭正前方十几米高处依次跌落下来的瀑布。瀑布大小 3 节，轰然而下，悬泉水线，汩汩而至。若是正午，又有骄阳当空，泉水点点滴滴，自两旁的峭壁悬崖上不绝而至，泉点透明，熠熠发光，那才叫珍珠雨。立于潭边，可闻泉声如琴在心灵深处低回悠扬轻拂，也可理李白千古绝句荡气回肠之意境；可睹万物生命之逢勃，也可见人性之本来之相貌。有缘一睹，怎不能有浮想联翩？原来自然之美源自人心，心无杂念，便有美于心。

没有去过峰峦溪，我想你一定会去的。因为那里没有一点矫揉造作，没有一点人工合成，没有一点虚拟假设，一切都是那么真实、可靠、古朴，万物自然而然，是一个解读美、感受美、提升美的圣地。

2001 年 8 月于长沙

（原载《张家界日报》，获张家界西线旅游九天

玄女景区主题征文一等奖）

芙蓉楼里拾夕阳

　　几次到怀化，都没有去芙蓉楼，这对于一个文学爱好者来说几乎有失文雅，因为芙蓉楼毕竟是因为诗人建的，也是因为诗句出名的。所以下午雁化说带我去逛逛，我一语应允："去吧，看看楼外的夕阳是否依旧，玉壶的琼浆是否微茫。"其实，如果没有唐代被贬官员王昌龄在这里留下"洛阳亲友如相问，一片冰心在玉壶"的脍炙名句，我想根本就没有芙蓉楼，当然也就没有了芙蓉楼里的故事。因为，它既没有岳阳楼"洞庭天下水"的胸襟，也没有黄鹤楼"长江天际流"的气势；既没有滕王阁"巍然耸立"的宏伟，也没有蓬莱阁"琼楼玉宇"的神秘。若不是"寒雨连江""楚山孤远"让原身处都市官至迁汜水尉的"诗家天子"王昌龄的深感孤凄，若没有"七绝圣手"王昌龄那发自心灵深处对亲友的冰心挂牵，这座位于湖南西部舞水河畔洪江黔城的历史名楼，断不会声名远扬、世界皆知。

　　因为要逛芙蓉楼，所以我上车就在手机上查看了一下王昌龄，以防在游说间失了分寸。王昌龄，字少伯，生于唐武则天圣历元年，西安人，以擅长七绝而名重一时，在唐代诗坛上有"七绝圣手"之称。中过进士后又中博学宏词科，堪称"诗家天子"。唐开元二十七年（739）获罪被贬岭南，开元二十八年（740）遇赦北上，任江宁丞。天宝七年（748），诗人因"不矜细行，谤仪沸腾，博才傲物，直言犯上"被由江宁丞贬为龙标尉。安史之乱期间，昌龄为避其祸，回归故里，却在濠州为濠州刺史间邱晓所杀，英才销坠，成安史之乱一大憾事。可昌龄贬任龙标时，为政以宽，政善民安，被乡民誉为"仙尉"，慕名造访者终日不绝，以至有"苗女听歌""遮道乞诗""佳句退兵""昌龄补靴"等美丽动人的传说。连诗仙李白都写下了"杨花落尽子规啼，闻道龙标过五溪，我寄愁心与明月，随风直到夜郎西"的著名诗篇，深表对昌龄的思念。我想这也许就是人们对"诗家天子"和"七绝圣手"王昌龄久不忘怀的情愫。

下午4时许，我们一行到了黔城，将雁化的车停靠在古城东正门，穿过黔阳古城牌坊，便走进了古城的街道。街道是用青石板砌筑而成的，整齐洁净，两旁多为两层楼高的仿古建筑，檐牙高挑，卷垛如鹏，含蓄淡雅，隔街相对。下为铺面，花花绿绿，琳琅满目，上多居室，兰花临窗，古色古香。街上人来人往，熙熙攘攘，不时有着侗服苗装的倩妹擦肩而过，诱得我们眼睛发亮。出了中正门步行50米就到了芙蓉楼的检票口，验票过关，在讲解员和雁化的引导下，我们沿着河岸走进芙蓉楼的深处。经过烧香许愿的香炉岩，往前走右转一个90度的弯，就到了芙蓉楼第一景——龙标胜迹门。该门因王昌龄曾任龙标尉而名，建于清中晚期，门楣正中刻画有"王昌龄送客图"。此图是清代著名女画家黎采苹根据王昌龄《芙蓉楼送辛渐》诗意勾勒，著名泥塑家肖登瀛先生雕塑的，所以称"三绝图"，意为该图为三大绝手之笔，而门的两侧则为春夏秋冬四季图，花香叶飘，秋冬相间，使这一门坊含有独到之韵。

跨过龙标胜迹门，向右不到20米处，就可在苍松翠柏间，隐约见一歇山式两层木质阁楼，它便是芙蓉楼。讲解员告诉我们：芙蓉楼是一座典型的明清园林建筑，木质构造，青瓦屋面。临近仔细环顾，才知其奇妙之处，绝非一般。屋顶翘角临空，飞檐卷扬，苍劲有力，如鹰击长空；屋脊泥塑华丽，色彩斑斓，多姿多彩，犹画绸丝锦。虽没有古代皇家园林的王权宏伟之势，也没有苏州园林的娟秀细腻之气，但在逶迤楚山，这座木筑巧思、错落有致的阁楼却也颇得名气，号为"楚南上游第一胜迹"。

芙蓉楼主楼的第一层是王昌龄的画像厅。讲解员要我们在王昌龄的画像里找出一个秘密，但我们注视了好久却没有一人有所发现，最后还是讲解员揭开了这个秘密。她说："这个秘密就在王昌龄图像的眼睛中，他的眼睛会随着你的行动而左右转移。"开始我不信，可按照讲解员的说法，我不管是左右移动脚步，还是前后移动脚步，画像里的眼睛都跟随着我的不同的步伐而转动，我不得其解，只觉得画得太神奇，就好像有一种镀金的弥勒佛，他的眼睛会随人转动。从一楼往上爬，就到了二楼的观光台。凭栏而立，极目远望，只见楚山逶迤，郁郁葱葱，高铁疾驰，如影随风，群楼入云，星罗棋布，白鹭飞旋，天高云淡。唯有清清的舞水河在楼的旁边静静流淌，任岁月如梭，它涛声依旧。使人不由得念起主楼的楹联："楼上题诗，石壁尚留名士迹；江头送客，冰壶如见故人心"。

下得楼来，我们随意而行，将讲解员丢在了一边，先是在芙蓉池看池中怪石，再是在半月亭赏文竹石榴，听雁化讲"芙蓉仙子月夜吟诗弄风箫"的传说，再后来到玉壶亭细观玉壶石刻，与雁化合影，意欲今后无论贵贱贫富，都彼此玉壶情怀，相依相恋。据史记载这块玉壶石刻，由辛丑状元、江西布政使龙启瑞合篆，将"一片冰心在玉壶"诗句构成"壶"形图案，不仅构思别致，寓意颇深，而且展示人间真情，不惧沧海桑田、海枯石烂。

照完相，我们一行又沿着园中的卵石小路，在金色的夕阳中慢慢徜徉，驻足半月亭，笑谈耸翠楼，念诗矮围墙，品赏长画廊，论字碑石林，你言我语，无拘无束，自然轻松地寻找那翠松、诗句、画鸟、碑刻中透漏的楚汉文化的气息遗韵。当我们来到河边送客亭的时候，夕阳已经下山，但夕阳的余晖已把整个黔城照得一片金色，特别是芙蓉楼，就好像是抹了一层淡淡的金黄，在夕阳中显得通透、明亮，庄严而又厚重。河堤上的人多了，五颜六色，来往不绝，像是都赶来拾太阳公公掉在河里岸边的碎金；河里的船多了，上下穿梭，劈浪扬波，把那碧波搅碎如一片片金鳞，和那河堤上的一排排钓竿、天空中的一朵朵彩云组成一幅流动的山水画，收进了我的相机，藏进了我的心里。

也许芙蓉楼里，最需让人理解的是玉壶，玉壶虽小，却能融化冰心，相知冰心；玉液虽醉，却能让人对酒当歌，万里传情。所以我想，只有读懂了"朋友"二字的真正内涵，才会拥有朋友，才会感知朋友，才不会被朋友忘记。雁化，让我们牵手相望，守候夕阳，做彼此夜行的一盏灯。

2013 年 9 月于怀化

（原载《张家界地税》2016 年第 1 期）

土家吊脚楼

江南武陵的风景本来就很美，一丘丘小岭郁郁葱葱，一条条小溪清水敛影，一坡坡梯地流绿飞翠，一块块稻田铺金洒辉。可世代生长在这奇山异水之间的土家人却还嫌不够完美，硬是在那水车边、樟树下、梯田旁，凭自己的妙思奇想，伐木为柱，烧土为瓦，修起一栋栋雕梁画角、檐牙高争的杉木松板屋，使一座座山充满活力，使一条条水溢满灵性，铸成土家人的灵魂，那便是画般的吊脚楼。

吊脚楼是一幅情悠意远的山水画。木头构造的阁楼大多有两层，分为正屋和吊楼子，稍富裕的便舍得花钱修东西两个，一边住长子，一边住闺女，而经济稍困难的则选一方背景较好的修一个吊楼子，当然是掌上明珠千金小姐的香房了。精巧的木格窗子和吊楼木栏，不仅用来通气、采光，而且将杉木板壁点缀出秀气。斜斜的木笕从屋后边的芭蕉下，把清泉引进了灶房后的木缸，"叮叮咚咚"一架永恒的自鸣钢琴，晾晒在柱头板壁铁钉竹钉上的斗笠、蓑衣、玉米棒子和红椒、艾蒿交相辉映，在夕阳里闪着金色光芒，耀得使人心跳，而那整齐洁白的屋檐滴水、腾空的戏龙楼角、青灰的铁色瓦线，将整个楼子镶进青山，和暮归的白鹭、撒欢的猎狗、摇曳的楠竹，一道构成了一幅精美的图画。那画是土家人画的，画中的主人便是土家人。

吊脚楼是一支少男倩女咏唱不老的情歌。大凡土家汉子都会唱几首山歌，因为不会唱山歌的男人会被姑娘瞧不起，而土家姑娘则个个玉喉银铃，四五岁就会唱一箩筐。据说，我的祖父就是在三月三的庙会上凭一口好嗓子而娶得土司公的独生女儿的。也许缘于此，吊楼子的厢房大都在修构时精工细作，上好的杉木板和樟木方全都用在吊楼子，因为老妈都相信吊楼子修得好，女儿便一定出落得俏，出落得俏歌也一定唱得好，那样便一定会找到一个好婆家。故吊楼子里装满了老父老妈对女儿的祝福，也盛满了女儿的情歌。你听，歌从吊楼子后边的山道上和窗格里飘了出来。

> 男：哥哥门前有曲弯弯的田，
>
>   一弯就弯到妹妹的吊楼前。
>
>   有事无事田边走，
>
>   只恋妹来不耕田。
>
> 女：哥哥田边慢慢走，
>
>   妹妹远远瞧个够。
>
>   为啥只见雷来不见雨，
>
>   何日才戴红盖头？

其实，就在这唱歌的当儿，西边坡子李家的倩倩被东边院子的养鸭大户狗娃娶走，震天的爆竹、烟花、唢呐、锣鼓，把土家寨子闹了个天翻地覆，同时也把一个个吊楼闺房主人的梦幻装满、心神扰乱，编缉成了一支支永远也唱不完的情歌。

吊脚楼是一首浸人心扉的散文诗。每当夜幕降临，满山的牛羊入圈归栏之后，老爸便把火坑堆满木柴，用茅草把火引燃，让火苗"哧哧"地把全屋人的脸都映得通红通红，然后"吧嗒"一口烟，把每一个人最牵肠挂肚、最得意忘形的事从心里掏出。老爸说："张七从县农业局买回了最新的 VU8 号谷种和胜利 2 号油菜种，据技术员说可增产一倍呢！"老妈说："隔壁四婶家一窝猪下了 13 个，真发了一笔不小的财哪！"二哥说："今年市县机构改革马上就开始了，我该不会分流下岗吧？"么妹摇着妈妈的肩娇滴滴地说："妈，去年林姐打工赚了 8000 元，我也要出去打工，好不好吗？"吊脚楼走出了不少的人，他们有的把故乡写成了书，有的把故乡画成了画，也有不少人出去镀了金闯了世界之后毅然回到故里办企业、修公路、教书育人，用一颗颗质朴的心和一腔腔火热的情，把土家的山栽绿，把希望的鸽放飞，叩响一声声幽远如梦的呼唤，折射一道道荡魂动魄的光芒，因为他们自己就是星星，就是月亮，就是诗人。

1988 年 5 月于沅古坪

（原载《张家界日报》）

小憩双门岛

　　自小在桑植长大，山是那山，水是那水，大概都一清二楚，全装在心里，放进了记忆的行囊。可近来听说有个叫家国的人花了近 2000 万元捣鼓出一个双门岛来，着实让我惊异，桑植深处武陵山中，外不临海，内无大江，不纯粹是在痴人梦想？然，自上周末我和几位朋友亲临双门岛之后，才知道家国真有眼力，捣鼓出的双门岛环境雅致、绝伦精妙，不仅使桑植这块红色的土地上又绽开一朵奇葩，而且是张家界今后旅游、度假、会议的好去处。

　　双门岛并不宽阔，南北长 900 米，方圆 50 余亩，东西相距最窄处仅 80 米。不阔的一个"小岛"，却让家国捣鼓得如仙境一般：皇家仿古式的主楼和土家楼群，精巧地缀于岛的中央，把整个半岛衬托得豪华、气派，且民族风情味特浓。岛的东面是一个缓缓的阳坡，阳坡上植满了绿茵茵的草皮，偶尔有几株如紫薇、垂柳、玉兰、槐花等树植于其中，使那被麻石阶划成规则的块块草皮生机盎然，让人感受到生命在流动。顺阶而下，可见 3 米外潺潺流动的水上，建有"屋桥"，青瓦红墙，雕梁画栋，七弯八转。它虽不及北京颐和园长廊的雄伟与奇妙，却也有它自己的风格。在桥上可仰观流云，可俯视游鱼，可垂钓、可打牌、可谈天，也可以什么都不做，推窗极目远眺，那悠悠澧水，点点白帆，巍巍武陵，寥寥楚天，便尽收眼中。

　　沿着用河卵石铺成的小道，绕岛一周，可见蘑菇、八角等几种不同形状的几个茶亭，不经意地散落在岛的中间。随意拾级而上，我就登上了该岛的最高点——烟雨阁。立于阁中，凭栏而望，则是一幅流动的田园图：一汪碧水那边，傍山有四五栋土家吊脚楼，散落于几片坡地和水田间，稻苗和玉米正扬着花，飘着香，阿嫂在暮日的余晖中已把灶膛的火点燃，冉冉浮于空中的炊烟是她期盼阿郎晚归的心歌。阿郎依旧迈着那不紧不慢的步子，穿着那件土布短袄，戴着那顶毛边草帽，肩着犁，吆喝着老黄牛，"吁、嘘"地顺着田埂，把秋天的希望和女人的安稳带回家。那时，您的心也一定会变轻，轻得像一枚羽毛，心灵也会抵达自然的空旷和宁静；那时，您的眼睛一定会湿润，感觉到平凡的日子真是美好。

晚上，我走进宽敞的房间，扭开灯，满屋便洒满橘黄的温柔，顺手拉开窗帘，推开窗户，眼前便有了另一番境况，让人悸动不已：两个月亮，一个天上，一个水中，把整个一湾河水搅得银光粼粼。峭壁下有五六只乌篷船在轻轻地晃动，船头影影绰绰的身子像姜太公。唯有那窗对岸、岛那边刀砍斧削的鸡公崖，着实俨然一张凝重的壁画，画着土家人古老的水车，画着葫芦壳飘动的红樱……

那晚我不知道是什么时候睡着的，但我却分明地感觉着：只有在澧水环抱的双门岛上，躺在母亲的怀里，才会睡得那么安稳、那么踏实，才会真正地领悟到人与自然的那种水乳交融。

2000 年 8 月于双门岛

（原载《张家界日报》）

情醉侗寨皇都

　　10 年前在洪江古城踏青的时候，兼职导游李老师便向我推荐了通道，说有时间去侗寨遛遛，了解了解侗族的风土人情，品尝品尝侗寨的腌菜酸酒，聆听聆听侗女侗男的侗歌芦笙，是一件让人很羡慕的事。其实，我生在土家，住在苗寨，去过彝乡，听过瑶歌，还就唯独没有遛过侗寨，于是我便有了一个通道情缘，去侗寨皇都一游成了我暗藏心中的一个念想。

　　今年的秋天，枫叶正红的时候，与驴友成行，终于圆了我的念想。我们一行 4 人沿着沅江逆水而上，过中方，越洪江，穿幽州，一行欢语笑靥，一路青山碧水，一心一往情缘。直到我们看到横跨 319 国道雄壮巍峨的通道牌坊，才知道久违的侗乡已近在咫尺。通道县城沿河而建，始于元朝，自古乃兵家之争地，虽几经战乱迁徙，迄今有 1300 多年历史，可依旧小巧而悠久，活像一首流动的诗。在通道所辖的 21 个乡（镇）中，侗族古建筑星罗棋布，璀璨夺目，那一座座透迤绚丽的风雨桥，那一幢幢翘椽多进的侗木屋，那一栋栋绣巧挺拔的钟鼓楼，沉淀了深厚的侗族文化，代表了侗族建筑的至高水准，成为我国神奇多彩的民族文化奇葩和自然遗产。据统计，仅通道至今就有芋头侗寨古建筑群等全国重点文物保护单位 3 处，坪溪寨门等省级文物保护单位 7 处，市、县级文物保护单位 26 处（56 个点）。其中，恭城书院、兵书阁及文星桥、白衣观、阳灿鼓楼 5 处文物已申报全国第七批重点文物保护单位。大量地面文物和众多经典侗寨，共同组成了极具科研、历史、文化和艺术价值的侗族古建筑群。

　　驴友雁秋曾到访通道，于是自告奋勇带我们经县城沿河而上，直奔侗寨皇都。在崇山峻岭间曲折前行 10 余千米，侗族古建筑的魁宝皇都就展现在我的眼前。据考证皇都侗寨是侗族村寨保留最完整的地方之一，现有吊脚楼 500余座，由黄土乡的头寨、盘寨、尾寨和新寨 4 个侗寨组成，形成气势磅礴的侗族吊脚楼群。传说古夜郎国天子路过此地，为其浓郁的民族风情所迷恋，流连忘返，故建"皇都"城。

进入皇都，按区域位置我们先观风雨桥，赏新寨。壮丽逶迤的皇都侗寨有一条坪坦河划寨而过，溪水涓涓，如诗如歌，流光倒影，似锦胜彩。波光粼粼的坪坦河上，就是通道最著名的侗派建筑普修桥。该桥梁长 57.7 米，属石磴木质平桥。桥分三部分构成，下部是由长方形大块青石围砌的磴台，桥墩为六面柱体，上下左右均为锐角，意可减少流水冲击力。中部为桥面，其结构采用密布式悬臂托架简支梁体系，全为木结构。梁跨度约 10 米，跨度不大，以减少梁的承受力，适应木材有限的截面。上部为桥面亭廊，采用榫卯结构的梁柱，自成整体。亭廊间的柱间设有坐凳栏杆和关圣殿、始祖祠、文昌宫三座神龛。站在桥中间举目四望，可见桥梁及两侧檐板上，饰有彩绘的"迎客松""侗寨芦笙""飞夺泸定桥""红色八女投江""吴免起义""关羽头像""将相和之负荆请罪""侗家金秋迎亲队""岳母刺字"等民间故事图或当代图画。仔细端详画面，虽经数载春秋，画面却依然色彩精美，栩栩如生。桥的桥柱处均外挑一层风雨檐，既增强了桥的整体美观，又保护了桥面和托架梁不受雨雪之侵蚀。三个桥墩的亭廊上，分别建有宝塔和门楼，宝塔翠槛雕梦，门楼龙蟠凤舞，造型别致，装饰华丽。而且全用卯榫合成，找不到一颗铁钉。桥上一位老人告诉我：普修桥亦称"回龙花桥"，取"桥如长龙，屹立水上；水至回环，护卫村寨"之意，意思是龙从上游游到桥头，回头护寨，财不外流。最为奇特的是桥头的那块桥匾，从不同的角度去看有不同的表章，正看匾书是"挹芳览胜"，左侧看匾书是"民族芳躅"，右侧看匾书则为"云霞波光"，仰观方向不同，匾书内容不同，真可谓构思巧妙、匠心独具。难怪有人说它是一张几百年的弓，侗家人用他联翩细腻的心思和巧夺天工的才智，为山寨捞起吉祥与富足，滤出邪恶与污秽，迎来安康与和谐。侗民们亦沿着回龙花桥连接的山路，从黎明走向黄昏，从黄昏迈向黎明，金色的梦想不断延伸。

下得桥来，我们一行步步青石板，脚踩麻石阶，便入新寨。新寨是最近几年才组建的一个寨子，只因为寨子的房子大都在近5年内建成，外形风格虽与侗族老寨相同，但房内陈设却十分现代化，有线电视、无线网络、电灯电话、浴缸茶榻，各种生活用具一应俱全，所以叫新寨。其实新寨就是给我们这些外家客人住的，约莫30座一色新的杉木侗寨楼，散落在坪坦河旁，让来侗寨的客人，依窗聆听芦笙的悠扬，凭栏鼻吸野菊的浓香，剪烛远眺驿道的风云，把盏品味侗乡的爱恋。云卷云舒，就如读一本新书，知一方天地，你会觉得这里的石板巷特悠远，这里的土米酒特绵长，这里的侗寨楼特安逸，这里的风雨桥特缠绵，如钟鼓楼上的风铃，洒下久违的心雨。

头寨、盘寨、尾寨其实是一个大的寨子，区分为三个寨子不过是为了按居住的人的身份不同和先后的次序而命名的。寨主的居寨当然叫头寨，紧随主寨而建的叫盘寨，为的是方便集会，要是有什么事情，寨主一声号令，几声鼓鸣，寨民们便雀跃而至。尾寨是整个寨子的边缘部分，与头寨隐约相连。从寨门沿青石板铺设的马路进入寨子，只见一片巍峨的侗寨依次屹立在峻岭间，令你目不暇接。屹立在头寨中央歌坪中心的是钟鼓楼，它拔地而起10多米，占地约60平方米，底呈正方形，有五重檐，歇山宝塔式，全由杉木建成，未用一钉一卯。鼓楼每层的封檐板上都饰有花卉、虫鸟、人物图案，且线条明快、色彩绚丽，每层的翼角上也都塑有龙、凤、鱼、喜鹊等吉祥如意之物，其神态各异，活灵活现。楼底的中央挂有一"齐心鼓"，专用于集众议事之用。我们不敢击鼓一乐，却对鼓肃然起敬。鼓楼的附近是戏台、萨坛，这四部分构成了侗寨的核心圈，然后是民居住房圈，最外的一圈是禾晾和禾仓。顺着寨房间狭长的青石巷，我们穿堂舍，过戏台，访萨坛，登阁楼，心之震撼，无以言表。

夕阳时分，整个侗寨灿烂金黄，炊烟四起，自寨房内飘出的侗菜香味，引得我们垂涎欲滴，虽不时有人请我们共进晚餐，可碍于情面难得如愿，也只得意犹未尽，快快而归。特别遗憾的是由于不是侗节，我们未能和雁秋一道合唱侗族万人大歌，牵手侗家坡会舞蹈，品尝极品合弄盛宴，但萨坛的神秘、花桥的逶迤、鼓楼的质朴、芦笙的碰撞、侗楼的色彩、驿道的久远、侗酒的清香，当地侗族老乡发自内心的热情与善良，已让我情醉深处。

2012 年 9 月于通道县城

（原载《张家界地税》2012 年第 3 期）

来过　心就不曾离开

　　当时空回穿 700 多年，华夏大地正烽烟四起，铁蹄驰骋。依稀的赤龙马仰天长啸，依稀的寸白军席卷楚天，可当狼烟飘散、鼓竭气息后，在楚天地阔的芙蓉国里，奔腾不息的溇澧之间，就有了一群"桑植民家人"，他们与土家人和睦相生，通婚繁衍，直到 19 世纪 80 年代初，经国家民委审定，湖南省人民政府确认，桑植马合口民家人才得以认祖归宗，马合口白族乡才得以横空出世。从此在武陵山下，有了马合口的白族故事，有了马合口的白族民歌，有了马合口的白族谚语，有了马合口的来世今生，更有了马合口的新时代、新梦想、新征程。

　　马合口注定是有故事的，因为 126 平方千米的红色沃土，16 个亲如一家天籁村庄，12000 多名勤劳朴实的民家人，他们共同在中国共产党的英明领导下，演绎了一首当家做主、脱贫致富、强村兴乡的壮丽凯歌。

　　红土、悬泉、万山，润一方乾坤，苞谷、稻油、果山，养一方精灵。人们不会忘记，寸白军钟千一潘家廊受馈的土白情深，红军悍将谷耀武血战红花岭的炮隆枪声，红管家谷志大为红军筹粮备草的城南往事，远征军谷剑霞名震缅北的赫赫威名。人们更不会忘记巍巍的玛雅山上，古樟参天，山道蜿蜒，红旗猎猎，马蹄声脆，青石连线，军号悠远，贺帅的胡子还在迎风飘扬，呛咧的旱烟还不曾散去，山道的灯笼依稀迎风摆动，行军的晨号依旧久久不息。

　　于是，从小就一口金嗓子的谷春凡，十送红军一唱就是 74 年，直唱得杜鹃花满山红遍，亲人团圆；

　　于是，从小就舞板凳龙的钟为汤，5 岁开始学当板凳王，10 条木凳出神入化，直舞得 70 如壮，两鬓白发，直舞来马合口春色满园，碧水青山；

于是，产于云雾缭绕大山界的 500 亩野茶，使白族的三道茶水更加清香回甘，名胜普洱，让人流连忘返；

于是，引水于车儿溪的双泉水库，游船如梭，鱼箱如画，灯火万点。

从此，马桑树儿搭灯台，仗鼓舞跳起来，九子鞭舞起来，长龙宴摆起来，摔碗酒喝起来，桑植民歌逮起来：

> 地是刮金板，
> 山是万宝山，
> 树是摇钱树，
> 人是活神仙。

其实，在马合口的来世今生中，除了那些远古的圣贤和志士，更有当今的热血公仆和创新男儿，就如从钟善夫、喻春生到王海生、李久胜，从程家发、谷臣国到陈华林、钟颖凡，从甄业成、陈才学到谷春凡、向彩庆，他们忍辱负重、志存高远，他们踏铁留痕、润物无声，一棒接一棒，一届连一届，在大山界劈荒开地，种植高山茶，让绿如茵的彩带飘上云间；在木峡锉山洞，引来幸福泉，让千村万户乐在五龙湖边；在青木溪穿山越野，架设光缆电线，让光明照进千家万户；在自生桥愚公移山，铺路修渠，使整个乡村如诗如画，成为名副其实的世外桃源。从此，梭子丘村的农业生态庄园里，核桃满树，西瓜似蜜，辣椒如焰；马合口村的烟叶基地里，烟叶如玉帕，干烟似金锦，收入 10 来万；长马坪村的山羊产业合作社，牛羊成群，坐等商贾，订单连连；佳木峪村的娃娃鱼，肉鲜味美，远销深圳海南……

特别是位于乡政府核心位置的梭子丘村，在市委组织部建整扶贫工作队党建扶贫、产业扶贫、旅游扶贫、教育扶贫、医疗扶贫、金融扶贫、精神扶贫的总体规划下，率先启动了梭子丘白族风情旅游小镇的建设。目前，梭子丘白族风情老街已经建成开街，徜徉在梭子丘的老街里，就如同穿行在马合口白族乡的来世今生里，10 里白族墙，800 年历史画卷，风声、雨声、雷声，声声引人入胜，诗词、书画、歌谣，曲曲动人心弦，小吃、酱菜、米酒，样样入口生津，灯笼、篝火、风铃，件件撩人情怀。还需去大理古国寻找那久远的音符吗？还需踏苍山古道寻觅那古老的羊皮吗？不，在鲜艳的党旗下，在熠熠的党徽中，梭子丘已踏上了更强的新时期，马合口已圆了家富乡强的幸福梦。我们相信五龙湖休闲度假垂钓园、将军洞野外体验区、荷花湿地写生观光堤、花卉贡米种养基地，一定会在明天幻演成真。

马合口，遇见你我的心不再思迁，梭子丘，知遇你我的脚不再流连。因为，来过，心就不曾走开。

2017 年 11 月于马合口梭子丘

（原载《张家界日报》2017 年 11 月 22 日）

醉卧雪乡

一路向北，去领略以下千里冰封、万里雪飘的北国风光，去看看曾多次出现在梦里北边最高的山峰、最密的林海、最厚的积雪、最深的爱恋，还有最透明的阳光、最洁净的雪面、最神奇的冰瀑、最梦幻的冰雕、最温暖的火炕，是我的一种奢望。可就是在不经意间，这个奢望变成了现实，雪乡的一切就真的毫无疑义地呈现在我眼前，并深深地烙在了我的心里。

从冰城驱车去雪乡，大约需 4 个小时。一路沿途映入眼帘的首先是一望无际的东北平原，厚厚的积雪不仅把整个平原覆盖得严严实实，而且把一排排民房包裹得庄严素洁，唯有从那烟囱中飞出并在空中飘逸的白烟和湛蓝天空的白云糅在一起，向我们传递温馨和惬意。公路两旁一丛丛向后疾驶的桦树，被冻得晶莹剔透，努力地睁着那一只只传神的眼睛，在和我们打哑语，只有在那些山岭的起伏处，才能找到一些杉树、松树，树枝上的雪团像一团团松软的棉球，被北风吹得摇摇欲坠。当我们在路途中下车淘气地抓起一把雪向空中高高扬起的时候，雪却变成了雾，随风散落在同行的头上，钻进伙伴的颈项，落得一阵阵凉爽和笑语。

经新化上路，我们过亚沟，穿玉泉，翻过帽儿山，顺面坡而下，近 4 个小时我们终于到了"中国雪乡"。其实雪乡不是一个正式的称呼，它的学名叫双峰林场，只是因几个"好事"的摄影记者拍摄了几张照片后取名雪乡，它才名扬四海。雪乡隶属于黑龙江省海林市长汀镇，是海林林业局下属的一个林场，距长汀有 100 多公里，闺藏在张广材岭的深处。由于这里山清水秀，景色神奇，把生态旅游中的冰雪、冰瀑、森林、漂流四大热点、旅游精粹全部囊括其中，所以蜚声海内外。特别是因为这里夏无三日晴，冬数冰雪寒，常年积雪达 7 个月，雪量最大、雪质最好、雪深最厚、黏度最高，加之皑皑白雪在这里因风力作用随物具形，因状而生，千姿百态，风情万种，所以中国"第一雪乡"的美誉也就非它莫属了。

走出车箱，我并没有被迎面扑来的寒气吓倒，而是雀跃着向前赶，惊奇地打量着那一排排用粗实的圆木垒成的木屋，那一堆堆整齐摆放的柴火，那一个个硕大的头顶着厚厚积雪的雪蘑，还有那一辆辆来回穿梭不息的雪橇，一盏盏挂在椽角随风摇曳的火红灯笼，全然不觉外面的温度是零下 28 摄氏度，而眉毛上却早就结起了白霜。因时间关系，我们草草地吃了点中餐，就吆喝着涌上马拉爬犁前往夹皮沟游览。爬犁在厚厚的冰道上缓缓向前滑行，马蹄的踏冰声和爬犁轮毂的滑冰声和奏成轻快的音符，让我们放飞思想。如果没有这独特的环境，剑波与白茹的战地爱情也许就没有那样火热真诚；如果没有这独特的氛围，闯关东那段苍凉、恢宏、悲壮的民族血泪史也许就不会那样感天动地，剧中朱开山与那文、传武与鲜儿、文他娘与夏玉书之间的爱恨情仇也许就不会那样撕心裂肺；如果没有这嗖嗖寒风、参天松林、万里雪原，也许就不会有杨子荣的英雄孤胆、杨庆宇的千年绝唱……

走进影视基地，穿过夹皮沟，看完刨子野猪圈，滑过冰河床，其他人都围在河边看冰河捕鱼，我便顺着河床向下走，只见一片宽阔的冰河上玉雪明亮，蓦然回首只见身后一行深浅不一的脚印跃然雪面，就好像一道弧线从山的那边牵到我的脚下。其实，这雪面原来也是有脚印的，只不过昨夜的一场雪把前人的脚印给覆盖了，以至我在雪面上流下了脚印，但这是我走过后留下的，是自己的印子，虽然明天一样也会被新的雪花覆盖，但我毕竟走过，感受到了大雪无痕的意境。仔细想想人生不也是一样嘛，我们都在各自的道上走，都会努力留下自己的印子，只是有人成功、有人伟大、有人失败、有人渺小，可谁都不会往事如烟。在皑皑白雪之间，我随意地向前走，雪地、心情、感觉也如空中飞舞的雪花，轻盈而自如地跳跃，心如雪白，静如雪拍，落雪无声，踏雪有痕。

很快，伙伴们就顺着脚印追了上来，混踏的印子带来了笑语。沿着河床继续向下走，可以看到一丛丛晶莹剔透的荆棘，也可见一棵棵伟岸的雪松，这些树大多有三四百年的树龄，平均高度在 30 米以上，若有风吹过，则扬雪撒花，松涛轰鸣，无不让人深感北国的雄浑苍郁、地久天远。由于不是夏季，我们未能一睹海波河奔流不息的壮观，更不能浪遏飞舟，加之暮色已近，我们便依此爬上雪橇，在透明的暮霭里缓缓回到林场人家，享受夜宿木屋、身着热炕的特有待遇，唯有那一路"吱吱呀呀"的雪橇声，似乎道出了那种恋恋不舍的情怀和我对此处独有的眷恋。

雪乡的夜景尤为美丽。纯朴的雪乡人在自家的林舍上挂起一盏大红灯笼，玉雕剔透的林舍在灯笼的照耀下，熠熠闪亮，宛如朵朵白云飘落人间，从滑雪道的高处向下俯瞰那一栋小木楼，琼楼玉宇，仙山楼阁，真让你分不出是天上仙还是人间天堂。华耀的灯光随着灯笼晃动着，如诗如歌，幻化无穷，使徜徉在林舍小道的人从此心里不冷。

北方亮得早，为了一睹雪乡的晨曦，我早上5点就蹑手起床，悄悄地走上街，却不知更有摄影牛人，早就有人在檐角、桥头、滑道、山崖上架起相机，等候那美丽的一瞬。爬上羊草山，天还只有鱼肚白，很透明，能见度高，可以说没有一粒尘埃，放眼望去，一栋栋林舍或依街而建，或依山而立，矮而粗实的房子被积雪重重地压着，烟囱随风飘散的炊烟在空中轻描淡写，把整个雪乡描成一幅雪域山水。山边的晨曦随着清冽的寒风，不断地变幻着色彩，羊草山的岱岚先是灰白色，再是淡黄白，然后便是淡红白。天雪相连的山峦下像是有一团火在熊熊燃烧，把山都烧得通红，把天都烧起了红晕，直到从云层的空隙中撒出一道道金色的光芒，便隐约看见一个火球在山峦间忽隐忽现，几经跃跳，一轮红日终于升上山巅，整个广袤的林海雪原从此明亮而耀眼，多姿的林舍更显妖娆。百余户的居民区犹如一座相连的"雪屋"，房舍的积雪在风力的作用下随物具形，好似奔马，又如卧兔，更似神龟，又像巨蘑……千姿百态，举不胜举，无不散发着雪的神韵。硕大的雪檐大都一两米宽，半尺来厚，伸出房檐三四尺还低悬不落，有的甚至在空中拐了个弯，一直伸到地上，和雪地长在了一起，于是就把房子严严实实地包起来，成了一个完整的雪屋。林舍外面的小院，都是用木栅栏围起来的，线条简洁却不规则，如同炭笔画漫不经心的勾勒。可巧的就是栅栏木枝披上了银色外衣之后，酷似一根根即将融化的奶油冰棍，一株株矮矮胖胖的"雪蘑菇"，慵懒而立，和那一道道雪檐相映成趣，俨然一座天然的雪雕城任你转悠。在这里转悠，你可以不受尘世是非名利的干扰，天宽地广，心无难事，成为一个自然、天然、纯粹的人。

2010 年 11 月于哈尔滨

（原载《张家界地税》2011 年第 4 期）

见　证

1994 年 9 月 15 日，对于全省地税人来说，是一个永远难忘的日子。因为就在这一天太阳升起的时候，省、市领导揭开鲜红的绸子，亮出一块耀眼的牌子，从此地税人就走进了人们的视野，从此地税人就融进了中国改革发展的大潮中。

斗转星移，白驹过隙。悠悠十五，弹指一间。

如今，地税这棵幼嫩的小苗，历经 15 年的凤凰涅槃，已长成参天的绿荫大树，成为支撑芙蓉国这块红色土地的脊梁。支撑脊梁的，是我们地税人，是我们这群埋头苦干的人，拼命硬干的人。正是我们用满腔热情、无私奉献、青春年华，为芙蓉国里添上了一道绝伦无比的风景。

我作为一名地税的拓荒人，有幸经历了这一历程，它是时代对我的钟爱，更是我对工作无悔的抉择。因为我见证了我所经历的，也收获了我所拥有的。如我对"车子、机子、房子"三子的亲身见证，就真正让我感觉到什么是巨变。

车　子

在张家界贺龙元帅的故乡桑植，有一个廖家村乡。就在清澈见底的澧水河畔，一座不同的青砖瓦房里，居住着一阳姓人家，主人叫阳文棋，是一位有着 38 年税龄的老税干，1994 年税制改革，税务分家，人员分流，他被分到了地税。刚刚分家建局，全县就一辆老式的 121 北京吉普，税务所谈不上配车，专管员想要坐上小车巡回征管，那就是天方夜谭。当时阳文棋同志虽然已经有 53 岁，可他和他的同事们没有一句怨言，骑上那辆和他相伴了 3 年风雨的自行车，晴天一身灰，雨天一身泥，穿街走巷，翻山越岭，3 年相当于绕地球一周。没有人统计他分家后一共填开了多少份税票，累计收取了多少万税款，可他鬓角飘逸的白发和额头深深的纵纹，向他钟爱的地税事业交上了一张满分的答卷。如今，他虽然已经退休回家，但为了记住那段无悔的日子，他把那辆自行车置于火炕上方的烟熏架上，一是可以防虫防腐，二是抬头即见，无愧于心。他用他那朴实古老的方式，记忆着那段岁月。当市县的领导和昔日的同事，开着小汽车沿着水泥村道前往探访慰问的时候，老阳总是抚摸着崭新的小汽车喃喃地说："你说这变化咋就这么快呢？我要是能再年轻一次多好呀！"

机　子

刚分家建局，我被任命为党组成员、副局长，分管业务。所以分家搬办公室的时候，我有两件事是相当仔细的：一是所有的业务书籍包括学习笔记，一本都不能丢下；二是那把跟随我近十年的算盘。因为有了算盘，我就随时可以统计数据、税收分析，因为有了政策，我就随时进行税收检查，为纳税人服务。当时有一条公论，那就是算盘不过五级，你的业务就不过硬，当企业专干就不合格。最多就只能下乡收收屠宰税，管管个体户。现在回过头想也是的，因为那时我们全局就有一台电脑，仅有两部计算机，需配给会计专用。可如今那把算盘早就锈迹斑斑了，珠算合格证也不知去处，摆在办公桌上的是奔四的电脑，如需出差还可带上手提，过去在电影里才能见到的场景，今天是我们自己在演绎。打开数据大集中系统，重点税源和风险盲点全在方寸之间，运用表格运算统计分析系统，所要了解的数据信息应有尽有，身居闹市，可知千里之外企业的纳税申报入库事宜，键盘闪烁，方解万千纳税人燃眉之急。网络世界，上网成金。机子的更替，为地税插上了科技征管的翅膀，也让地税人深深地懂得谁拥有了信息化，谁就拥有了整个世界。

房　子

　　在风景如画的张家界市局回龙路，如今有一个破旧的院子，一栋4层陈旧的办公楼，孤立在败草枯树之间，就连四周个人修建的私房都比它高上了几层。那就是税务分家时的联合办公楼。后来，国税新修的办公楼搬走了，由我们地税办公。当时国地税分家，财产三七分，两区两县加市局，资金总额不到50万元，80%的税务所借用国税的办公场地办公。一张白纸，没有负担，就好写最新最美的文字，画最新最美的图画。创业的艰难是不言而喻的，面向基层、面向基础，节约每一个铜板。市地税局取消了机关人员下到区县工作的差旅费补助。为了建设市局机关的办公场地，市地税人上下汇报，东奔西走，取得了上级主管部门、地方党委政府和外地兄弟单位的大力支持，争得无偿划拨土地70亩，市地税局办公楼、万泰国际大酒店屹立在市区澧水河傍，成为南庄坪一道亮丽的风景。可它建成的身后，却蕴藏着一个个动天感地的故事。为了减低成本，龚焕武、刘云迪、张晓飞、李亚刚等五下广州、深圳，在建材市场考察，中午一个盒饭，夜里普通双标，一笔一笔地核算比较。就这样，办公楼降低成本400万元，万泰酒店减低成本300万元。他们的付出，可谓殚精竭虑，沥胆抽肠，星星可以作证，月亮可以作证。

　　"三子"的故事，其实只不过是对过去地税历史的一种平淡的记录。所要证明的是无愧的付出，是职业的选择，是价值的取向。因为我们只有读懂了历史，才能读懂高尚，读懂文明；因为我们只有记住了历史，才能拥有收获，拥有希望。

　　回顾十五，事业与风景一样美丽，神奇与辉煌一样同在。

　　见证十五，春华与秋实一样沉甸，热情与火焰一样耀眼。

　　展望未来，使命与责任一样神圣，追求与血脉一样跳跃！

2009 年 8 月于张家界

（原载《湖南地税》2009 年第 5 期）

张家界的夏天

张家界的夏天不仅是火热的，而且是美好的，只要你去细心品味，慢慢感受，它那份特殊的独有，一定会使你刻骨铭心，并因此对张家界产生一种终生不悔的情愫。

当你迈下飞机旋梯，当你走出火车站口，当你步入张家界时，虽然天空一样的碧蓝，阳光一样的灿烂，可这时你已经远离了那种喧闹和热燥，不再有太阳灼人、地面烤人，在一面面三角红旗下自然靠拢，然后又向着不同方向滚动，融入翠山绿水之中，从高高的天门山上吹下来的阵阵凉风，把你的疲劳和旅尘全部拂去，留下一颗洁净的心，还璞张家界的山水。

挡不住诱惑，便乘缆车而上，登临黄石寨，攀上六奇阁，依栏而立，居高远眺，耳边风铃阵阵，周身轻风缠绵，鸟儿低飞，白云生处，楼隐犬鸣。然后，拾阶顺游道而下，导游小姐口若悬河，珠玉成串，南天一柱、定海神针、天书宝匣，点将台、摘星台等奇峰妙石，尽呈眼前，使你目不暇接，小溪流处，淡淡的花香和那盈盈的溪雾随风浸入心扉，使人心旷神怡、流连忘返，全无夏日之闷热。

夕阳西下，寻一吊脚楼而息，你不是入寝了，而是走在泼墨画中。月亮早已从东边升起，挂在望夫岩峰顶，把整个景区照了个影影绰绰，星星缀满天上，也缀满山坡小溪。土家篝火腾腾地烧着，把一群群土家汉子烧得汗漉漉，把一群群土家姑娘烫得红扑扑，古老的歌鼓和优柔的土家唢呐，使你嚼味沧海桑田的遥远和细思漫漫人生的艰难。于是，端起土碗"咕嘟"几声，一碗苞谷烧顺喉而下，然后顺势躺在竹椅上，倚在泼墨画上睡了，梦呓着："再来一碗，我没醉。"

翠日清晨，鸟儿将你吵醒，唤入金鞭溪。说来也怪，这溪雾刚才还将整个山壑罩得严严实实，可当你走近，它却迅速升至半山之中，将全溪裸露于你的眼前：清澈的溪流冒着缕缕白烟，"哗哗"地向前忙着入海，水中的小鱼在悠闲的嬉逐，偶尔"嗖"地跃出水面，这时溪雾也慢慢变成一种薄薄的黄纱，在雾隙和高峰处，有几道金芒斜射而下，将一溪黄纱幻变成一壑灿烂，金鞭岩、文星岩、蜡烛峰、情人相会、双龟探溪等两岸景色，便浸入心中了，它那种原始、自然、古朴的美也由此升华成一种意念、一种追求、一种守望和一份虔诚的投入。

其实，张家界的夏天是由火热、真情、自然和勤劳组合的，不论你游黄龙洞、宝峰湖，还是乘木排竹筏漂茅岩河、戏溪水，都会让你感受到这份夏天独有的抚慰，它就像站立了千年万年，望夫岩那深情的目光，引发你的种种迷幻，给你一种柔柔的、静静的、甜甜的，如饥似渴而后被爱怜的感觉，使你忘记烦恼琐事、名利是非。

啊！这便是张家界醉人的夏天……

2000 年 7 月于黄石寨

（原载《中国税务报》2000 年 7 月 18 日）

梓山漫居赋

巍巍武陵，汤汤澧水，奇峰三千，八百秀水，自然遗产，鬼斧神工，地质公园，蜚声全球，人杰地灵，厚德载物，怀柔之地，盛事连连，添光增色，美谈久传。二零一六，己未之寒，杜氏兄弟，筹谋安居，造宿之根，塑店之魂。于是峰墙之下，索溪源畔，龙尾之处，梓木岗上，择吉日，选神向，移金土，揽奇石，鸣炮开山，破土精筑，历时二载有余，穷尽才华睿智，精诚所至，金石为开，终于戊戌之春，盛装重出，一鸣惊人，取历史渊源，曰"梓山漫居"，至此灼灼梓木，天佑千年，花开不败，铺满长天。

梓山漫居，天堂美宿，若君一遇，春秋不离。自大门石阶碎步而入，只见峰回路转，庙廊相连，椽桷翘首，风情万千，十三栋精致别墅看似随意散落，实则呈南北方向，依山势龙脉，如珠似玉，镶在林海竹涛之间，间间栋栋，自成特色，家什陈设，各有特点，华而不奢，简而不凡，原汁原味，轻奢价廉，窗明几净，柔情满满。院内通径八达，四季花开，奇石突兀，异木参天，院后竹林滔滔，奇峰相叠，鹏举太空，鹰翔九天。真乃幽人之家，雅人之所，文人之境，仙人之居。

鸡鸣晓雾，静听流水，偶有鹤音，鸡犬相应，明泉濯石，鱼翔轻移，远望峰墙，满目金碧，水绕四门，细声私语，鸿雁过空，人形北飞。掬一捧清泉可洗去红尘杂念，吸一口兰香可荡尽污垢是非。山为重重叠叠山，色为叠叠重重翠，路为弯弯曲曲路，水为曲曲弯弯水，最是那地好景绝酒不醉，人好俗奇水聚仙；原始生态无污染，山珍野菜久徘徊。行之其间，居之其中，莫不生庭院深深深几许、山道弯弯弯几回、轻步慢摇庙廊间、自然素心不思归。

伫立依身亭柱可闻鸟声，只见百鸟齐鸣，婉转入云，沁人心扉，陶冶人性，融入自然，天籁无声；行于后山之顶可赏日出，只见红霞万道，满山金辉，蓬勃之势，无语可喻，云集云散，心胸顿开；立于阳台之边可看云雾，只见冉冉升腾，似聚似散，如纱如幔，时现时隐，画无常态，一瞬一景；冬天流连廊角可观雾凇，只见杨花点点，鹅毛片片，万千玉树，皑皑画卷，飞檐翘宇，冰挂凌天；夕阳暮后牵手可步幽径，只见石阶层叠，小道弯弯，兰草护石，清香氤氲，静心天养，返璞童贞；月圆星眨天台可品春茗，不谈古今风流，不论是非人情，只道唐诗宋词，只说道故纳新，由此流觞交会，青韵四溢，茶流如弦，心语相对，淡然回望，赤诚依然。其实若有机会，如有时间，你还可寻民俗，搭歌台，对一首山歌，打一回糍粑，杀一次年猪，赏一场哭嫁……惊呼！来过，心之震撼，绝无过往；来过，情之深重，不会离开。

武陵生梓山，灼灼孕芳华，唯桑必恭敬，叶落归漫居。值此盛大开业之际，吾不送其他，以此为贺，曰梓山漫居赋。

雁林于戊戌年三月

脊梁之路

——张家界市地方税务局诞生十周年

（四集电视连续剧剧本）

1995 年 9 月 15 日，对于张家界来说，是一个永远难忘的日子。

这一天，太阳升起来的时候，省市领导揭开鲜红的绸子，亮出一块耀眼的牌子：张家界市地方税务局。

于是，张家界这块古老而年轻的土地，睁开了新奇的眼睛，关注着这个新来乍到的伙伴。

其实，这是改革的产儿，这是历史的骄子。

1993 年 11 月，首都北京，阳光灿烂。党的十四届三中全会通过了《中共中央关于建立社会主义市场经济市场体制若干问题的决定》，这个具有历史性意义的决定，明确提出了税制改革的基本原则和主要内容。

据此，国务院出台了相关的文件。这就标志着我国税收的理论、政策、实践等各方面都将发生巨大的变化。

斗转星移，白驹过隙。

十年风雨路，弹指一挥间。

地税，这棵幼嫩的小苗，历经凤凰涅槃，已长成参天的绿荫大树，成为支撑张家界这块土地的脊梁！

支撑脊梁的，是张家界的地税人。

伟大的文学家、思想家鲁迅这样评价脊梁："我们从古以来，就有埋头苦干的人，有拼命硬干的人，有为民请命的人，有舍身求法的人……这就是中国的脊梁。"

（歌声起。出字幕）

　　　山无脊梁要塌方

　　　虎无脊梁莫称王

　　　人无脊梁别做人

　　　做个饭袋装米粮

　　　饮一杯烈酒做脊梁

　　　豪气冲天筋骨壮

　　　揣一腔正气做脊梁

　　　擎起人间大太阳

第一集　腋裘之歌

　　挂牌的鞭炮声扣人心弦，敬献的鲜花写满了春天，激动的目光点燃着希望，殷切的祝福扬起了风帆。

　　剩下来的是寂静，是思考，是选择，是理性。

　　古人云："人无远虑，必有近忧。"张家界市地方税务局机构分设后，工作千头万绪，百业待举。面对全新的地税事业和繁重的税收任务，局党组一班人不负使命，高瞻远瞩，运筹帷幄。他们深深知道：依法治税是灵魂，组织税收是中心，完成任务是天职。要完成任务，只有凭借法规才能实现。而要保证国家税收法规的实现，摆在面前的亟待任务，重点是税收质量，税法宣传，优化环境，税收执法。

　　税收是亘古的话题。历史上又称"赋税""租税"和"捐税"，简言称"税"。国家为满足社会公共需要，依据其社会职能，按照法律规定，参与国民收入中剩余产品分配，强制、无偿地取得财政收入的一种法规形式。

　　汉语中"税"字最早见于《春秋》鲁宣公十五年（前594）。"初税亩"，税由"禾"与"兑"组成。"禾"指谷物，"兑"指送达，意思是把收入的一部分谷物缴给国家。

税收不是我国的创造。

税收是强国富民的手段。

新中国自 1950 年建立新税制后，于 1950 年、1958 年、1973 年、1984 年、1994 年，对税制做了 5 次调整与改革。

西方文明发达的国家，一个重要的因素，就是公民把纳税自觉置于高于一切的位置。

只有目光如炬，才能集腋成裘。

张家界地税人开始一点一滴地做起税法宣传。

他们走上街头，开展税法咨询；

他们走进山川，铭刻税法政策；

他们利用媒体，引导税法舆论；

他们借助舞台，创新税法文艺。

送税收政策就像送礼品一样实惠、时尚，大街小巷，田间地头，千家万户。2004 年，"中央一号文件"下达，永定区 60 名地税人组成轻骑队深入农家，在春天送去党和政府的关怀。

桑植近 5 年来，年年举办"税友杯"书法大赛，从 3 岁的儿童到 80 岁的老人，把税写在心坎上。

万人签名写税收是和张家界的风景一样的特色。2004 年 4 月 1 日，在张家界国家森林公园的老木湾，市地税局策划组织了《游张家界世界名胜，争做税收宣传使者》的万人签名活动。60 名学生在税徽下宣誓，争作未来诚信纳税的接班人。

不同的语言，相同的主题，沟通了国际之间税收的信息。

利用高科技手段发短信息，是播种税收政策的最快捷的办法。从 2003 年 4 月 1 日开始，市地税局与市移动公司联系，开展了"依法诚信纳税，共建小康社会"的税收宣传活动。

通过这些活动，税收的理论和政策，像空气、像阳光，无处不在，无处不有，春风化雨，润物无声。

让我们为之动情，让我们感天动地，让我们不能忘记的是一个小小的例子。桑植县澧源镇王书孝，个人开了一小小的面馆，月税收额 40 元，老王病了，地税干部在床榻前看他，带去一片温暖的祝福。弥留之际，老王念念不忘的是让儿子交了当月的 40 元税，看到了缴税单据，他才安详地闭上眼睛。

优化税收环境是张家界地税人的追求和创造。在慈利县第一征收分局服务大厅的内外，我们处处感受到优化的魅力。阳光作业，政务公开，优质服务，不是标语口号做做样子，而是涵盖在我们工作的每一个细节之中。3000多户的双定纳税情况，全打印名单数目，张榜公布，大家对照标准可看可比，铲除了征人情税、关系税、条子税的土壤；对下岗职工工商个体户，税收实行优惠，公布于众，体现党和政府的关怀。一月一星的服务质量大评比，由纳税户自主投票评定，密切了征收机关与纳税人之间的关系。

深谙税收工作的张家界地税人深深懂得这样的古话："皮之不存，毛将焉附。"精心培植税收财源是完成任务的不竭动力。

张家界的主体税源是什么？潜力何在？骨干税源在哪里？这，一直困扰着局领导班子成员，一直考验着每个地税人员。

张家界是湖南最小的地级市。东西长 167 千米，南北宽 96 千米，面积9516 平方千米，17 个民族，150 万人。

张家界市是湖南最具开发的地级市。1995 年 3 月 28 日，一个阳光灿烂的日子。江泽民同志站在这块神奇土地上，浮想联翩，把美好的祝愿凝聚在笔端，挥毫题词："把张家界建设成为国内外知名的旅游胜地。"

点石成金，茅塞顿开。张家界地税人走出了 3 个误区。破除了旅游发展与地税无关论、无法论、自然论；处理好了投资型、效益型、基础型、增长型、扩充型税源；唱响了促、导、辅、引、联五字歌。

经过轻轻一点，澄清了旅游与税收无关的悖论。旅游上来了，税收就发展了；税收管理做好了，能促进旅游的发展。一是从认识上促，转变观念；二是从政策上导，给市委、市政府当参谋，出台各种文件；三是从管理上辅，给企业出点子，帮助他们建账管理；四是从资金上引，牵线搭桥，当好"红娘"；五是从信息上联，采取多形式、多渠道、多途径的方式，加强旅游信息联络的传递工作，为全市旅游经济服务。

市地方税务局和永定区地税局领导，了解到人造板厂提升质量，扩大规模，扩容增效中缺乏资金，三次南下深圳、广东，引资 2000 万元，焕发了企业的活力。

天子山索道公司、黄狮寨索道公司、百龙电梯有限责任公司等投资型企业应运而生。

黄龙洞有限公司、宝峰湖有限公司等增长了效益。

江垭水库、渔潭电站、建材市场等夯实了基础。

张家界国际大酒店、闽南酒店、天子公司等建设增长了税源。

天山门开发公司、茅岩河漂流公司、九天洞公司、西线开发等扩充了新的亮点。

高歌猛进，大笔如椽。在喜悦与困难并存的时候，张家界地税人想起了拿破仑的名言："世界上有两种力量，一种是剑，一种是思想。而思想最终总是战胜剑。"

这话让我们不断地实践，也让我们永远地品味。

法是威严的。从字面上看，法字剔去水的成分，剩下的是石头和钢铁。有法必依，执法必严，这是一个王朝和国家兴盛的底盘。

慈利县路桥公司从小集团利益出发，制造两套账，3 年偷税 30 万元，一经查出，补税 30 万元，罚款 5 万元。报纸电视，齐头并进，立即曝光。

2001 年，查出古汉山庄酒店不履行个人所得税代扣义务，补税 30 万元，处罚 10 万元。

历史是不能忘记的。张家界市地税局经历的不仅仅是凯歌和鲜花，也有风霜雨雪，也有泰山压顶，脊梁不屈服眼泪。1998 年 7 月 22 日，张家界市经历了百年未遇的洪水灾害，澧水沿岸 180 千米被淹，不少拥资百万元的国营、个体工商户，一夜之间，一贫如洗，4355 家厂矿企业停产半停产，2342 家个体工商户停止营业，直接造成经济损失 68.5 亿元。

面对灾难，张家界地税人选择了坚强，选择了不屈，选择了奋斗。一个多月的日日夜夜，每一个地税人的身影都融入了工商纳税户。什么叫理解，什么叫交融，他们在风里浪里，在泥里水里，在肩并肩，手挽手的惊涛骇浪中融为了一体！

大灾大难大团结。

大拼大搏大崛起！

十年奋斗，十年辉煌。

十年探索，十年荣光！

十年引进投资 2 亿元。

积土成山，集腋成裘。

1994 年 9 月国地税分家，实行分税制，超收 3200 万元，实现开门红；

1995 年，计划税收 6730 万元，完成税收 8609 万元，完成年度计划的 106.9%；

1996 年，计划税收 7780 万元，完成税收 10390 万元，完成年度计划的 132.3%；

1997 年，计划税收 11730 万元，完成税收 12250 万元，完成年度计划的 104.4%；

1998 年，计划税收 13860 万元，完成税收 12865 万元，完成年度计划的 93%；

1999 年，计划税收 14085 万元，完成税收 13406 万元，完成年度计划的 91%；

2000 年，计划税收 14330 万元，完成税收 14647 万元，完成年度计划的 102.2%；

2001 年，计划税收 15380 万元，完成税收 16237 万元，完成年度计划的 105.6%；

2002 年，计划税收 17720 万元，完成税收 19682 万元，完成年度计划的 111.1%；

2003 年，计划税收 20850 万元，完成税收 21476 万元，完成年度计划的 103%；

2004 年，计划税收 23310 万元，完成税收 25327 万元，完成年度计划的 108.7%；

十年实现税收 160.21 亿元，比计划增收 1.5 亿元。依法组织征收各项费金 1.2 亿元。

全省地方税务局税收每年递增 17%；

张家界市地方税务局每年递增 25%。

1994 年，张家界市地税收入占财政总收入的 30%；

2004 年，张家界市地方税收占财政总收入的 70%。

张家界地税和张家界的土地一样，事业与风景一样美丽，神奇与辉煌一样同在。

第二集　创新之师

在地税机构刚刚成立之初，省局的决策者们高瞻远瞩、高屋建瓴地提出"带好队伍、完成任务"这八个大字，是我们地税工作者过去、现在、将来永远的行动纲领和目标。

带好队伍即管理好队伍，这就需要我们用科学的方法协调人与事的关系，充分发挥人的潜能，使事得其人，人事相宜，以实现时代和历史赋予的目标。简而言之，是人力能源的获取、整合、激励及控制调整的过程。

观念落后，造成工作被动，怎样才能更新观念，与时俱进呢？

学习，学习，再学习。

张家界地税人就这样遨游在理论的大海，知识的大海。

学习让我们磨砺了思想的犁铧。

我们看到了什么呢？

"解放思想，实事求是，与时俱进，开拓创新。"这是在我们时下的中国公文里，在办公室，在天之下，在地之上，到处铭刻着最耀眼的字眼。在互联网上，已用了 50 万次，在公文中，已超过了 1000 万次。

但是，有多少人在研究它，在领略它的精神实质呢？

"实事求是"是东汉史学家班固做学问的严谨态度，毛泽东把它来指导中国的革命，"实事"是指客观存在的事物，"是"就是规律性，"求"就是我们去研究。解放思想，邓小平走过江南，就写下了春天的故事。与时俱进，源自《易经》中"与时偕行"，意思指给人民大众带来利益，就像高天降下雨露，大地滋生万物，没有什么固定的方式方法，也比作和时间一起赶路、赛跑，人类的历史，就是赛跑的历史。开拓创新是江泽民同志的科学总结。2000 年 6 月的一天，江泽民同志来到十三朝古都西安，他深情地凝望着三秦大地，思绪穿过历史的时空，仿佛找到了打开历史之门的钥匙。他说："创新是一个民族的灵魂，是一个国家兴旺发达的不竭动力，也是一个政党永葆生机的源泉。"

"解放思想，实事求是，与时俱进，开拓创新"，是中国共产党建党 80 年来的科学总结，也是闪烁中国几千年来历史的光辉精华。

所以，中国最著名的海尔集团将 3000 年前商代的名言写在自己的旗帜上："苟日新，日日新，又日新。"

一潭死水，没有活力。

一条河流，才显现勃勃生机。

"穷则变，变则通，通则久。"这是三千年前《周易·系辞》关于变革求新的解释。

唯有创新和改革才有出路。

于是，一场人事改革的工作贯穿着张家界市地税的工作。自组建以来，1994 年、1999 年、2001 年，市局机关进行了 3 次大的改革，各区县也组织出相应的人事制度改革。昔日的铁饭碗、铁交椅无疑面临着八面埋伏，十面挑战。一切围绕着事业的发展展开，公开竞争成了忠诚事业的标志。职务公开，群众评议，组织考核，年度试用，岗位轮换，是用人的机制。市局领导班子不断优化和加强，先后有 5 名科级干部进入了局班子领导核心。

在地税高扬的旗帜下，10 年走过了两套过硬的班子：

第一届：龚焕武、龚堂生、向长康、曹传声、李亚刚。

第二届：刘云迪、李亚纲、席先欣、龚少雄、陈永华、李忠汉、刘际高。

机构分设初期，市局机关有 7 个科室，到现在 18 个科室，一个省直属分局，一个涉外征收局；所辖永定、武陵源、慈利、桑植 4 个区县局，由分设时 30 个税务所改革为 14 个征收分局。近几年来，通过考核选拔，区县 45 名同志被提拔为科级干部，9 名同志被提拔为副处级干部。税干队伍由 348 人增加到 548 人。2004 年 35 岁以下税干全部大学学历，拥有在读研究生 3 人，研究生 2 人，博士生 1 人。

为了提高地税队伍的素质，张家界市地税局狠抓人员教育培训，采取了组织输送学习和自觉学习相结合的办法，选送 12 名同志到大专本科院校学习，9 名同志通过自学拿到了大专学历，14 名同志获本科学历，3 人拿到了在职研究生学历。

除了基础知识、业务知识学习外，他们十分重视电脑计算机的学习。近 3 年来，每年组织一次计算机的知识学习，每年组织一次计算机操作大比武，使 95% 的地税人都熟练地掌握了计算机的操作技术，2002 年，在省地税局组织的团体队大比武中获二等奖。

谁的业务文化知识水平提升，就重用谁。武陵源区年轻税干陈华英，开始只有中专学历，通过自学，获得大专、本科学历，局里把她从农村分局调到城市分局，再从城市分局调入局机关，现在已列入领导班子的后备干部。

慈利县是张家界市的东大门。采访龙勇，一缕缕创新的春风拂面而来。38 岁的龙勇担任县地税局局长的时候，这里的税收已达到了顶峰，年收入 5200 万元。怎样才能开辟第二税源，带领这支队伍蓬勃向上，奋发有为，激发活力。这是他不懈的追求。改革是痛苦的。1999 年改革时，有两名税干，坐在澧水河边，从深夜到天明，东去的澧水启示了他们生活和工作的态度。龙勇似乎尝到了改革的甜头，抑或是他领略到了改革的真谛，他把改革当作不竭的动力。2004 年，他又进行了第 4 次改革。这次改革没有潜伏的风险和担心，已成为大家的习惯，获得 100% 人的支持。改革在这里不再是人与人的恩怨，而是一种正常的工作优化过程。21 岁的黄元元 3 次走上讲台，她感慨地宣称："人的幸福必须从工作中获得。工作是幸福的，奋斗是幸福的。"她的感慨，折射出地税人的幸福观。

这是一个勇于改革的班子。

这是一个善于思考的班子。

他们时时把创新的钥匙握在自己的手里。

2004 年 3 月，他们把酝酿了一年的开展全员竞岗，双向选择，考察任命，全面审计的人事改革工作拉开了。80 名税干对 80 个岗位开展 5 天的公平角逐，推行了全新的用人机制。他们的做法，被省技术监督局确认为湖南行政事业管理单位的改革试验田使用，在湖南是首家。2004 年 4 月 17 日，太阳升起来的时候，局领导和业务骨干一行 6 人，前往安徽考察，将他们的思想与行动接轨，探索创造 ISO 管理体系。

安徽凤阳小岗村，18 个农民的血手印，拉开了中国改革的序幕，他们在改革的故乡将发现和收获什么呢？我们翘首地期盼着。

优化队伍的关键是纯洁队伍。对于放弃思想改造，违纪犯法的少数腐败分子，市地税局的态度是严厉惩办，以儆效尤。永定区第二分局专管员崔建勇挪用税款 6 万元，令其辞退，并移交司法机关。市直属局税干王兆辉，贪污挪用税款 12 万元，移交司法机关，判处有期徒刑 5 年。

优化队伍最重要的是培养一支忠诚地税事业的群体和典范。

在永定区地税局，131 人中有 62 名女同志，局领导根据本局特点，发挥"女同志半边天"的作用。第一分局的女子征收组由 5 人组成，被誉为"5 朵金花"。她们常年穿行于大街小巷之中，最难的最棘手的税收工作，在她们面前都春风化雨，迎刃而解。被省地税局授予全省"巾帼文明示范岗""芙蓉标兵岗"。

永定区地税局副局长龚国忠。每次读到他的事迹，就让我们无法控制如雨的眼泪。为了税收事业，他一拖再拖给儿子治疗眼疾。当湘雅医院的教授告诉他"你儿子错过了最佳治疗期，已成了不治之症，以后将终身残疾"时，我们可曾看到了什么？想到了什么？我们叩问地壳，我们聆听天籁，从遥远的地方，我们听到了忠诚。

2004 年 1 月 9 日，是张家界地税人引以骄傲和荣幸的日子。为了地税事业，桑植县地税局稽查局局长张云峰，从事税务 11 年，被毒蛇咬过，被尖刀刺过，被汽车撞过，被洪水淘过，被猎枪打过，战胜了这一切，被评为"中国十大杰出青年卫士"。他以浩然的正气铸造了税魂。党中央、国务院领导罗干等接见了他，他在人民大会堂做了汇报演讲，他接受了如潮的掌声。

张云峰是张家界市地税局的一员，他的行为只是张家界地税人风貌的缩影；他的行为印证了江泽民同志在党的十六大报告中所说的，只要"全党同志坚持共产党人的蓬勃朝气、昂扬锐气、浩然正气，永远同人民群众心连心，我们党的执政地位就坚如磐石"；张云峰的行为正是遵照了科学发展、不忘初心的嘱托，倍加顾全大局，倍加珍视团结，倍加维护稳定，真正发扬了共产党人的浩然正气。

树有根，水有源。

村看村，户看户，群众看的党支部。

什么样的领导带出什么样的队伍。

现任局长刘云迪是 1998 年 11 月从常德市地税局副局长岗位上调来的。为了税收工作，他的奉献和牺牲使人震撼，他的人格力量让人肃然起敬。孔繁森在进藏前给 80 多岁的母亲一次又一次地梳头，孔繁森永远地走了，他的母亲还活着；刘云迪答应带 80 岁的母亲去飞机场看飞机，工作太忙，一拖再拖。母亲独自去看飞机，途中遭遇了一场不幸的车祸，落下了终身残疾。我们不妨试想，只要刘局长抽一点时间去陪伴母亲，或许只要一句话，安排一名工作人员去陪伴老人，那种永远的伤痛也许就可以避免了。2003 年 10 月，刘局长到国家税务总局办事，平平常常地去，平平常常地回。时隔一个多月后，同行的同志才知道，那次行程中，刘局长抽了半天时间，原来是为在北京工作的儿子办理了婚姻大事。时下，有的人利用手中的权力，不择手段，千方百计地敛财，搜刮民脂民膏。而刘云迪局长身居要位，远离腐败，选择清贫，我们从中领悟了什么？感受到了什么？

巍巍的天门山睁开了眼睛，见证了清廉。

滔滔的澧水河留下了漩涡，沉思着历史。

创新是可以轻视历史、跨越时空的。

第三集　发明之星

人类来到这个世界，没有现成的教科书。人类认识自然和社会的过程，就是改造自然和社会的过程。一切都得靠我们去研究、去发现、去创造、去发明。

所以，1872 年，马克思和恩格斯在德文版序言中说："这些原理的实际运用，正是《宣言》中所说的，随时随地都要以当时的历史条件为转移。"

20 世纪最后的 20 多年里，中国进行了一场大规模的经济体制改革。这场改革实质上是一场革命，一场亿万人投身其中，也改变了亿万人命运的革命。这场革命的根本任务，就是要解放和发展生产力。这场改革渗透我国的每时、每处、每个领域。地税分开运行以后，面临新的挑战，加大税收征管改革的力度，迫切地摆在了我们面前。

张家界市地税局大胆地进行了三个改革。一是调整城区的征管范围，城区所有个体工商户税收由永定区地税局征收，对建筑行业按照营业执照划分分别征收；二是统一了涉外企业的征收管理办法，成立了涉外局，采用了统一征收、归口管理、单独报解、独立核算的模式，2003年入库税收突破了千万元大关；三是明确省级税收的征收管理办法，成立了省级税收征收分局，对金融、保险、邮电、通信行业及土地使用税、资源税等，实行统一管理、统一征收、统一检查的模式，确保省级税收征收的入库。

围绕三个改革，推出五个行业征管办法。统一房地产业的征收标准，明确房地产企业所得税的浮征率；对旅游业的导游、旅行社、经理、挑夫等明确了征收标准；制定了高收入行业厨师等的征收标准；统一了交通运输行业的征收管理办法；制定了行政事业单位个人所得税代扣代缴的办法。

这种业务性的说法是枯燥的。换一种说法，来激发大家的思考意识和参与意识。地税主要是用于地方的经济建设和行政事业人员工资的支付。公路要修，大桥要架，公益事业要建设，行政事业人员不能空着肚子干工作。换言之，不抓好这项工作，张家界这块神奇的土地怎样显示勃勃的生机。

国家税收，"取之于民，用之于民"。我们现在研究个人所得税。个人所得税是对个人（自然人）取得的各项应税所得征收的一种税。它最早于1799年在英国创立，目前，世界上有140多个国家开征了这一种税。低收入国家，个人所得税占税收总收入的平均比例为9.3%，个别发达国家达到40%以上，而我国1994年统计仅占1.6%。所以，个人所得税是我国最有发展前途的税种之一。1999年，张家界市个人所得税509万元，2003年，上升到4626万元。

为了增加税收，张家界市地税人把优质服务工作看得很重很重，时时事事处处为纳税人着想。

注入了人文关怀，石头也有了灵魂和思想。黄龙洞股份有限公司原叫黄龙洞管理局，为了盘活旅游资源，对管理局实行50年的委托经营，改制成黄龙洞股份有限公司。看准了市场，有了好的构想，武陵源区地税局的同志积极地为区委区政府当好参谋，密切配合，促进改制工作顺利进行。地税人员对该企业财务管理倍加关爱，辅导他们把税收政策用到财务管理上。

查阅世界的历史资料，几乎所有影响世界的大事都是温文尔雅的书生的构想。黄龙洞总经理叶文智的大智大慧的展示是 1998 年 4 月，他对世界自然遗产"定海神针"投下巨额保险，国内外 130 多家媒体报道；1999 年 12 月，独家斥资 3000 万元，成功地策划并协办了穿超天门的活动，11 日下午 2 时，全世界的目光都聚焦着张家界的天门，9 个国家，15 名航空运动员选手以惊险美丽的特技动作成功地穿越天门，全世界 200 多家媒体进行了全程直击式报道。此次活动，叶文智亏损 400 万元。但接踵而至的是 1997 年前该公司年收入 300 万元，税收 40 万元，到 2003 年收入 5000 万元，税收 1000 万元。张家界市的游客量由 1997 年前的 240 万人次到 2003 年增长到 400 万人次。

优质服务，转变作风，他们还推出了一系列的活动。处处闪烁着人文关怀，对纳税户来有一杯热茶，坐有一条好凳，迎有一张笑脸，来有一声问候，走有一声祝福。别看这些细小的活动，于无声处，产生的力量是惊天动地的。一个民族，一个朝代的兴亡，往往就在于这无声处。

瞿桂云，女，土家族，现年 45 岁，原系张家界森林管理处职工。1995年，她借了 5000 元钱，第一个上袁家界承包了瀑布山庄，经营 40 间房间和餐厅。当时承包的租金是 8 万元，到了交租金的时候，税干胡家普、全显礼、崔长海、周红杰就帮她东借西凑。那时不通车、不通电，税干为了给她送去税票，要步行 20 多千米山路。后来，她的事业如滚雪球般地发展起来，现在还办起了虹桥旅游实业公司，拥有资产 3000 万元，年营业额在 800 万元以上，上缴税款 80 万元。她现在支出的理念是：税收、电费、水费、员工工资。税款是主动上门按月缴纳的。她的一切经营活动都是通过票证反映，哪怕坐车、吃饭、购物，哪怕是 3 元 5 元，都得索要发票，她是老板，不存在报销，她说不要票就漏了税。她看不起那些经营户不给发票的人。她说："国不富，民不安；国不安，你还做什么生意？"

什么叫作同舟共济？在瞿桂云这个普通纳税人的言行中，我们读懂了国家与个人的关系。

什么叫作血肉相连？当帕米尔高原的医生吴登云在烧伤病人危在旦夕的时候，亲自操刀割下自己的皮肤给病人移植，我们读懂了血肉相连的内涵。

只有把人民捧在手上，与人民生死与共，我们的国家才能兴旺发达、长治久安。

我们惊奇地发现，税收工作的哲理，也在"三个代表"的实践中，在科学的发展观中得到了充分的体现。

马克思生前可能不会想到，在太阳升起的东方，他的思想会找到最好的家园，夺目的花卉是如此的灿烂。

发明是中国人的精神家园。16世纪以前，影响人类生活的重大科技发明有300项，其中175项是中国人发明的。四大发明照亮了世界前进的道路。可是到了近代，在世界上每年发表的科学论文中，中国只占百分之一，重要科学论文的被引用率，中国只占万分之一。

我们曾经与真理亲切握手。

我们遗憾与机遇擦肩而过。

3000年前，我们的祖先创造了哲学著作《周易》；3000年后，德国科学家莱布尼兹受到太极图的启示，从《周易》六十四卦图中发现了数字二进制原理，成为现代计算机的基本运算法则。西方科学家站在中国思想巨人的肩膀上，以此为支点，轻轻一撬，地球滚动了，信息化时代迈着款款的步伐，悄然地到来了。

我们不能继续落后。

当今时代是经济全球化、社会信息化、科技革命化的时代。

网络世界，上网成金。

谁拥有了信息，谁就拥有了整个世界。

张家界市地税人大胆决策，在资金上采取从工作经费中挤一点，向上级主管部门要一点，在外地友好地区找一点的方式，投资800万元，开发了3个软件：税收征管与发票管理软件、内部信息管理软件、税务稽查软件。建立了局域网站和广域网站。目前，市地税系统已装备服务器17台，电脑258台，路由器7个，打印机95台，在线电源12个，建立市内投入使用的局域网20个，上岗运行的工作站点240个。现在，所有的文件和资料，全部在网上操作，实现了网上初拟、网上审核、网上签批、网上分发、网上传阅、电脑归档。以往，要了解一次税源变化，需要10个人至20个人，兴师动众，长途跋涉，分赴各区县企业，用 1 个月左右的时间，加班加点才能弄清。而现在全市工商个体户已纳入软件系统管理的有 16268 户，占全市正常纳税户的 90%，只要打开征管软件的税控制系统，鼠标轻轻一点，各种数据一目了然。这样的操作，渗透到全市地税系统各个分局。市局与分局的工作，再不要传送纸张，费舟车劳顿之苦。这样，大大提高了办事效率，堵塞了漏洞，保证了征管质量。2003 年，经过省局的大检查，全市的申报率、入库率、登记率、滞纳金加收率、违章处罚率达到或超过省局规定的比例。

借助信息化的翅膀办公，这在全市尚属第一家，在全省居于前列。

2004 年，张家界市地税人向省和国家申报 3 项发明创造的科研成果。

一、完成开发全省稽查管理软件，并实用于旅游地区征管和发票管理软件、摇奖软件。

二、旅游地区税收管理，推行旅游行程单管理办法，被国家税务总局、国家文化和旅游部向全国推广。这一创举，被中央电视二台、四台等重点报道。

三、对干部管理能级考核办法，正在向国家技术质量监督局申报 ISO 管理模式，打破干部队伍综合性的管理，由制度化质量监督论定体系。

发明拉近了世界和张家界的距离。

发现灿烂了中国和张家界的风景。

第四集　文明之旗

文明是一种选择、一种向往、一种追求、一种奋斗。

中国是文明的古国。

世界上也曾出现过众多的古代文明，如玛雅文明、两河文明、古埃及文明、印度文明等。如今，都失落在萋萋野草、累累荒墟之中。唯有中华文明，依然与江河同在，与日月同辉。

20 世纪，中国人最大的智慧，就是紧紧抓住了马克思主义，并创造了中国化的马克思主义，这便是毛泽东思想、邓小平理论、"三个代表"、科学发展观的学说。

这就是文明之根、文明之源、文明之力。

在困难和压力向中国人民挑战的时候，毛泽东只说了四个字："穷则思变。"于是，迎来了中国社会主义建设的新高潮。

回忆十年，记忆犹新。张家界市地税人可谓经历了筚路蓝缕、刻骨铭心、创业艰难的过程。那种条件和环境却成了他们的一份可贵的财富。

龚焕武：（"同期声"）

分家的时候，白天分家，我夜里流泪。国税地税分设，规定各级原来的一把手任国税局长，人员四六分，财产三七分，人员财产都先由国税挑。两县两区加上市局，资金总额不到50万元。

困难考验人，困难也锻炼人。刚分家的时候，没有房子、没有车子，也没有票子。市局和两县两区局，基本上都安排在拥挤破旧的招待所办公，80%的税务所借用国税的办公场地办公。姑且不说县局，市地税局局长龚焕武到省局开会，一辆破旧的桑塔纳在路上停停修修，修了3次，才到长沙。

一张白纸，没有负担，好写最新最美的文字，好画最新最美的图画。

张家界地税人高举艰苦创业的大旗，一面抓人员素质的提高，一面抓双基建设。所谓双基，就是基层和基础。

小康大业，人才为本。他们采取送出去、请进来、办班的方法，培训地税人才。1994年，全市地税干部大专以上学历的只有87人，2004年，大专以上学历的达382人，占比高达90%。

文明作为一把尺子渗透在各方面。在服务质量上创造树立自己良好的形象。武陵源区吕学艳，上班时与纳税户争吵，局党组研究决定：待岗3个月，学业务、学服务、学做人。返岗后，服务质量得到很大的提升，获得纳税户普遍好评。1998年10月，广东的游客住在税务招待所的栖凤山庄，游金鞭溪归来，晚上11点清点人数，发现少了2人。武陵源地税局一分局得知后，11人全部出动，找了2小时，使失散的人破涕为笑。这年4月，一对北京老夫妇因旅行社安排不妥，取消了黄龙洞之旅，向《中国旅游报》投诉，字里行间流露出遗憾之情。总经理叶文智获悉后，出资邀请那对夫妇重游张家界，追加细看黄龙洞的补偿。由此，市宣传部、旅游局、地税局在全市组织开展了一场持久的"满意在张家界"的活动，全面提升服务质量。

创业的艰难是不言而喻的，地税人的敬业精神是可歌可泣的。1999 年，永定区地税局人事改革，将局机关 36 人，压缩到 24 人，将 45 岁的田奇权安排到第四分局担任党支部书记，分局设在沅古坪，离永定区机关 120 千米，无水无电无房子。田奇权的爱人撩起衣襟，露出做过 3 次手术的刀痕，在局里下跪哭了。军令如山，改革不相信眼泪。田奇权去了，1 年多后修了房子，安装了电话。大家很激动、很高兴。分局长说："大家都给家里打个电话吧。"同志都打了，轮到田奇权打，激动的喜悦颤抖着他的手，爱人接通了电话，说："你不是不要家了吗？还知道有个小家呀"五尺男儿，双泪似雨，"唰唰"地下……

回首往事，感慨万千。桑植县地税局局长朱远明从机构分设开始，一直担任局长。1994 年分家的时候，分了 10 万元的债务。地税局的牌子挂上了后，连买拖把、账本的钱都没有。他只好要办公室的人去赊去借。改革之痛，使他领悟的是：当一把手难，在贫困地区当一把手更难，在贫困地区当好一把手难上加难。为了提高服务质量，稳定队伍，以良好的环境留住人，以优越的条件吸引人、鼓舞人。桑植县地税局投资 1300 万元，建成了县地税局办公楼和宿舍楼，在全省税务系统成为第一个县级园林小区，湖南省绿化委员会授予园林式单位的奖牌。接着又修建了二分局、四分局办公楼，对一分局、三分局进行了维修改造，建筑总面积 10594 平方米，为了完成税收，把修建工作搞好，监督安全质量，1 年多时间，朱远明把全部精力都投入了工作。爱人病重，无人做饭，把乡下的父亲请来，父亲病倒，住在医院，又把乡下的侄儿请来，办公楼还未建成，父亲与世长辞。为了地税事业，凝聚着几代人的心血！

面向基层、面向基础，节约每一个铜板。市地税局取消了机关人员下到区县工作的差旅费补助。

为了建设地税机关的办公场地，市地税人上下汇报，东奔西走，取得了上级主管部门、地方政府和外地兄弟单位的大力支持。

市人民政府为市地税局无偿划拨了 70 亩土地。

永定区政府让出了区政府宿舍楼土地，无偿划拨 30 亩土地。

桑植县政府无偿划拨了 8 亩土地。

慈利县政府无偿划拨了 20 亩土地。

武陵源区政府无偿划拨了 15 亩土地。

北京、深圳、长沙地税系统伸出热情的双手，出资帮助张家界市地税基础建设。全市地税增加固定资产投资达 1.2 亿元。

市地税局办公楼、万泰国际大酒店屹立在张家界市区南庄坪，成为一道亮丽的风景。它的建成，它的身后，蕴藏着一个个感天动地的故事。

我们知道，一般的建设工程，只要审核了预算，签了合同，甲方就可以在鞭炮声中欢欢喜喜地住进新房了。张家界市地税局却是另一种模式。为了降低成本，龚焕武、刘云迪、李亚刚等三下广州、深圳，在建材市场考察，穿行于大街小巷之中，中午，一个盒饭；夜里，住在普通的招待所，一笔一笔地核算比较。佛山市眨着好奇的眼睛，看着这群远方异地的陌生人，操作计算器和钢笔，从黑夜到黎明，太阳围绕着地球走了整整 3 圈！

这样，降低了成本 300 万元。

他们的付出，在张家界地税史上，用殚精竭虑、沥胆抽肠赞扬，一点也不过分，而只是一种平淡的记录。

他们的付出，是职业的选择，是价值的取向。由此，我们站在深夜的澧水河边，聆听 150 多年前，从德国西部一座风景优美的小城里的摩塞尔河边，17 岁的马克思说的一段话："我们的幸福将属于千百万人，我们的事业将悄然无声地存在下去，但是它会永远发挥作用，而面对我们的骨灰，高尚的人们将洒下热泪。"

我们读懂了历史，读懂了高尚，读懂了文明。

收获总是向耕耘承诺，

果实总是对春风报答。

张家界地税人经过 10 年的奋斗，从筚路蓝缕到如日中天，收获着希望、收获着文明。永定区、慈利县、桑植县、武陵源、市地税局，全部荣获湖南省委、省人民政府颁发的文明单位奖牌，武陵源区地税局获国家人事部、国家税务总局授予的全国税务系统先进集体，并获国家税务总局授予的文明单位。

文明的旗帜在张家界地税高高飘扬！

　　"路漫漫其修远兮"，人类的发展过程，就是一次完善文明的旅程。"天予不取，反受其殃；时至不还，反遭其伤。"面对历史的玄机，愿张家界地税人创造出更新的文明成果，铸造更加美丽的辉煌！

2004 年 9 月

故里旧事

娄水如画（湖南省张家界市桑植县人潮溪镇——娄水风光）

人越上年龄，就越牵挂生根故里，人越多经历，就越叨念旧人陈事。是的，行万里路，难忘故土一步阶；历万千事，难忘少儿一颗糖。故土是心灵栖息的地方，故人是日夜挂念的亲人。于是，有了最美西莲和乡下的年，有了桐子花开和百合满山，有了油坊的清香和肩上的纤痕，还有了依稀的祖屋、爷爷的木箱和小姑娘的馄饨……多少人，寒窗十年，励精图治，四海闯荡，关山暮霭，待头染白霜，依然蹒跚归故里，举目觅旧人；多少事，风霜雨雪，岁月洗涤，是是非非，错错对对，待尘埃落定，依然善恶依旧，是非如炬。或许，故里的旧样早已在梦里依稀；或许，出生的茅庐早已成残垣断壁；或许，祠堂的阿公早已化为青冢；或许，阿婆的故事早已被后生忘记。但故里就是故里，是根之所在，是情之所依。"人言落日是乡关，望尽乡关不见家。"所以，故里旧事是一首诗，写就的是人间真诚；故里旧事是一幅画，画出的是乡村风情；故里旧事是一杯酒，酿就的是真实醇厚；故里旧事是一生情，蜿蜒的是灿烂人生。

最美西莲

有人说不论你千里万里，总走不出故乡一米。其实这话一点不错，故乡才是人情的根，故土才是人生的魂。人年纪越大，乡味越浓，而乡愁就是对故乡的万唤千声，是心灵深处那朵永远也飘散不了的云。

最美西莲那碗茶。在巍蜒的马鞍山下，有一条溪流叫摆茶溪，溪水自白岩头黑儿湾垭口处汇百涓而出，一路轻诗慢歌，洋洋洒洒，依向家湾、唐家湾两个村民小组环绕而流，然后一个右转，奔溇江而去。其间，把两个村民小组300余户的大多半茶园围成了一个半岛，由于四面高山环围，晨晚云雾蒸腾，土壤饱含硒铝，酸碱适度，所以这里生长的茶叶，茶汤甘醇，回味绵长；茶香溢人，沁人心脾，茶色翠绿，养眼怡情，且久置不腐，多泡仍香。于是茶名声起，远播黄淮。明朝永乐年间传入宫中，朱棣闻之，急差钦差取茶入宫一品，果如所传，乃颁下诏书，禁止外卖，名为"三鹤园茶"，成为明清两代贡茶，存续300余年。如今仍有人取长沙白沙井水，泡桑植三鹤园茶，独享那清香四溢、白鹤蹁跹、如梦似幻、心旷神怡的情境。如今，三鹤园茶已经基本实现产业化，公司加农户、合作社加专业户的模式，靠着一片金叶，村民们迈入了小康，三鹤园茶更是运销中国香港、澳门、加拿大，蜚声海内外。

最美西莲那座桥。在众多的天然桥洞中，唯有故乡柳树村狮子脑万人洞边那座自生桥，常常在梦里和我不期而遇，因为那是我儿时的屋、梦里的船。相传在很久以前，这个叫猫儿溪的小峡谷，在一个风雨交加的雷雨之夜，为一块自猫儿界山上垮塌的巨大山石所挡，一时洪水暴涨，将峡谷一度变成方圆百里的湖泊。可溪水自古向东，以滴水穿石的毅力顽强地冲刷着那块巨石，不知是自然之力的撬动还是石块脆弱之处的溃败，有一天猫儿溪溪水终于在石块垮塌底处撕裂一洞口，溪水向东澎湃而出，纵情奔出武陵，融入洞庭。水面徐徐降落后，原来垮塌的顽石天然地结合在一起，经风侵雨蚀，落成一座自然连接溪边两界的桥梁，这便是西莲自生桥。自生桥长约300米，高约50米，桥上灌木丛生，绿树成荫，桥下溪水欢流，鱼虾轻移，桥旁奇花异草、吐芬溢芳，桥壁峭崖悬空，石笋倒挂。每天清晨傍晚，此处必云雾缭绕，紫气蒸腾，若是初春时节，这里百鸟婉转，香烟袭人，莫不让人流连忘返。因此桥规模较大，左右还有不规则的两个小洞，也有人叫他"恋人桥""仙人桥""万人桥"，但不管叫什么，也不管有什么故事，这座自生桥都一直矗立在洞边溪傍，默默奉献出自己的身躯，为人们过往通衢提供便利，石桥为证，自生不朽。其实，小时候我还不时会到桥上采药材、摘野果，到桥下摸鱼虾、翻螃蟹，一句话那是我最喜欢去的地方，因为那里离我老家很近，在那里总能找到自己的小满足，哪怕是一颗青酸的毛桃，都可以让我在那个饥不果腹、贫穷困难的时代兴奋半天。这也许就是我对这座自生桥情有独钟的缘由。

最美西莲那段峡。如果你去过长江三峡，你一定为那种宏大所震撼；如果你去过科罗拉多大峡谷，你一定为那种深长所折服。但如果你去了湖南桑植西莲中里大峡谷，你就一定会为那条流动着原始生命的溪谷所感动。中里大峡谷与其他的峡谷不同，就在那高高隆起的卓家垭背后的山坡上，硬生生地突然就下陷百丈，然后纳百涓、汇山泉，蜿蜒30余里，又在中里村佘水泽夏然而止，欢快跳跃的溪水在这里一头扎向溶洞，不知去向。而这条幽深的峡谷，不仅把广袤的南滩草场一分为二，而且也把原本一个村落划溪而分两个村落，溪东面因一棵古柳树得名"柳树村"，溪西面因满山长满金竹得名"金竹村"。两个村落虽隔溪相望，鸡犬相闻，但要往来走动，却必须一下一上，耗时半天有余，才能跨越峡谷，和睦乡里。这条峡谷原本叫放肆河，后因行政村区划调整隶受中里，才叫中里大峡谷。峡谷自盘古开天以来，人迹罕至，野兽出没，在当地可谓谈峡色变，充满神秘，虽有胆大者结伴采用攀爬、放绳偶尔进入峡谷边缘采药，也只能窥其一斑，口传的神兽鬼魅故事，更添神奇。到20世纪80年代，金竹村和柳树村村民合力一个冬天才从峡谷峭壁上凿开一条天梯似的便道，峡谷的真容才逐渐展示在人们的面前。到了

2016年有探险者、摄影家先后入谷，峡谷的惊世奇艳，才公之于世。一、奇植被多。峡谷可以说是天然的植被王国，其间物种繁多，古树参天，奇花异草，花香鸟语，许多稀有树种、珍贵药材都珍藏于此，是一座天然的植物园，如号称植被"活化石"珙桐、"中国国树"银杏、"植被药王"水杉等都可在此寻觅到。二、奇峡谷险。进入峡谷，只见两壁如刀劈斧削，巍然屹立，壁上凹凸不平，或有楠木、黄杨、珙桐寄生凸出；或有钟乳石如虎似龙，千姿百态，倒悬于绝壁洞口；或有猕猴、锦鸡、银环蛇等飞跃游弋，嬉闹之声不绝于耳，或有杜鹃、香菇、酸梅依簇于枝头岩峭，色艳味美，止渴流香。三、奇溪流香。由于峡谷两壁植被茂盛，种类繁多，以至峡谷中一年四季花开不败，野果飘香，步行其中，只见溪水潺潺，叮咚如歌，香雾交融，沁人心扉。特别是蜿蜒30余里的溪水，滩头不断，浪花四溅，潭水如镜，镶入溪涧，悬泉瀑布，珠雨飞花，湍流如茵，若隐若现，流光带香，如梦似幻。有摄影家取其意境，赞其香蕴，称为"香溪"，实为名副其实，众望所归。

最美西莲那片云。西莲的云季季都有，可四季不同。春天的云，湿漉漉的、香蕴蕴的、情柔柔的，一大早就从溪沟里，悬崖下，沿着那一树树翠绿、一丛丛青蔓，带着花香，向上升腾，直到将沟壑填满，直到将山峦束腰，直到戴帽山头，都是轻移慢步，如琴似弦。夏天的云，凉飕飕的、白净净的，随着风，或系于枝头树梢，或挂于崖头河傍，或欢腾于峰峦之间，或流瀑于蓝天之际，千姿百态，形状万千。秋天的云，是带着金色的，经常可从云朵的边缘看到金黄的光芒，那一朵朵、一团团、一幕幕似棉花般的云朵或云层，像是看到丰收后无比喜悦似的，跳跃着、翻滚着，在向家溪、自生桥、万人洞、猫儿界的崇山峻岭游走，把欢乐和喜悦带给人们。冬天的云，懒洋洋的、沉甸甸的，在溪谷山头停留的时间长些，云层也比其他时候厚重些，当冬日的光芒从云层中穿透的时候，那一丝丝温暖霍然上身。特别是下雪天，当白雪盖满山坡、雾凇绕上树梢、雾雪一色的时候，抱定坦然心态，任它云卷云舒、云集云散，唯有静下心来，停下脚步，聆听春天的脚步声了，那时观云就是一种思考、就是一种期待、就是一种心情。其实在西莲黄梨尖古庙后背的山坡最高处，是观云海、赏日出的最佳地点。在暮鼓晨钟中，早观晨曦云，朝霞万丈，日出蓬勃；晚赏火烧云，挥金洒银，峰峦尽赤，一定是你人生最美的享受。

　　你陪我一程，我念你一生。其实，在西莲还有许多让你流连的地方，中住山的千年守望，万人洞的神秘传说，落香潭的千金一掷，丰合台的悲欢离合，石门崖的鸡鸣三县，九人堆的千年忏悔……总之，这是一个有神奇故事的地方，也是一个民风淳朴的土寨。那山、那水、那寨、那人、那事，只要你寻觅到此，就一定让你心净无尘，豁达陌阡。

2019 年 3 月

（原载《张家界税韵》2019 年第 1 期）

桐子花开

油菜花、南瓜花、桐子花是山里最普通的农家花，也是我最早认识和熟悉的花，因为这三种花我一睁开眼就看得见，一学会走路就找得到，一伸手就随处可摘，它们在我儿时的山里最常见，很普通很普通，坡上坎下，田间地头，路旁山边，每到阳春三月，随处可见。但在这三种花朵中，我最喜欢的还是那一树树、一朵朵、一簇簇、一片片桐子花，它像是一挂挂五彩的风铃，迎风摇曳着粉嫣红嫩，随风诉说着故乡旧话。

桐子，俗名桐子树，属臭樟木，大马桑叶，为南方多年生阔叶落叶乔木，树高约 5 米，树冠依树大小不一。树皮平滑，嫩枝有黄色毛。树中干多为空心，质地较轻，很少用材。桐叶互生，多丛且集于枝端。叶柄长 8—14 厘米，着黄色毛，嫩叶带红色；叶片阔卵形，先端渐尖，基部心形或楔形，全缘，多为 3 浅裂。农村常用此叶包裹玉米、红薯、米浆，称桐叶粑粑，易收藏。桐叶成为南方农民家庭最为简便的家常用品。

桐子树上开的花就是桐子花，花先于叶开放，排列于枝端，呈短圆锥花序；单性，雌雄同株；萼不规则，2—3 裂；花瓣有 5，白色，基部有橙红色的斑点与条纹；雄花具雄蕊 8—20 室，排列成 2 轮，上端分离，且在花芽中弯曲；雌花子房 3—5 室，每室 1 胚珠，花柱 2 裂，花期 4—5 月。桐子核果近球形，直径 3—6cm，种子具厚壳状种皮，果期 10 月。早春开花，粉红花朵繁多，花序顶生，灿烂妖娆。秋季蒴果，呈椭圆形，绿色，成熟时转为黄带红色，颜色艳丽，形似石榴，不可食用。但是桐子可称"农家一宝"，除了能制造生物柴油外，小桐子及其提取物还具有较广泛的生物活性，可从中开发出具有抗癌、抗病毒、杀菌、杀虫等作用的药物，在医药、化工、农业中都有广泛应用。由于经济价值比其他树木较高，且该树可植种，也可活苗移栽，所以成了我们家乡的"金树银树"，为老乡带来不菲的经济收入。

其实，小时候我们只是喜欢在桐子树下玩耍，花开了，一溜烟爬上树，吊在树丫上听着远处传来的歌声，或是偷偷地瞄着头裹红色头巾的采茶新娘，幻想着长大后自己的朋友是不是和她一样漂亮。叶开了，我会攀上树的顶端，把那些大而且宽的桐叶一匹一匹摘下来，用棕树叶丝扎成捆，一路小跑回去交给老妈，换回一毛钱，然后飞也似的奔向代销店，换几颗水果糖。果熟了，生产队统一收过桐子后，我会拿起石子对着树丫上剩下的几颗桐包，连续不断地瞄准射击，直到把那几颗剩下的桐包弄掉下来放进自己的蓝布书包里。当然也绝不会忘记那几颗自己曾先藏在树洞石角的桐包，因为每年冬天我们都要给学校交3斤桐包，作为勤工俭学，那是我们少不了的"课外作业"，要不然就得交3块钱，或是打扫一周的卫生，我既没有钱，也不愿意搞卫生，所以怕捡不到桐子就预先藏几颗。童子打桐子童子乐，童子藏桐子童子找，是我当时最为真实的体会。

然而理解桐子对一个村落的变化，却是源于桐子妹俞平，一位帮助村子成为一个远近闻名桐油村的大学生。记得那是2009年的冬天，我回村给我已故的父母送亮，发现村里满山满坡都栽满了一行行桐子树，苗虽然还只一尺有余，可一行行、一片片、一山山很有气势，让人嗅到一种春意盎然的气息。一问二伯才知道，县委看到西莲村村民收入一直位列全县末位，要企业没企业，要产业没产业，组织部就给村里派来了个农大选调生，叫俞平，挂职村支书，开始从整顿村支"两委"着手，开始思想扶贫、党建扶贫和产业扶贫。通过查看村里的土壤、气候，俞平支书决定利用村里山大坡缓、土质碱性、气候适宜等特点，考虑到桐子树茎叶有毒、牲畜不吃、病虫较少、不易燃烧等优点，发动党员带头栽种桐子树，向山坡要产业，向桐树要收入，从调整产业结构入手，着手构建桐油产业基地，开启我村脱贫致富的新征程。在俞平支书的带领下，一时间村干部跋山涉水运桐苗，老党员穿村入户做动员，村民们举家上山栽桐苗。这个冬天村民们不冷，因为这位城里妹子把希望刻在了村民们的心里。"桐树不开花，村民不致富，我不回县城！"是俞平立志帮助村民脱贫致富奔小康的铮铮誓言。

就这样，一天天，一年年，春去秋来，寒来暑往，俞支书与村民相依，和山水相伴，以桐苗长势为牵挂，按时通知农户施肥除草，统一组织桐树病虫防治，利用夜校普及桐树栽培知识，"桐花妹"也成为长辈们对她最亲切的爱称。

岁月荏苒，滴水石穿，爱心有期，春光无限。5 年过去了，一棵棵桐苗长高了，一行行桐树成林了，一枝枝桐子开花了，一块块桐林成片了，看到那层层叠叠、逶迤连绵的桐林，望见那依稀隐现在桐林中的水泥村道，听到榨油厂传来的阵阵轰鸣，瞧见那一栋栋掩映在桐树林中的崭新别墅，俞支书笑了，村民们笑了，万亩桐子基地成了县产业结构调整的一个样板，人均收入突破 7000 元，翻了三番，村民们稳稳地行走在了小康路上。

桐花 5 月开，漫山如飞雪。秋来果满树，笑声酬岁月。当村民们过上富裕的好日子后，县委组织部调整了桐花妹的职务，她先是当了镇长、书记，后来又当了副县长，还成了全国人大代表，正带着更多的村镇、更大的人群，在新时代、新思想的引领下，脱贫致富奔小康。

桐花妹，乡亲们祝愿你花开不败，人生妍丽；

桐花妹，乡亲们期望你回家看看，乡情依依。

2018 年 10 月于西莲

（原载《张家界日报》2018 年 3 月 7 日）

寻找百合

初识百合我还小，刚满 6 岁，是比我大 3 岁的表姐为了哄我上学，清晨特去给我采了一束百合花，说百合花是世界上最美最美的花，带着它上学考试可以得百分。我信以为真，拿着百合破涕为笑，斜挎了个书包，其实是妈用土蓝布缝成的布袋子，就上学了，而且一上就是 10 多年，直到考上大学，直到参加工作，而那束百合仿佛也一直握在我的手中，晃于我的眼前。

真正了解百合这种多年生宿根草本植物的药用价值和用途，是在上中学我开始懂事之后。那时，我家里很穷，父亲因病去得早，迫于生计，放学或放假后，打柴、挖药材卖钱便成了我的常事，因为靠我妈那点农活的收入最多是糊口度日，根本交不起本来就不多的学杂费，于是我就有了挖百合卖钱的经历。百合夏季开花，花被六瓣，有红、黄、白等多种颜色，花开时呈喇叭状，甚是好看，地下长有扁球状或近球状的鳞茎，可食。特别的是百合还是一种比较名贵的药材，可治痨嗽痰血、虚烦惊悸等状，有润肺止咳、清心安神的功效。当时，一市斤百合茎可卖一元五角钱。一元五角钱现在确实不算什么，就半碗米粉。可那时只有我不怕辛苦，在寒假连续上山挖得几个星期的野百合，才有可能凑齐一个学期 30 元的学杂费。晶莹透明的百合诱人得很，尽管我有时馋得流口水，妈还患有头晕病，但我们都从未吃过一片百合。那时，我爬满家乡的山山沟沟寻找百合，是为了挣钱读书上学，走出大山。所以每次做梦，满山全是百合花。

我税专毕业后被分配到了百合山下的桃溪乡当驻乡税务专管员，自然又加深了我对百合的独有情愫，虽然我再也不需要挖百合卖钱上学，但百合此刻却给了我一种思索和寄托：怎么利用百合才能帮助桃溪乡的父老乡亲摆脱贫困，真正实现靠山吃山的期盼？看到百合山上漫山遍野的百合纷纷张开喇叭，红的像火，白的像雪，黄的像金，我突发奇想：何不利用这里适合百合生长的自然环境，引进和改良百合品种，使桃溪乡变成百合乡呢？……白果村的宋主任听到我的想法后，认为确实是一条好路，二话没说拿出二亩地，带头与我试种，二亩地头年收获百合2000余斤，收入10000余元。宋主任的举动迅速引起了轰动效应，我也一时成了热门人物，上门要求帮忙传授栽种百合技术的人应接不暇。为此，我又向乡党委汇报，和乡农技站一道联合办了三期百合栽种培训班，使百合的栽培技术广为传播。此后，桃溪乡也真正因为百合而"火爆"起来，新产的百合不仅成了张家界各大宾馆招待四海宾朋的名贵极品，而且远销长沙、上海、深圳。栽种百合的父老乡亲，腰包也一个个鼓了起来，电视、电话不用说已进了户，就是送货也可以驾驶自己的农用车小四轮或摩托，他们的脸笑得像百合一样灿烂。而因为百合，我也就没有学会打牌、搓麻将，以至到了现在还有人嘲笑是"傻冒"一个，可我却在那里，转了干，入了党，自学读完了本科，成了农民的"贴心人"，还当了一次"青年标兵"，并发表了30多篇文章。3年后我由专管员提拔当上税务所所长……我想，也许因为百合，所以我的心始终向着太阳，心里也充满阳光。

离开桃溪，离开百合山，已经5年了，然在百合山的那段经历却永铭在我的心间，桃溪的百合花今天还是那样灿烂绚丽吗？令我魂牵梦绕的栽种百合的乡亲们还好吗？我相信：你们一定又用智慧和勤劳谱写了一曲新的乐章，因为栽种百合的人本身就是诗，本身就是歌。

1988年6月于白石

后山落日

　　我经常看到有关日出的文章，很是被文章中那些优美的句子打动，特别是日出的那一澎湃刹那，给予了我一种冲动和向往，常常做一些登泰山看日出、坐海轮看日出的美梦，而且都是在极度高兴的状态下惊醒的。所以有时间我也在河边、山旁看日出，却从未想到过看日落，可前天一个偶然的机会，在我家的后山看到落日的情景，却使我别有一番感慨，其实落日也是一首优美的诗。

　　吃完晚饭我便信步踏向后山。初春傍晚的阳光很美丽，一道道阳光从晚霞的间隙中射向田间丛林，给四周的山水抹上一层金黄，一只只白鹭在树林间扑闪着飞上飞下，寻找着夜晚的歇息之处，炊烟从一间间散落在田野间的农舍中冉冉升起，是一道道祥和安逸的音符，暮归的农人或牵着牛肩着犁，或扛着一捆木柴，或举着光着屁股的娇儿，迈着不紧不慢的步子，哼着土家小调，轻快地走向那安心而又温馨的家。此刻，一种平静、祥和、幸福的氛围和气息便在故乡的上空慢悠悠地升腾起来，而后又缓缓地融入夜色、融入梦乡、融入希望。

　　太阳临近了西边的山峦，越发显得光圆透明，像是三座山峰托着一个巨大的火球。火球将山尖烧得通红，把山色全都染成一片金黄，西边的云朵像是一团团流动的火焰四处游走，把整个西边的天色染得暖融融的、金灿灿的，到处都是热烈的气息。于是，北行的大雁在金红的天幕上排着"人"字状向北飞行，澧水河上的千万白帆此刻已是金黄一片，波光粼粼，渔歌阵阵，百舸归巷，炊烟轻扬。散落在果园、梯田、烟地间忙忙碌碌的人们，收起了锄，盖好了地膜，沿着祖辈们用脚踩出了的山道，哼着粗犷的土家小调，融入暮色，融入那画一般温馨的吊角屋。

此刻，太阳像是充足了气的球，奋力借着山尖的托力，向上蹿了几下，红色忽然就暗淡了许多，山峰的轮廓在赤色的天幕上看得清清楚楚。紧接着火红一下子变成了赤色，四周的云彩也暗淡了些许。可从山峰和云雾的间隙中射出来的一道道橙色的光柱，却更加夺目耀眼，把西界林场省级劳模林勋守了35年的电视插转台和林烟浩渺连绵10万亩的人造再生林场照得熠熠发光，耸立在乡中心小果园里的那座无名英雄纪念碑直插云霄，高大无比。

太阳终没有因为三座山峰的力撑而留在山峦之间，于是白昼开始了自然轮回。山间的电灯亮了，火炕红了，东家、西家的亲家，山南、山北的邻里，开始三三两两地聚在一起，用一碗米酒把话题拉开，天南地北地侃了起来，或是手舞足蹈，或是脸红脖子粗，或是前仰后翻，把乡里的夜搅得如酒似蜜。因为，人们都知道：明天的日出比今天的日落更加绚丽多彩。

太阳落下去了，月亮和星星闪烁起来，脚下的小道也变得影影绰绰。看完日落，看到亮堂堂的山村，我的心里更加澎湃起来，因为我深深地感悟到日落其实是一首充满希望的诗。

2001 年 6 月于官地坪

狗　蛋

　　狗蛋跟我是同乡，仅长我3天，算是真正的老根，住在离我家不远的连三湾。他本来姓唐名刚，后来其母又偷偷地为他占了一卦，说什么唐刚命中缺"爪"少"园"，应取一小名"狗蛋"加以调解，意为抓钱生财，人生圆满。所以，"狗蛋"的名字也就叫得响了。其实，狗只能生崽哪能下蛋？只不过是苦了母亲的心罢了，但狗蛋长大以后的几件事，倒使我纳闷儿了许久，仿佛印证了那些事。故提起笔来，说说"狗蛋"。

　　据说是犯了"磨枯运"，本来学习成绩一直很好的狗蛋，居然两次高考落榜，窘迫的家境使他不得已回村当了个民办老师。但是狗蛋却不甘其现状，边教书边自学，两年就弄了个经济类自学考试大学文凭，1989年从"五大生"中招考一批国家公务员，全县就一个税务干部的指标，狗蛋居然名点朱笔，碰了个正着，经过考核政审，他身着税服，头顶国徽，成了一名税务干部。消息传开，其妈暗自烧香拜佛道谢神灵保佑，乡亲们都说这娃不是他妈给取了个小名，哪能有他的好运气？唐刚也不避嫌，在曾用名上公正地填上"狗蛋"二字。他说：一是不忘母亲的期盼，二是要为国抓好收入管好税。

　　自有了当税干的外甥，狗蛋的舅舅煤炭贩运户谷老三，确实比原来神气了许多，开口闭口拍胸尽吹牛皮："要贩煤找我，别的我不敢说，但逃几个资源税、冲冲关什么的，是没有难度的。"因为，狗蛋上学的时候舅舅没少接济他。可就是一次外甥不认舅，让谷老三蔫了半截，再也不敢吹在税收上只要意思意思的牛皮了。那还是9月的一天，狗蛋刚刚从税校岗前培训结业回来上班，谷老板就一路吆喝，约了几个朋友来玉京煤矿拉煤，准备运到澧县着实捞一把，十台煤车交款、提货、装车，一路顺顺当当，只等谷老三开来煤炭资源税完税证明便整队出发。可就是一等再等，谷老三就是不来。原来，煤矿的办税员王兰正为难地僵在那里。谷老三只交一车的资源税却要开十车的完税证明，开了明显不合规定，少交了税款，不开又怕得罪了谷老三，特别是他的外甥狗蛋，何况上次谷老三就还欠 400 多元的税款没交。王兰主意难定，抓起电话准备向狗蛋请示，说明情况，看狗蛋放还是不放。无独有偶，正当王兰左右为难的时候，一阵"叮叮"自行车的声音传来，狗蛋下乡催收，风尘而至。看到外甥到来，谷老三亲热地迎了上去："看，刚还说你，你就来了，王兰就是不晓得变通。来来，抽支烟，我介绍几个新老板给你认识认识。"狗蛋眼睛一转，看了看晾在一旁满脸不悦的王兰，心里早就明白了八分。"怎么？又想打我的牌子为王会计的难？上次的账都还没结清呢，今天又要什么幺蛾子？"狗蛋坐下来喝了一口茶继续说，"税收是国家的，税法是强制的，不是我个人说了咋办就咋办的，得按规矩。你说意思意思就算了，叫我怎样执法？你叫我怎样去面对其他的纳税人？你叫王会计怎么继续工作？舅舅呀，你应该支持我的工作，怎能叫我贪赃枉法？"谷老三的脸上一阵红一阵白，涔涔地冒出了冷汗。狗蛋望了望其他几位煤老板，继续正言道，"今天正好碰着你，你把上次几百元欠税也交了。这次不容许再欠了，不然你一吨煤都别想运走！"谷老三一看外甥当了真，一脸正气，自认倒霉，乖乖地交清了税款，其他几位老板也落得一脸尴尬。只是狗蛋落了个骂名：狗蛋收税六亲不认。

因为是同学加老乡，分局长狗蛋新婚，我当然是必到不误的，不然还算什么老根？婚礼上的热闹和喜悦自然不用多说，而婚礼上的一个小小插曲倒是更添了我对这位老乡的几分敬意。刚刚走马上任的分局长结婚，虽不是件特别重要的事，可总还是有点动静的，尽管封锁了消息，可还是没有不透风的墙，吃晚饭的时候，食堂里就来了16位平时镇里都很有面子的人物：纸厂厂长廖凡、信用社主任邓强、好运酒店老板庹玲等，狗蛋把客人请进新房，递茶、敬烟、吃饭、喝酒，并把礼包一一收下，交给了门市开票的小姚，并轻声耳语了一阵。灯红糖甜，酒醉饭饱，客人们意将散去，狗蛋和新娘双双起身送客："谢谢你们来参加我的婚礼，感谢你们来喝我的喜酒，感谢你们送我的祝福，特别是廖厂长、邓主任一行的光临，使我感受到了做一名税官的幸福和责任。由于今天是我人生的一个特殊日子，故我和媳妇也给各位备了一份小小的红包，还请笑纳。"两人一起深深地三鞠躬，新娘从小姚手里拿来备好的红包，逐一分发到廖厂长等一行手中。走出分局的大门，大家不约而同地打开红包：原来新婚夫妇回敬的那份礼物，就是一张已经填开好的红通通的完税证，税款金额和礼金金额完全相同。礼金变税金，廖厂长等不仅感慨这份红包的厚重，同时也更添了几分对狗蛋夫妇的敬佩：好样的，有这样的分局长，我们一定不辜负你，合法经营，照章纳税。

县局党组会议室的灯亮了一整夜，局领导为了把税收计划尽可能分配得合理也熬了整整一宿。可是折腾来倒腾去，还是剩下 150 万元未分配下去，只有看明天的计划会是否会出现奇迹。局长沉稳的声音把 4 个分局的税源状况说了个透，并下达了初步的税收计划，说明还有 150 万元未分配，说是想听听大家的意见。已经背了 450 万市县本级计划的三分局局长狗蛋，看了看领导们为难的表情和殷切的目光，"噌"地站起身来，抢在其他三位局长之前接了话茬："朱局，未分配的 150 万元任务三分局接了。在这里我向各位局领导立下军令状：保证不拖后腿，保证不寅吃卯粮，出色完成任务，请各位局长放心，请兄弟单位支持。"经久、热烈的掌声敲定了三分局当年的税收计划。而后，全局没有一个人抱怨局长"抢任务"的举动，而是齐心协力向征管要税源，向税政要税收。牛皮不是吹的，火车不是推的，一分一文地爬西山，一元一角地跑东家，千言万语道不尽各种的辛苦和艰难。365 个日夜，365 天拼搏，当新年的钟声敲响之际，狗蛋和 27 位兄弟姐妹一道用真诚和汗水画上了一个圆满的句号，同时又迈步于新的起点。他告诉我："当人只想着做一件事时，心里就明亮无比。我这一生别无所求，不求当好大的官，不求发多大的财，就是想依照税法把税收好，为民多抓一点税，为国多聚一点财。"

多么实在的话，多么实在的人呀。他的话道出了全体税务人的心声和夙愿。

2008 年 12 月于桑植澧源镇

爷爷的楠木箱

爷爷那间老旧的书房里，有一个他自己亲手制作的楠木箱。箱子不大，二尺见方，且只是使用钉子、木胶简单黏合而成，因长久悉心的拭擦，整个箱子光亮透明，一尘不染，箱子上挂着的那把小铜锁闪着金子般的光芒。

我爷爷是个老税干，财税金融分家后一直在澧源镇收税，风里来，雨里去，一干就是 45 年，他走的路可以绕地球两圈，他开的税票足足可以装满 4 辆重卡，他经手入库的税款已超过 3 亿元，他帮助扶持的企业如今已走向海外。从意气风发的愣头小子到如今白发冉冉的童颜老翁，他从未有过气馁、退缩，一身的凛然正气，一生的刚直不阿，32 个金光闪闪的记功证书，记载了爷爷无怨无悔的风雨税月。

小时候不懂事，总在爷爷的书房里蹿上蹿下，只要爷爷不在家，我就和妹妹悄悄地把那木箱搬下把玩，总是幻想着箱子里的金银财宝，可一听到爷爷拐杖的"笃笃"声，我俩便作鸟兽散，可心里的端疑却越来越大：是什么宝贝？藏得那么深？

今年大四毕业，我报名参加了国考，上天眷顾加上精心备战，我一路过关斩将，顺利地成为一名税务干部，圆了我儿时头顶国徽、肩扛税花的税务梦。就在我即将到国税局报到前去参加省局培训的晚上，爷爷把我叫到了那间老书房，小心翼翼地拿下楠木箱，窸窸窣窣地摸出一把钥匙，颤颤巍巍地打开了那把小铜锁。

"这就是你经常窥觊的宝贝，今天让你开开眼界。"爷爷把我叫到书桌旁，打开了箱子，开始从箱子里往外拿出他的宝贝：一枚金灿灿的劳模勋章，一本红彤彤的荣誉证书，一把黑幽幽的小算盘，一支亮铮铮的永久钢笔，一个老样式的帆布书包。

"往事如烟。这书包虽然洗得发白，'为人民服务'几个字和红五星也只是依稀可见，可它伴了我大半辈子，装过数不清的税款；这支钢笔我用了近30年，笔尖和舌子都换了五六次，可它一直跟着我走乡串户；这把算盘你别看它小，可是拨起来特灵活，我用它从未算错过税款；这奖章和证书是1993年五一节，我被评为全国税务系统劳动模范后总局局长在人民大会堂亲自颁发的，它是我这一生最大的骄傲和荣誉。"

爷爷轻咳了一声，喝了口茶，顿了顿继续说，"我知道，现在都网络时代了，网上申报、云计算，金三系统，算盘、钢笔、挎包都很少用了，可你别忘了没有它们的过去，也许就没有今天的信息化。奖章和证书也只能证明我过去的经历。今天把箱子交给你，把我的宝贝传给你，是希望你在今后的岁月里，不忘初心，练好本领，廉洁从税，为国多聚财，为民多服务。我老了，有你这个孙子能继承衣钵，我就放心了，希望你能成为一名优秀的税干。"

听着爷爷的话，接过爷爷的楠木箱子，我觉得肩沉甸甸的，但心里却是亮堂堂的。因为从此我不仅有了动力和信念，而且有了方向和路标，筑梦税务，一定人生灿烂。

（2017年全市关爱下一代征文获一等奖，
原载《张家界日报》2017年7月12日）

过　渡

　　在风景秀隽的澧水上游，有一个土家乡村，吊脚楼、芭蕉叶、仗鼓舞，一条河流蜿蜒而过，两岸奇峰无数，悬泉举目可见，誉称"小三峡"，是一道特别的风景画。画中有一个渡口，因在上游的中间，故称"中渡口"。在这里过渡我已经记不清多少回了，可曾经的三次过渡，都永远铭记在我的心中，它不时地给我温馨和鼓舞，不断地催我奋发和进步。

　　十年前的 7 月 5 日下午，雨一个劲地下，山洪一个劲地涨，平日温顺得像一只小羊羔的澧水一反常态，似一条黄龙肆意咆哮着向前滚动，把我隔在了河的这边。其实，平常在河边或是岩洞里待上一天两天，我倒无所谓，反正山里的孩子习惯了。可是，我明天就要参加高考了，咋办啊？我急得哭了，拼命地叫着"过河喽""过河喽"，无奈风声和水声怎么都比我的声音大，什么也听不见。天渐渐地黑了，我躺在河边的沙滩上绝望地望着河水：真是老天作对啊，黯然无奈。雨不知什么时候停了，水也慢慢地消了，朦胧中我感到有人在叫我，有人在拉我的手，心一惊，睁开眼一看，是渡船过来了，是艄公廖伯在叫我。"廖伯，我要过河，我明天就要参加高考，快！"廖伯边摆弄着船边嘀咕着："是啊，我就是怕这边隔着仔误了考试，这不？……快上船，都 9 点半了，"廖伯用力把船撑过了河，下船后给我用杉树皮扎成了一个火把，千叮万嘱，"路上要小心蛇，考试不要粗心，山里送仔读书不容易啊，回到学校先把湿衣服换了……"默默地听着廖伯慈父般的唠叨，默默地接过照亮山路的火把，暗暗地下决心：我一定要考出好的成绩。两个月之后，我又乘着廖伯的船渡出了山村，成了山里面的第一个大学生。

　　第二次是 6 年前的事了。刚刚从学校毕业被分配到税务所工作的我，虽

149

然有"初生牛犊不畏虎"的劲头，可工作起来，就是老出差错，老是把劲使不到点子上。于是拿了第一个月工资，便想到中渡口去看看廖伯，两瓶红星二锅头和一条银象烟成了我给艄公的礼品，一声"过河啦"把我和廖伯扯在了一条船上。"廖伯，我看你来了。""你看，这是为啥喽？都参加了工作了吧。"廖伯摸着花白的胡楂说，"参加工作多不容易啊，今后可得把税收好，要多为百姓办点实事，要对得起头上的国徽，老百姓啊就喜欢干实事的干部……"是啊，"老百姓啊就喜欢干实事的干部"这句话，就好像廖伯渡船头上的那盏灯，一直亮在我的心头。

上月周末，是我母亲70岁的生日，我举家回乡探母祝寿，当车至中渡口时，惊呆了：一座崭新的高跨度石拱桥跃入眼帘，桥上彩旗猎猎，人来车往，好像是要举行通车典礼。我连忙下车徒步河边，那条熟悉的渡船依然倚在那泓清水湾里，斑驳的楠竹船棚前，一位老人手把着船艄坐在船帮上，额头上一道道深深的年沟和在河风中微微颤抖的白发，好像是咏唱一首不老的歌，又好像是在询问过往的人们："是过桥还是过渡？……"是呀，有了桥，廖伯就不会再在风里夜里摆渡受惊了；有了桥，学子、商人就会风雨无阻了；有了桥，人们离富裕、现代化就不会太远了。只是，人们不会因为有了桥，而忘了那船吧，那老人吧，那渡口吧，那颗朴实博大的心吧。我搀妻护子，缓步上船，望着这旧船、老人、河水，对廖伯说："我们过渡。"看到廖伯有些吃力地拉着滑轮，赶紧起身帮忙。想从此后，这种渡口可能只有永远珍藏在我的心中了。这时候，我才明白什么叫"爱重如山"。

2001 年 3 月于娄江

（原载《税友》2001 年第 7 期）

火　把

　　大凡 20 世纪 70 年代前在乡下生活过一段时间，特别是在山里生山里长的人，都不会忘记走夜路，因此也就不会忘记火把，因为那时没有星光和月亮的晚上，人们就是用一束束杉树皮或竹篾扎成的火把，来照亮那一条条羊肠小路的。

　　火把一般用杉木树皮做成，两三尺长不等。闲时人们把上好的杉树皮晒干，用稻草或者篾束成一把把，搁在猪楼或牛栏的木排上以备用。若是夜里要串门或有客人要送，便取出一束，放到火炕或灶房里点燃，支给客人拿着出门，那闪闪烁烁的火苗，耀得家人放心、客人放心。

　　小时候，我很顽皮，没事总是缠着大哥赶东趋西，他到哪我就跟到哪，活脱脱的一个"跟屁虫"，所以在火把中走过不少夜路，也对火把有着特别的感情，以至到了现在回到乡若是夜里出门也绝不使用手电，而是舞起火把，享受火把那闪烁的火苗留给我的安全和温馨。记得有一次，我和哥自 20 里外的外婆家帮工回来，夜很黑，伸手不见五指，山路不平，坎坎坷坷，猫头鹰"咕咕"的叫得使人心里发毛。幸好外婆给了我们火把，顺着火光，借着火把的胆，我们拖着疲惫的身子往家里赶。拐过一道弯，忽然两道黑影吓了我一跳，大哥也本能地站住喝道："是谁？"一阵窸窸窣窣，走近一看，是一位跛腿大爷牵着小子在摸黑赶夜路，一问才知道是大爷的老伴病了，因药店上午没人给误了时间，这才连夜摸黑往家里赶。大哥没说话，把火把朝大爷手里一塞："您老把火把拿着，走得快些，小心别失了火。"那夜我摔了四五跤，跌了个鼻青眼肿，哥还不小心摔进了水塘，感冒害了一场大病。可妈妈并没有责备我们兄弟俩，反倒说我们做得对："帮助了别人就等于帮助了自己。"

在我的记忆中，走得最长最远的一次夜路，是我考上大学后父亲送我上学的那次。我家到邻县的南岳汽车站有 40 多里山路，要赶上早上 7 点的班车，要么提前一天，要么就走夜路，乡下人当然选择走夜路，那样既省钱又省时，苦点是算不了什么的。为了不误点，母亲和全家人一道忙乎了大半夜后又对我千叮万嘱，才极不情愿地拿来火把点燃，塞给我两个热腾腾的鸡蛋，把我送到屋前的红枣树下，火光中我分明看到了母亲脸上晶莹的泪珠，那是幸福、自豪和分别的礼物。剩下的路是我爸伴我走的，不轻不重的行李在我爸宽实的肩上发出均匀的"吱呀"声，我爸微喘着气边走边跟我说话，一同与我赶路。

我爸从火把开了口："打火把是有规矩的，不要舞得太高，俗话说：'前照一，后照七'，一根火把可以供六七人赶路。"

"这样行吗？往后我有了钱给你买几根手电，就方便多了。"我将火把舞得特亮，将路照得很清楚，对面山上的人家都能看清我们父子俩的身影。

"那可不一定，有些东西用惯了就是好，何况还能省几个钱，乡下人用不着那么奢侈。"

父亲顿了一下，将行李换了肩继续说，"现在你是大学生了，在校要好好读书，要多学点本事，做一个实实在在的人，将来才能为乡邻乡亲办点事，不要老是想那些花里胡哨的东西。"

"嗯。"我嘴里应答着，心里却分明感受到了老爸那沉甸甸的希望：是要我做好人，做实学问，少追求虚荣和名利。那晚，路很远，但我们走得很轻、很快，没有感到一点累，以至父亲那些质朴的话，成了我后来人生路上的火把，在它的照射下，我不断进取，成了一个像父亲一样平凡普通的人。

其实，对于火把原来我还不懂，但现在我终于明白了，它也是有生命、有内涵、有气节的精灵。有了它，夜路就不害怕，坎坷就可以熨平，生活就可以有所收获。因为它把光明和胆量给了别人，把黑暗和毁灭留给了自己。

2001 年 3 月于故乡

卖馄饨的小姑娘

今年春天，我在平湖镇核定农业税，临走的那天晚上，不料却病倒了。

孤身一人躺在异乡床上，便格外地想家，尤其想我过去的日子。在家里，若是我有个头痛发烧，女儿放学回家，马上会给我斟茶倒水，并且一定问我想吃什么，她便急急忙忙做好，端到床前。此刻，我倒真想吃一碗热腾腾的馄饨发发汗。

"三鲜馅馄饨哟！味道不鲜不要钱！"

真巧，这时忽然传来了叫卖声。我支撑着把头伸出临街的窗子。只见斜对面一间店堂门口，一个矮胖男人，一边用围裙擦手，一边喊："三鲜馄饨哟！不鲜不要钱！"

"喂！师傅，能不能送一碗？"

"送？"

矮胖男人愣了一下，但马上满脸堆着笑说："可以，可以，不过要加服务费。"

"服务费？"我重复着这个生疏的名词。

他立刻笑着向我解释："你看，要过一条马路，还要跑上二楼……"

"好吧，我感冒了，给我放些胡椒粉好吗？"

"行倒是行，只是这又要加两毛钱。"

矮胖的男人仰着脸说，并伸出两个指头。

"好。好。随你加就是。"

不多时，就听见两下轻轻的敲门声，进来的不是矮胖的男人，而是个小姑娘。姑娘微微一笑，从裤袋里掏出一小塑料瓶放在桌子上说："爸爸只放了一点胡椒粉，我把瓶子拿来了，你自己放吧！"

正在这时，就听到矮胖男人扯着嗓子喊："玲子，快回来！馄饨又下锅呢！"

"爸爸叫我呢！"

小姑娘抓起瓶子急忙拧开盖儿，往碗里倒了许多胡椒粉，然后把瓶子装进裤袋便跑了回去。我赶快拿出3元钱递给小姑娘。

吃完馄饨，我就睡了一觉。一觉醒来，拉开电灯，发现门口地上有一张纸，是从练习簿上撕下的横格纸。

是风吹来的？我疑惑着。捡起来一看，里边还夹着1元钱，纸上字体工整秀丽，写着："叔叔，'服务费'爸爸给我了，我还给您。因为为一个病人服务做点事儿是完全应该的。"

泪水湿润了我的眼睛，我被小姑娘的纯朴和善良深深地感动，以至现在我最喜欢的早餐还是吃馄饨。因为女孩虽小，可善心天大。能无私地帮助他人而不计回报，她的一生一定幸福、富有，好人一生平安。

2001 年 8 月于永定

姥姥的小院

　　暑期，我到农村的姥姥家去避暑，姥姥家的小院给我留下了深刻的印象。

　　早晨，一轮红日渐渐升起，给小院涂上一层金黄色。鲜艳的花朵挂上了晶莹的露珠，晨风夹带着香味迎面扑来，沁人心脾，把夜色和晨雾轻轻拂去，一幅青山吊脚楼便呈现在你的眼前。

　　院子的西边，几根竹竿架子上，爬满了花藤，花藤上开满紫红色的牵牛花，在绿色藤叶的衬托下，娇嫩、鲜艳，远远望去，好像挂着几匹美丽的花布。

　　东北角是由树枝搭起来的棚子，一个个黄色的南瓜散落在棚子间，像是挂在棚子上的一盏盏吊灯，在阳光的照射下散发着耀眼的光芒。一到晚上，孩子便聚在这里读书、嬉戏，大人们则在这里纳凉、闲谈。

　　院子的东面，有几株像巨伞一样的楠树和一棵巨大的白杨树，巨伞一样的树冠是姥姥家的"保护神"，夏天给姥姥家遮阳，雨天给姥姥家避雨，秋天给姥姥家挡风。白杨树高大的树干间，有一喜鹊巢，所以每天都能听到喜庆的音符，它会使你心里充满幻想，充满快乐。

　　院子的南面，是一片碧绿的小菜园。韭菜绿油油的、翠滴滴的，远处就能嗅到清香。紫色的茄子挂在树上，满身的露珠熠熠发光。半红半绿的辣椒像一张张害羞女孩的脸，藏在茂密的绿叶中，若隐若现，使人心跳。还有西红柿、黄瓜、萝卜等各样蔬菜，散落在一块块整齐的方块地里。这些都是姥姥亲手栽种的，它不仅展现了姥姥勤劳朴实的美德，而且告诉人们：只要播种，就一定会有收获。

　　明天我就要回到县城了，望着姥姥的小院，心里有一种说不清的感觉。

姥姥的小院不能留下我的身子，但我的心却留在了姥姥的小院。小院既是姥姥的家，是姥姥的希望，同样也是我们永远的根之所在、心之所在。

1984 年 4 月于西连

刘云"逼债"

提起刘云，其实我真的还不甚了解，4 年前连面都未见过，近几年有过三四次交往，只是道听途说了一些关于他的传闻，好坏都有，褒贬不一。不过我在一个偶然的机会，略读了他写的《人生有缘》《漂泊的心迹》两本书之后，才觉得他也很是不易，从一个摆书摊卖书的人变成一个写书的人，其间定有一些让人感动的事，只是我未闻其详，也就只能冲动一下而不了了之。但人事难料，竟然就是那么三四次交往，我却还欠了他的一笔债，他又居然逼着让我还，所以至今想起来我都愤愤然。

我只是一个文学业余爱好者，偶尔看到好的文章后，心里也有些痒痒，所以有时竟然不顾面子装象，爬爬格子，偶尔也有几篇文章变成了铅字，那都只是叶公好龙罢了，一个高中毕业生想当作家那简直就是白日做梦，可刘云偏偏让我"出丑"，甚至苦苦相逼，原因就是我参加了他组织的一次笔会，一定要交两篇文章。

参加那次笔会，我其实不过是想和那些文人们混混，看是否通过和他们打一两天交道，能否沾一点文人的味道，顺道游山玩水，休息调整一下自己劳累烦躁的心情，心想：我不写文章也写不好文章，你还能把我吃了吗？所以不以为然，听也未认真地听，看也未认真地看，一头扎进自然的山水之间，乐哉悠哉，全然忘了笔会还有"任务"。

休息调整了两三天后，我回到了单位，当然依然做自己的那份旧事，平凡而又烦琐。那个周末，我接到了刘云的电话，要我下周一务必将文章交给他，一听我就傻了眼，那任务我早就抛在九霄云外了，加之我确实水平有限，所以就一阵搪塞，说什么最近开会、最近下乡没有时间等理由，尽管推辞，反正我不想写。后来甚至只要是他的电话，我干脆一概不接，做赖账处理，看你如何？

又过了一周我以为万事大吉，不了了之了，可早晨一上班就和他碰了个正着，也让他在办公室逮了个正着，一招守株待兔把我玩死。他说："我是要债来的，你参加了笔会完不成任务是不行的，这笔债你想赖也赖不掉。过去人家逼过我的债，我是还了的，现在轮到我收你的债了，一个读过书又喜欢文学创作的人，哪有像你这样偷懒的？越是写不好的人就越要写。"我蔫了一阵，把心一横，说："好，3天后我交给你，不就是两篇文章吗？"心里却想：哼！未必我就写不出来，你比我强一点我承认，但也不要像黄世仁一样。

后来我写了《纤夫》《夜泊江垭》两篇文章给他，他很是满意，并刊发在报纸上。说是文章写得还可以，得了个笔会活动三等奖，说今后要继续努力，只要锲而不舍就一定有所收获云云。不过我后来一想：刘云"逼债"为了什么？不就是对一个文学新手的期望和帮助吗？其实我不是不懂那锲而不舍的道理，而是缺乏人生的那种韧性，这也许就是刘云做到了，我却没有做到，所以他的收获远比我多的道理。

刘云的做法虽当时令我尴尬，处于两难之地，但事后我却明白了一个道理：一个好的朋友，是你夜里的一盏灯，可以照亮你夜行的一段路；一个好的朋友，是你手中的一杯酒，可以让你细嚼纷纭的人生。因为跟进步的人在一起，你不会颓废；跟闪亮的人在一起，你就会发光。

2010 年 5 月于永定南庄坪

桑　红

　　日过中午，就好像人到中年，有许多的疑问和踌躇。吃过中饭，我便一人闲着走往子午路，有人常说闹中取静，可偏巧那双不争气老式三节斗皮鞋，招那些擦姐妹的亲昵："大哥，你这皮鞋虽然老式，但经久耐用，花块把钱擦一下，不仅不显脏，而且我保证亮，人都精神许多！"

　　声音挺耳熟，我转过身来，不由得目瞪口呆：这不是桑红吗？这不就是我读书时曾悄悄对天发誓非她不娶的校花吗？好奇使我在她平静的目光中坐下来，桑红也分明认出了我，手微微一颤，脸霍地一红，眼睛一放光，便没了动静。手不忙，脚不乱地擦起鞋来。

　　我和桑红是同乡同校同班同学，都生长在马鞍山下，喝那溇江的水长大，只是他爸是村支书，我爸是"臭老九"，所以生活待遇就有天壤之别，她也懒得用正眼看我。虽然上学时我和其他的男生一样，都争着帮她干那些她不愿意干的脏活、重活，还帮她写那些她从来就不愿意写的作文，可一切都好像是顺理成章，理所当然。直到有次我帮她写的一篇作文在县里参加比赛时获得了一等奖后，我们才多了一些普通的交往，她还送了我一支永久钢笔，希望我写出更好的文章。要不然我想她一定不会记得我。高中念完了，桑红未经考试就被推荐进城招了工，成了全乡第一个女工人，在县机械厂吃起了"公家饭"。虽然我不是满脑子糨糊，可依然只能回家"接班"，修理地球。后来听说，桑红嫁给了厂党委书记厂长的儿子，当起了官媳妇，还生了一个可爱的宝贝儿子……后来，又听说他公公退位靠边了，机械厂的效益越来越差……再后来关于桑红的消息对我来说就越来越少了，只是心里依然惦记着她，希望她过得越来越好。这或许是因为乡情、激情和朦胧的恋情。

"我知道你一直都很关心我，我也没有忘记你。你现在过得好吗？"忽然，桑红抖了抖手中的擦鞋布，顺手拿起鞋蜡，抬起眼来问我："生活对于每一个人来说都是公正的。听说你靠自学出来考上了国家公务员，可要继续努力呀。只是我的变故太大了，公公死了不到 1 个月，我的丈夫因公成了"一把手"，儿子去年得脑膜炎成了半个残疾人，厂子效益不好，连基本生活费都发不出。这不就下岗了，我又没技术、没文化，就只能擦鞋了。其他你知道的，我还能干啥？"她一摊双手，满脸的无奈和忧伤。

"你，你怎么会有这么多的变故？你的命怎么就这么差？"

我语无伦次，如坐针毡，倒像遇到这些不幸的是我而不是桑红，心里"十五只水桶打水，七上八下"。"桑红，我相信你。你一定会用你的勤劳和聪慧撑起属于你的那片蓝天。磨难人人都会有，但战胜困难的信心不是人人都有的，愿你一定丰收有期。"结结巴巴地说完这些话，我才感到我的心也轻松了许多。

桑红没有收我给的 1 元钱，却倒给了我三个字："谢谢你！"然后转过身，肩着鞋箱，迈着沉稳的步子，满怀着坚定和自信，渐渐远去，把我留在了风里。

2003 年 9 月于永定铜钱巷

（原载《张家界日报》2003 年 9 月 23 日）

屋后的楠竹林

好多年没有回故乡的老屋了，当然也就好多年没有走进老屋后的那片楠竹林。家中务农的大哥给辞世多年的父亲打了一座石碑，叫我回去一道立起来，说是尽一点孝道。我便一次请了几天假，回到了久别的老屋，也走进了久违的楠竹林。

屋后的楠竹林是祖父栽下的，先只是几根，后来就发展成了一大片。他栽下这片楠竹林后就送我父亲拜师学艺，而后，我的父亲就成了方圆十里小有名气的篾匠。由于我家有了这片楠竹林和做篾匠的父亲，日子过得很平静，楠竹林因祖父和父亲的倾力维护和合理间伐，发展得很快，绿绿葱葱，翠波淼淼，披满了屋后的山山岗岗。

童年的日子，我有多半是在竹林里度过的，所以竹林是我童年快乐的摇篮。在屋后的楠竹林里，我可以抓竹鸡、爬竹竿，在竹林与竹竿之间捆上一根棕绳，像猴子一样钻来滑去，说是荡秋千，说是过山车。可有一个月，爷和爸是绝对不准我钻进竹林的，就是竹林出笋的时候，要不然一定一顿教训，屁股上必然几道红印。记得是 6 岁那年春天吧，我一放学就邀几个淘气鬼钻进了屋后的竹林玩捉迷藏，五六个人疯来癫去，不小心踩断了 10 多根刚出土的笋子，爷爷听到竹林的嬉逐声，知道大事不好，几声雷吼，其他伙伴作狐兽散，我则被爷爷罚了半夜的跪，并平生第一次不准我吃晚饭，停了我的餐，后来如果不是奶奶半夜悄悄地把我抱上床，我是不敢乱动的。通过那次，我才知道，没有笋子，便长不成竹子，没了竹子，便没了绿色，没了绿色，便没了生命。

祖父是"大跃进"的第二年去世的。事情发生得很突然，头天晚上生产队里开了一个全体社员大会，会议上大队支书宣布了一个重大决定：伐竹改梯田。第二天四十多名男女劳力一齐开进竹林，斧锯飞舞，不到半日工夫，屋后的楠竹林便只剩下一些碗口粗的竹蔸，活像一只只死不瞑目的眼睛。爷爷没有砍一根竹子，却神差鬼使地把自己的右腿砍了一刀，倒在了竹林里，并从此一病不起。屋后的那片山坡当然也没有改成梯田地，而成了一个长满野草的荒坡。

1979 年春天，家庭联产承包责任制像春风一样吹暖了亿万农民的心，父亲终于又如愿以偿，承包了屋后的那片谁也不要的野草坡。"要让楠竹林重现"，抱着这样的念头，父亲带着我们一家老小割草栽竹，一根一根，一年一年，一片一片，真是绿了山坡白了头。如今，屋后的楠竹林又长满山坡了，微风吹过，竹枝窸窣如琴，竹香沁人心扉，林内鸟雀成群，林上白鹭冲霄。而父亲却因长期劳累，在去年冬天和爷爷一样躺在了竹林里，再也没有爬起来。父亲死后，我们按照他的交代，将他葬在屋后的竹林里。他说："我要永远守护好这片楠竹林。"

立完碑，徜徉在竹林里，如同蜷曲在爷爷和父亲那宽实、温暖的怀里，聆听仿佛心跳一样的竹子拔节声，我心里久久不能平静。平凡普通的他们或许不懂得什么叫生态平衡，更没有听说过什么绿色工程，但是，他们却知道怎样做生产才不误阳春和土地，怎样的付出就会有怎样的收获。所以，我想：只要每一个人都能珍爱身旁的一点翠绿，就能制造身旁的一点春色，那么绿色就是永远的，生命就是永恒的，人类就是和谐快乐持续的。

2005 年 9 月于桑植西莲

闲 叔

闲叔其实并不是他的真实姓名，他姓向名亮，祖辈农民。1994 年从村主任岗位退职下来，所有的事都放手不干了，就唯独村税务代征员这一职务他死活不让，硬要管这个"打不湿拧不干"的闲事。故村民们都忘了叫他老村长，而尊称他闲叔。

我已经和闲叔 5 年未谋面了，虽然心里怪惦记他，可也因为种种原因违背了我当初和他分手时说的话："有时间一定来看你。"昨天，县局全体干部参加由县政府主持召开的全县"最佳代征员"命名表彰大会，看到胸配红花，怀揣金光灿灿证书的他，像座山一样立在主席台上，我着实呆了好久好久：都 72 岁了，闲叔他还是代征员？还在管那闲事？还在为那一头猪 12 元、一只羊 10 元的税款在那偏僻的山道上串东家走西家？

最早认识他是在 1989 年春那次屠宰税专项大清查时，听专管员说他村的屠宰税代征管得好，不仅底子清收得齐，而且办法很新颖，到了闲叔家里一看，才知道所言不假。他拿出自己设计的牲畜存出栏登记台账，分组逐户介绍了当年的牲畜宰杀和出栏情况，并附交了一份解缴清册，说全村只有两户还未处理，一户是位五保户，税款虽然收了但看是否能减免，另一户是一头赶刀放血病猪，因畜医外出证明未打来，所以先收后退。通过调查，该村屠宰税征收率达到了 100%。回来后我将闲叔那种"存栏登记、出栏销号"的管理办法总结整理，上报县局、市局，得到了充分肯定，并在全省加以推广，闲叔不仅出了好点子，而且第一次出了名。

闲叔只有一个独儿，三代一脉相传，甚是看重。夫妻俩勤耕苦做，家庭也比较殷实。特别是"妻唱夫和"是远近出了名的，可就为了代收一笔资源税，妻子赌气回家住了3天，破了天荒，还是我讲了一篮子的好话才劝说回来的。儿子向伟和邻村的张洁自由恋爱了1年多，因没有正式"看人家"，乡亲们总认为有点偷偷摸摸而说三道四。故闲叔决定在中秋节正式过门认亲看人家，向乡亲们宣布这门亲事。三叔伯堂、亲朋好友齐集吊脚楼下，大块地吃肉，大碗地喝酒，有的摸麻将，有的玩纸牌，大人小孩、红黄蓝紫串来梭去，真是喜气万象。正当闲叔向亲家敬第二碗喜酒时，村煤矿的黄会计跑来说："闲叔、闲叔，石门有一个司机拉了一车煤，不交资源税，还和我吵了半天，我看是不是就算了。""不行！我去看看，哪有不交税的道理。"闲叔二话没说，抓起那只装有税收政策条款书籍的旧帆布袋，丢下亲家，"噌"地去煤矿了，席间的亲朋好友们面面相觑，拖煤的司机没有跑掉，158元资源税亦如数代征上缴，亲家也是通情达理之人未讲什么，只是妻子送走了亲戚之后，一赌气回娘家去了，留下了一大堆唠叨："家里什么事都不管，代收几个税比儿子的婚姻大事都重，他心里哪有这个家和儿子？他满心眼里都是税！税！税！"可闲叔没有因为妻子赌气而放弃了代征税款这项工作，而是比以前更死心塌地了。

值钱的东西闲叔家里不多也不少，可最珍贵的就要数那口樟木箱子，老婆和儿子也不知箱子里锁着些什么宝贝。有次去他家，我们二人干了几杯苞谷烧，他才破例让我一瞧。原来箱子里整整齐齐摆放着32本红艳艳的荣誉证书、16张奖状和21张照长。照片上的闲叔千篇一律的姿势：立正站着，胸挂一朵大红花，两眼平视前方，眼神里充满了一个土家汉子的刚毅和自信，"最佳代征员"几个字在他胸口上闪着金光。他告诉我说："我虽是一个小小的村主任，一个不起眼的税务代征员，可在这小小的村里30多年为国家代收了各项税收128万余元，该代收的税收我都收到了，没有跑掉一分一文，也算是没白活一回。"是啊，把该收的税都收上来，如果每一位代征员都像闲叔该多好啊！

"啪、啪、啪……"热烈的掌声把我的思路打断，人头攒动起来。散会了，望着他那高大的背影，我想：通过这次活动，一定会出现好多好多的闲叔。这次我一定不能让他溜掉，得和他好好地干几杯。

1999年3月于马合口

（原载《张家界日报》1999年12月3日）

响 客

　　吴策是我高中的同学，虽然成绩在班上一直名列前茅，却没有能够实现上大学的夙愿，而是回到乡下当了"响客"，即农村里常说的唢呐手。那时洋鼓洋号只有大城市里才有，乡下人是只能从电影里才能听到和看到的，所以结婚或者是办其他的红白喜事，能有一两把唢呐吹，那就算是大户人家。可是虽然唢呐是乡下最为热闹的乐器，但一般人是不让儿子学吹唢呐的，因为农村有句老话叫"养儿不学吹鼓手，坐在曹门喝冷酒"。那是农村的一个习惯性风俗，响客进门不让上正席吃饭喝酒，而是在堂屋的中柱旁，俗称"曹门"的地方，摆上一小方桌，铺上一块红布，吃饭时送上一壶冷酒一碗饭菜，吃了吹，吹了吃。吴策当响客并不是他的初衷，而是生活的变故使他选择并喜欢上了这一职业，他说他这一辈子就是要把欢乐、幸福、祝愿都送给别人。

　　吴策并不无脑，不仅长得一表人才，而且脑袋灵活得很，他除了上课认真以外，从不加班加点。我们几个同乡发了不少气力，悄悄熬了不知多少个夜晚，成绩就是赶不上他。老师常骂我们："读书就要像吴策，读死书有什么用？"因此对他也特别喜爱，尤其是省里下来支边的那位女语文任课老师赛凤，对他更是另眼相看，每次吴策的作文只要经过她稍稍一改，就成了全班的范文，而每次宣读他的文章时，赛老师的眼睛就特别亮。那时我们还小，只想好好学习，自然没有注意，何况赛老师对每一个同学都一样，俨然一位大姐，就没有觉察到什么，哪知道他俩竟然暗许芳心，相约5年，等吴策读完大学之后结发为夫妻。难怪吴策读书越来越用功，全县会考时名列第一。

　　事情出在高考前的第二天。赛老师本来是要回省城探亲的，可她放心不下吴策的考试，便执意陪伴一道上县城。自溇中到县城只要坐2小时的船，然后换乘不到 3 小时的班车，当天中午就可以赶到，还有充分的时间来熟悉考场和安排。但他俩并没有掉以轻心，早早地就赶到码头上了船，望着灰蒙蒙的天，想到明天的考试，焦虑、烦躁、不安像几条虫在他俩的心里蠕动着。船终于开了，他俩紧紧依偎在一起，把手攥在手中，对船外飘散的晨雾、飞逝的青山全然不屑一顾。雾越来越厚，雨也越下越大，河水眨眼就变得浑浊起来，当船行至关门滩时，上游因山洪汇集而突发的一道 5 米高的浊浪咆哮而来，船来不及转舵，也来不及靠边，"哗"的一声，船便被掀翻在河中，生生地被撕了个粉碎。吴策本能地一抓，未能抱住赛风，却被高高地抛出船外，摔入河中。尽管他熟悉水性，可因江水太大，水流湍急，浑浑浊浊，他再也没有见到赛风的影子。那次事故中，全船 23 人只有 5 人生还，淹死的人中不是抓住木板，就是握住木头，唯独赛风的手中死死抓住的是吴策的复习资料。吴策他没有让人把赛老师运回省城，而是把她抱回了家，葬在屋后的楠竹林里，立了一块石碑——爱妻赛风之墓。

失去了赛风后，吴策再也没有了上学的念头，整个人都变了样，跑到五里溪一位杜姓老人那里拜师学了 3 天艺，买回了两把光亮光亮的唢呐，当上了响客。他说："我要和赛风度一辈子蜜月，让她听一辈子喜庆的唢呐，把幸福永远留在她的身边。"从此，三乡五里的乡亲们，家里要办喜事，只要给他递上一个口信，他保证不误事。尽管吴策是单身，可凡是他迎娶的新人，不仅为他的精湛吹技所赞叹，而且为他的凄婉爱情所感动，都会去给赛风恭恭敬敬地鞠三个躬，把感激和祝福送于九泉红尘。

如今，吴策的头发吹白了，牙齿吹缺了，唢呐也不知换了多少把，可他还是他，一个人两把唢呐，吹过了秋冬，又吹过了春夏，走遍了万里苗乡，重复着春夏秋冬，任凭花开花落，风吹雨打。

1995 年 8 月于溇江

（原载《张家界日报》2001 年 6 月 9 日）

写　信

　　写信是把自己的心事和对别人的关心幻变成文字，让别人知道你的状况和问候，是一种古老高雅的交际手段。可是，随着现代科学技术的迅速发展，快捷、高效的通信手段的普遍使用，人们似乎渐渐淡忘了写信这种方式，虽然身处异国他乡、天涯海角，键盘几敲，几声"喂、哦"，便可一切万事大吉，既省事又省时，谁还会干那写信的愚事蠢活？可前天我收到程文的一封信，却深深地撼动了我的心，使我认识到写信的感觉和读信的温馨，不是电脑能够代替得了的。

　　程文是我高中的挚友，高考考上了中央民族学院后，一直把名落孙山的我当兄弟，鼓励我自学成才，并给我寄了不少参考资料，而且每月都给我写一封信，也正是他的鼓励和他的那一些信，我自学读完了本科，并走出了大山。他毕业后被分配在省城一家新闻单位工作，各项条件可以说是春风得意。而我则在家乡南征北战，去年才被调进县城，坐起办公室来。可条件刚刚好一点，我就有点乐不思蜀，先是装了电话，然后居然也开了"洋晕"，学着大款像模像样地在腰际挂了一个手机，"神气"起来。原来每信必回的好习惯，也就慢慢地丢了，以至现在办公室的抽屉里还存放着三大板面额8分钱的邮票。但程文却依然一月一封，风雨不断，清秀的字里行间，充满了他的喜、怒、哀、乐和对我的关心惦念，直到装满了我整整3个抽屉。

　　前不久，我去长沙出差，顺道去看阔别了2年的文兄，才知道他在2个月前因为癌症而不幸英年早逝。他是在去年元月单位体检时查出患有肝癌的，虽然经多方医治，却无力回天。然而就是他在这被病痛折磨的8个月里，还仍然坚持每月给我写一封信，直到生命的最后一刻。这时，我才弄明白，他

167

的字为什么写得越来越不整齐，信纸也皱皱巴巴，字迹含糊不清，原来是他忍着巨大的病痛在病榻上一笔一字写就的。这时，我才知道他心里装的全是别人，唯独没有他自己。这时，我才真正感受到爱心的温柔和博大。我不知道是怎样从他的家里走出来的，也不知道是怎样回到自己家里的，脑海里全是他写给我的信，纷纷扬扬，如雪似花："挫折算不了什么，重要的是要有面对挫折和不断进取的勇气；你要好好珍惜机会，做一个平凡的人，为社会多做一些事；苦点累点算不了什么，有所为的时间是很短暂的……"

程文写给我的最后一封信，是他妻子在两个月后转寄给我的，信很短，总共才三句话，除了感叹了人生苦短和祝我一生平安之外，就是托我有时间一定去看他妈。其实，这不仅是他对生命延伸的期盼，更重要的是对生命的真正尊敬和领悟。我想我不会让你失望的，当然也不会让你妈失望。

现在，我又开始写信了，你的母亲也会从此每月都收到我的一封家信。白纸黑字，绵绵无期，就好像人生与戏，写出一封封好的信，演出一场场好的戏，是每一个人都为之奋斗和期待的。

2000 年 10 月于怀化

油　坊

　　在我家门前的小溪旁边，原来有一座古老的油坊，虽然几经岁月的剥蚀，现在已经看不到它往日的繁华和人气，但是仍可见那油渍斑斑的古楠树油榨与青石板铺成的碾槽，水车尽管只有一个骨架立在那里，却依然坚毅地守着那片已经荒芜了的圣地，溪水自颓废的油坊老屋场流过，没有了当日打油的号子，可那"叮咚"的喃喃细语，是一首永恒的老歌。

　　其实，我就是在那间油坊的旁边长大的。油坊的主人是一个从省城里下放来的"走资派"，为了不牵扯妻儿老小，他下放的时候就通过学校的司令部与家人彻底划清了界限，办好了离婚手续、父子脱离关系书，带了一箱子书，然后只身一人来到了湘西的这座大山下，而且一住下来就是 32 年，直到去年冬天化成一座青冢，依然还守候着油坊。

　　那时，现在的村不叫村而叫生产大队，如今那种电闸一合就能榨出油来的机器，山区连看都没看见。人们吃的菜油、点灯用的桐油都是用木油榨出来的，因此才有了油坊。三柱两棋的屋四排扇硬梆梆地立在那里，有一间是油匠的住房兼厨房，用来做饭和休息。有一间是仓库，专门用来堆放菜籽、茶籽及榨油用的什物。另一间则横卧着一个巨大的油榨，它是油坊的神灵。用青石板砌成的青石碾槽，和屋外的水车连在一起，溪水自木笕冲出，把水车带动，油坊里便有了诱人的香味和动人的号歌，那香味把溪沟两旁光着屁股的小男孩全都诱到油坊里来，围着碾槽跳呀跑呀，哭呀笑呀；那号歌唱得溪边浆衣的姑娘把棒槌捶在手指上，花花绿绿的衣裳满河流淌。

　　油坊虽然不大，可有铁箍、水车、碾槽，加上油匠还有讲不完的故事，饿了还可以明着偷油匠的土豆吃，自然就成了孩子们的天堂，尽管队长、老师经常要我们少去油坊，可一背眼，我们便不约而至。我是其中去得最多的一个了，而且还经常悄悄地在那里过夜，并不时给油匠送去一些如土豆、红薯、南瓜之类的东西，油匠又特别喜欢讲故事，他讲的故事老师从来都没有讲过，在他那里我听说了武则天、刘备、曹操、雍正爷，知道了保尔、巴尔扎克、哈姆雷特、肖邦，他还有许多的书我从来没有看过，那些书告诉了我许多我原来一直都没有想清楚弄明白的问题。也正是这些书让我明白了做人要老实，做事要认真的道理。

由于油匠对我特别地好，所以对他和油坊后山的姚婆的交往，我从不多说一句话。姚婆经常到溪边洗衣服，看到油匠的衣服从没有洗干净过，一个外乡人也挺可怜，就帮忙洗了几次，后来每次到河里洗衣服索性把油匠的衣服一道拿去，长此以往，交往便多了起来。其实，他俩开始真的很纯洁，不知是哪一个嚼舌多嘴的人捕风捉影，在生产队队长那里告了一状，说他俩有暧昧关系，夜间闹得满城风雨，两人受到批斗。自那以后，姚婆对油匠的关心就转入了地下，可遭此一劫，两个孤寡老人的心从此真正地贴在了一块，再也分不开。动荡不安的时代一过，姚婆便和油匠办了手续，枯萎了的老树终于发出了新芽。从此，油坊的号子更响了，溪沟里的流水更欢了，油匠与姚婆的爱也更深了。那号歌中流露出来的柔情蜜意和宁静祥和，温暖了大山，也温暖了大山的儿女。

也许是思乡的缘故，我总忘不了那诱人的油坊香，总忘不了油匠那张核桃般的脸，总忘不了姚婆那亲手烹饪的乡下菜。可我没有想到的是，当我在外漂泊了 10 多年之后，满脸胡楂地漫步在油坊的水车旁时，那期待的一切已经只能在梦里回味了，两座青冢默默地立在油坊的水车旁，水车无语、油榨无语、青冢无语，唯有那温馨的情义和不朽的号歌永远铭心刻骨。

2003 年 7 月于永顺

乡下的年

　　自 12 岁的那年，我随父母走出乡村那间破旧的老木屋，就一直在外飘荡，一晃就是 30 多年。如今，或许是人到中年的缘故，思乡的感情越来越深，故乡的影子越来越明。于是，我便暂解一身税装，携妻带子，拖着一身的疲惫，一头扎进故里，避开喧闹的城市，过乡下的年。

　　一走进故乡，我就好像回到了童年，因为没有人叫我科长或主任，而是叫我的乳名"雁儿"。这使我感到很亲切、很友好。在乡亲们的心里，不论我走到哪里，不论我什么时候回来，他们都会当我是他们永远的儿子。浓浓的亲情会把岁月的隔膜撕碎，一双双长满老茧的手和一张张饱经风霜的脸，会让你体会到所谓的功名和财富、疲惫和得失真的算不了什么。

　　乡亲们没有让我一家人感到孤单。东家请，西家接，我每一顿都是吃饱喝足，大块吃肉，大碗喝酒，一切融入自然和乡俗，全然没有了那些虚假的礼貌和表面的斯文。在桌子边，在火塘旁，天南地北地侃：从加入 WTO 到我国 GDP 增长，从江泽民主席的"三个代表"到建设小康社会，从中央领导班子集体交接到十六大报告，从税费改革到农民减负。他们都很关心，也让我这个半罐子水平的税官真正神气了一下，着实当了一回讲师。特别是有时被他们问急了答不上来，便一副烦躁的样子，可看他们满脸虔诚，确实让你生不上气来。其实，他们用爱抚、用血汗把我养大，送我读书，让我走出大山，不就是盼望我有所见闻，不就是盼望我为家乡有所为吗？其实，我平常在税收岗位上晴天一身灰，雨天一身泥，笑对纳税人，尝尽百家饭，不也就是为了使家乡变得更加美丽富饶吗？

　　其实，乡下的年并不比城里差。晚上，乡亲们都拿出从城里买来的花炮，把整个乡村的夜晚映照得如同白昼，一朵朵盛开的礼花照得一棵棵果树冰雕玉琢，一栋栋楼房金影闪烁，如同天堂，如同仙山。欢蹦乱跳的小儿，窈窕丰腴的媳妇，满头银发的老人，聚拢在一起说着、笑着、嚷着，一派其乐融融的景象。作为一名税官，这一切都会使你感到兴奋、感到惊奇、感到实在，感受到他们的幸福中或许就有我奉献的快乐，并且不能不奢想回到乡里再做一次自由的乡下人。

真的，到乡下去过年的感觉真好，一声声问候使你忘掉是非，一句句叮咛使你信念如一，一杯杯米酒使你淡泊名利，一园园青菜使你抛弃烦恼，一坡坡翠绿使你流连忘返……这时，你就越发离不开生你养你的故乡了，你就越发感觉到为国收税的责任了，于是只好把心深植在故里，又重新上路去披一路风尘，而故乡却是你久远的床笫，亘古的归宿。

2001 年 1 月于西莲

（原载《张家界日报》2001 年 2 月 19 日）

夜泊江垭城

24年前我到过九溪，也就是现在慈利的江垭镇，那是大哥背着母亲偷偷带我去的，且是靠着半截塑料凉鞋。什么也没吃，什么也没买，沿着一条溪沟走了一整天，就看到了我梦中的几棵橘子树。因为回家给妈妈和妹妹一人带了一个鸡蛋大的九溪橘子，那次我竟然第一次没有挨骂受打。是大哥后来才悄悄地告诉我，那是因为我妈第一次看到九溪的橘子，而且又给妹妹买了一个，才免了我的一顿打骂。虽然那个橘子我妈放了半年都没有吃，最后也送给了与她关系不大但病重的油匠吃了，可我知道了妈妈很勤劳、很俭朴，其实也很心疼我，不让我四处溜达是不想我在外面学坏。所以，我现在要是回家总要买几斤蜜橘给母亲。

弹指24年，回家的路变了，家乡的人也变了，家乡的一切都变了。原来那条滩多流激的溇江眨眼变成了一个汤汤洋洋的大水库，吃过我买的那个橘子的油匠的儿子居然发了大财，靠着江垭水库修了一栋3层高的小洋房，还买了两只机帆船跑起了水运，很是让人眼红。听说我回了家，他专门跑到家里说是无论如何也得请我吃一顿饭，到一个地方去潇洒潇洒。"看一看也行，离开家乡都几十年了，没想到啥都变了。我也想到处走一走，只是不要花销得太多。"心里这样一想也就客随主便了。上了船，我才知道他是想带我去刚刚开业的江垭温度假村，他告诉我由于经常带客人去，还可以打8折。我想他这可不是吹牛，现在到处不是在搞旅游促销吗？

由于沿途天南地北地侃，一心想将800里溇江的风景和故事全都装进心中，因而时间滑落得很快，船到江垭已经是傍晚时分。爬上巍峨的江垭库坝，

173

平目远眺，不由地心里一惊，整个江垭镇如同一幅诱人的五彩油画呈现在眼前：巍巍德山云绕雾缠，层峦叠翠，静卧其左；汩汩溇江"叮叮咚咚"，浪喧白花，划镇而过；满山布满洋楼、梯田、橘树和牛羊的熊家垭是整个油画的背景。溇江的左边是老城，房子没有新城的多，也没有新城的高，但是错落有致，甚是古香古色。特别是名扬全国的慈利二中和历史悠久的梅花殿，让你感受到远古的气息，梅花殿后的那 5 棵参天的万年古楠、松柏、八月桂的擎天树冠，和田间暮归黄牛"哞、哞"的叫声，似是永远在古城上空轻轻回荡而又意味深长的散文诗。溇江的右边，各类建筑鳞次栉比，万盏彩灯竞相映照，把整个新城映衬成一个冰雕玉琢的世界。街上人来人往，车如水流，街旁的梧桐碧叶沙沙，门面林立。有驰名中外的名牌服饰、家电、什具，也有土生土长的腊肉、香肠、野菜，只要你愿意买，一定购个心满意足，把行囊装满；只要你吃，一定让你酒醉饭饱，打着酒嗝，步履蹒跚地离开。唯有那从万家烟囱中冉冉升起的白烟，和匆匆飞过的一队队大雁，才使人感受到岁月的那份宁静和祥和，也使人悟出这幅油画的深奥底蕴和万千风情。

晚饭是到街上的一家三下馆吃的，虽然不是很高档，但却是很实在。50元钱把我俩的肚皮都险些撑破，二两纯米酒烧得我满脸通红，还好不伤头，也好在是晚上其他人看不见，虽然我从不饮酒，可对我那样子一看，有人定会骂道："看，又是一个好酒贪杯的智障人。"吃完饭，顺着江垭大道往左拐，便有一条石板路，是通往古渡的，石板路已经是凹凸不平的了，路旁住着的又大多是一些年龄较大的老人，他们用一种惊讶、欢欣的目光注视着我俩，或许是他们很久没有看到有人沿着这条石板路走的缘故吧，我俩的到来勾起了他们年轻时候的往事，飘逸的银发下面那双早已浑浊的眸子分明闪出了一种异样的光芒，我想年轻的时候他们一定活得很潇洒，不然看到他们那核桃般的脸上为啥分明还荡漾着激情？我们拾石阶而上，又顺石阶而下，从河里轻轻吹来的湿漉漉的风，带着玉米、橘花、梧桐的花香，带着文庙里那只千年古钟的声韵，把河边的乌篷船摇动，把两岸的河苇拨得阵阵滚浪，把我吹得如痴如醉，恍若徜徉在梦幻般的仙界里。

歇息下来，有一个地方必须去，有一件事必须做，那就是去温泉度假村泡温泉。温泉度假村傍山临河，方圆 300 多亩，院墙里面，房舍逶迤，错落有致，流檐飞椽，向天含月，绿地茵茵，勃勃生机，名花奇朵，尽呈眼底，入内如入仙境蓬莱。穿过大厅，越过长廊，将一身疲惫放在你固定的木格中，关上门，换上一件短衣，我俩便欢呼雀跃，"扑通"一声跃入池中，真的是有些忘乎所以了，因为这时你已经不是你自己，而是一个融进了大自然的生灵，大自然的琼浆将把你化解得无影无踪。水温不高，池面雾绕云飞，水池不深，立身刚好齐肚，水池很多，琳琅 30 有余。同心池最大，又叫露天池，可同时让百余人共浴，若是皓月当空、繁星万点，那种感觉是只有自己才能体会到的。此外还有几十个室内池，有可加药保健美容的，也有熏香定神清气的，既有三五人共浴的，也有豪华单间，这一切就好像是相亲，你选中谁就是谁。但最为特别的应数五子连池。五个大小一致的泡池在同心池的上方、温泉瀑布的左边一字排开，宛如五只少女的眼睛，春光妩媚，绿树、碧草、琉璃瓦围绕四周，卧入水中，可洗尽心中万般无奈和是非名利。静坐池旁，近可俯瞰江垭的万家灯火和篷船轻移，远可放眼翠岱连绵，穿高苍远。这时，你就什么都可以想，什么都可以不想，做一个纯粹的人、一个自由的人，把自己的希望全部放飞。我俩在同心池泡了一阵，又悄悄地沉入五子连池最东面的一个，美美地聊一阵，便起身离池，虽然度假村可以免费喝咖啡、吃水果、做香薰，还有桑拿、健身、听歌等各种服务，可我想油匠儿子的钱也不是好挣的，如果不是两代人都是世交，我俩又是娃娃伴，他能宴请我？于是，我硬是拖着他从里面跑了出来。

沿着度假村的林荫大道，我俩慢悠悠地徜徉。我俩先还说说他的妻子，谈谈我的恋人，后来索性在一把长椅上坐下，相互肩靠着肩，什么也不说了，仰首望着星光灿烂的夜空。

江垭的夜很静谧，没有城市那种刺耳的尖叫和烦躁的热浪，风是凉飕飕的，夹带着野花的清香，沁人心脾，耳边有阵阵蛙叫传来，叫你感触农耕的艰辛，空中不时有喜雀、画眉、白鹤从头上飞过，悦耳的欢叫像是抛下几串让你铭心的音符。我想，大概人的智慧、力量、勇气就是源于此吧！

那夜，我俩坐了很久很久，想了很多很多，以至现在回身于闹市之中，逐步于烦琐之间，一感到疲惫和无奈，便想起江垭的温泉，便想起江垭那美好的一夜。

2003 年 6 月 2 日于江垭

（原载《张家界地税》2011 年第 2 期）

纤　痕

　　在我的右肩，至今还长着一个手指大的肉瘤，虽然年轮已经又轮回了20多圈，可岁月并没有把我肩上的纤痕抹去，相反，却如同一首悠久的情歌，一杯陈年的老酒，任我去歌唱，任我去品尝，无论日月轮换，还是沧海桑田。

　　出生在溇水河边，看惯了南来北往的船只、木排，自然就养成了散漫的习惯。家里穷上不了学，也正好随了我那颗野惯了的心。所以初中没上完，我就辍学回了家，尽管妈妈把堂屋的木板都撤了卖了，凑足了学费，准备送我继续上学，可我却悄悄地爬上了一只木排，顺江一漂就是3个月，无奈之下上学之事就只有不了了之。慢慢地，我长大了，虽然没有太多的文化，可身子骨还算结实，人也有一身蛮劲。隔壁的黄大伯看我老实，船夫又正好差一个帮手，就试图帮忙，叫我入伙，于是我就成了溇水河上最年轻的纤夫。那年我14岁，是12个纤夫中最小的一个。

　　自那时起，一双布草鞋，一根楠竹竿，一卷粗麻绳，一条萝卜巾，便是我全部的家当，也是我生活的行囊。从此，河滩是我的床，蓝天是我的帐，礁石为我的枕，晨雾为我的被，"哟！嗬、嗬；哟！嗬、嗬"是我最早学会的号歌，弓身向前，麻绳在肩，头朝地，背向天，双手向前用力攀住礁石，双脚一前一后用力蹬在石窝，筋肉突现，麻绳深嵌，是我永恒的图案。溇江顺水是我们12个纤夫的一袋烟、一壶茶，因为顺水我们就只需一人掌篙，其他人便可吸烟喝茶，甚至可和乘客打情骂俏；溇江逆水可就是我们一脸的愁、一身的汗，因为溇江滩多水急，水位落差大，稍不留神就可能船毁人亡。

　　记得是5月的一天，我一如往常肩起麻绳，和其他几位伙计去拉船，一路扬歌撑篙，倒还顺利，可当船行至长滩时，天空下起了暴雨，河水也陡涨起来，乘客和我们耗尽九牛二虎之力，好不容易才把船拉到平水处，正当我将麻绳收进船舱时，只听见"哎哟"一声，一团红影滚入江中。来不及思虑，只是本能地将手一甩，我便扑入江中，一个猛扎，游至落水者的身后，右手迅速挽住其腰际，左手拨开急流，游往江边。在伙计们的帮助下，落水的姑娘得救了，可我却因为没有把麻绳甩开，右手脱臼骨折，肩上被麻绳划了两道深可见骨的口子，昏迷了两天，再也不能当纤夫了。可我救起的那个姑娘，考上了大学，并给我写了两封信。虽然那两封信我至今都压在箱底，一封都没有回，但那些鼓舞人心的真挚话语，却永远地留在了我的心间，成了我向前的力量。

真正理解"沧海桑田"这个成语的意思，不是上学时老师教的，而是前不久回到故乡后，静坐在碧波万顷的江垭水库旁，看着那夕阳斜落、船帆万点、渔火闪烁的时候，才真正感受到的。肩上那道铭心的伤痕，时刻让我想起那栖身的小木屋，解馋的柚子树，渡口的老艄公，白发的黄大伯，以及那鸡犬相闻的景状和冉冉飘散的炊烟。我留下深深脚印和手印的礁石你在哪里？溇江人咋全就变了样呢？昔日的木板房变成了小洋楼，过去的羊肠道变成了水泥路，漆黑的乌篷船变成了豪华轮。白日，水面游船如织，渔歌阵阵，不同肤色的人，不同语音的人，相邀湖中，把文明和友谊播种；晚上，湖旁篝火熊熊，木叶阵阵，土家人、苗家人、山里人、山外人，把唢呐吹响、把仗鼓擂鸣，对起了山歌，跳起了摆手舞，喝上了土碗米酒，一切是那么的满足，那样的惬意。特别是我那 11 个弟兄，全都一色的小洋房，乌篷船早就卖了，换上了机帆船，纤夫成为历史，只有那圈麻绳还挂在堂屋的左边，成为教育孩子和晚辈的证物。从山里走出去的考上大学的那位姑娘也一毕业就回到故里教书，听说还当上了校长。我想，有这么好的人，有这么好的山，有这么好的水，溇江的明天肯定会更加美好。

本来是要一一拜访一起拉船的伙计的，因为是他们让我肩起了生活的铁犁，并走出大山，也想看看那位从滚滚江中被救起并给我无限温馨力量的女孩，因为是她让我重入书山横渡学海，终于成了一个公务员。但我思虑半天，始终还是没有打搅他们，也许是因为我心虚，功不成名不就，也许是因为一路漂泊，相隔得太久太久，反正就是不愿为尴尬所困，更不想打破这天堂山村的宁静和祥和。纤痕已经成为历史，今天的故乡人是不会再留有纤痕的，因为纤夫已是一首古老的诗。

2012 年 9 月于江垭酒店

（原载《税友》2003 年第 10 期）

雪落无声

没有爱过，会真的不懂，也会没有什么想不通，但爱过之后的结果却像是剥落的笋壳，痛苦的感受会深得似海，愁绪的缠绕会长得如夜，以至于心屋里全爬满青苔。

有时，只要再走一步，也许幸福就会属于你。可世事往往难如人意。尽管你把整个的心全都给了爱，都不见得能有一个结果。虽然心如磐石般的坚定，披着风雨一路跋涉前进，却不能阻止日落，天边留下的只能是血红的晚霞和墨绿的远山。弯弯曲曲的山道瘦弱地伸向远方，没有尽头，那或许就是对爱的理解和思念。

其实，只索取的人是不会带来幸福和快乐的，只占有的人是不懂得珍惜和创造的。因为野蛮和自私填满了欲望之后，就会只看见自己而忘掉别人，以至轻视了别人，却忘记了掂量自己，结果毁了自己不算还玷污了感情和爱人。这时，你才感觉到幸福不是世人所说的拥有，而是付出后的一种平静和失落，看见的那不是幸福，看不见的或许就是幸福。所以，守望着收获就是用倔强的脖子去套生活的枷犁。

得到一颗心是不是就没有风吹雨打？

失去一个人是不是就只能浪迹天涯……

不。人的一生，会有许多人从你的身边走过。有的人能跟你走过一段路程，而能跟你相伴走进黄昏的人，却需要一生一世的缘分。所以呵护爱的心灵，从来都是惊心动魄的，因为真爱不寂寞。感情是心房的灯，爱则是对永远没有得到的事物的等待和追求，是心灵与心灵的约会。哪怕是空守岁月，沧海轮回。

痛苦是自己的，快乐同样也是自己的，生活中其实有时需要的只是夜里的一盏灯。在那盏灯散发出的橘黄色的光芒中，我心如大地，雪落无声。

2000 年 1 月于夹山

（原载《张家界日报》2000 年 8 月 10 日）

回到南滩

离别了整整 35 年之后，在今年杏叶金黄的季节，我回到了白石山村，回到了我曾经深夜挑灯自学、串乡上户收税、多次梦里流连的南滩草场。那一片广袤的绿茵里，有我洒下的汗水；那一崇蜿蜒的峰峦间，有我留下的脚步；那一轮高悬的月辉中，有我疲惫的身影；那一块块黑幽幽的青石板上，有我蹒跚的印记。那里是我走出大山的起点，我从大山走来。

30 多年前的白石，号称张家界的西藏高原，是桑植最边远的乡镇。经济落后，村民贫瘠，消息闭塞，文化落后，不通电、不通路，没有自来水，出门见山，收成靠天，饮水靠溪，通讯靠喊。"隔山能喊话，见面走一天，吃水不花钱，饭碗得靠天。"所以，山里人大多有一副好嗓子，唱起乡里民歌，个个都顶尖。也正是因为一开门就能见到对面山上的皑皑石壁，所以才把原来五里溪的名字改为"白石"。当时，我本在临近的西连乡工作，条件稍好些，但因为爱人已妊娠，就主动申请调往白石，组织考虑到我的特殊情况，同意将我爱人调下山，我则补其空位，上得山来。自此与白石相识，与南滩结缘。

自然条件差，工作环境当然也就很一般。一间木房，一架木床，一张木桌，一把木凳，一盏煤油灯，是我全部的家当。工作条件虽然艰苦，但对于一个只有聘任制干部身份的我来说，当时心里想的只有两件事：一是努力工作，靠工作业绩赢得领导和村民的认可；二是努力自学，不断积累文化知识，自学成才，弥补没有考上大学的遗憾，在将来干部录招时脱颖而出，脱掉泥靴子走出大山，不负组织，不负父母。我是那样想的，也是那样做的。

其实，我在白石南滩工作的时间不长，就 1 年零 9 个月，630 多个日夜。可白石是一个好地方，是一个有灵性的地方，只要你用心地去呵护它、开发它、治理它，山能变成万宝山，地能变成刮金板。我也许就是因为受她灵性的影响，自学考试一路顺风，上山的年底就顺利拿到了大学专科文凭，工作上也因为勤奋踏实被评为先进工作者，成为建党积极分子，所负责的财政所也被县财政局评为先进单位。次年9月，我通过"五大生"的招干考试，成为一名国家公务员，当上了税务干部，圆了脱掉泥靴的梦。

陪我前往的是我当时一起工作的老王，他告诉我说："现在的白石早已不是从前的穷白石了，组组通电、通水、通路不说，还办起了多家村级企业，烤烟、药材、养殖合作社和专业大户百余家，是全省有名的烤烟基地、药材基地，水泥路四通八达，农家别墅辍满山坡，村民收入已跻身全县前十。"

一路晃悠，一路唠叨，转眼间我们一行就站立在白石和西莲的交界处黄泥尖上。下车小憩，平眼远眺，只见蓝天白云下，翠峦逶迤，溪流涓涓，雄鹰高翔，花香阵阵。水泥公路宛如一条条白色飘练在山坡间忽隐忽现，一栋栋红色、黄色、褐色、白色的乡村别墅，如耀眼的珍珠缀在田间地头，溪畔路边，和那一层层绿色绸缎的烤烟，一山山层级螺旋的墨草，一棵棵迎风摇曳的五倍子、黄柏树，一群群开心戏逐的牛群羊群，组成一幅天然的画卷，让你美不胜收、心旷神怡。我惊诧了、目呆了、感动了，不由得心里一阵悸动，眼角冒出些许晶莹，这就是我日思夜想、魂牵梦绕的南滩吗？

车子继续在弯曲的山道上行进。老王指着窗外："你看，这就是我们当年和涂书记苦战一个冬天修建的甘溪桥，那就是当年我们苦口婆心移民修建的金滩电站，坡上那片草山就是钟乡长带领我们安营扎寨鏖战三月的南滩草场……"只记得，为了修桥，我和村民豪气地喝上了大碗的苞谷烧，呛得我眼泪直流；只记得，为了移民，我和书记夜行麻岔河，双双跌进了冰冷的河水；只记得，为了规划南滩、开发南滩，节约用好每一分钱，我和钟乡长五进县城，三下长沙，爬遍了南滩的一沟一岭，渴了，一口山泉，饿了，一块枯饼。还有，村里那一张张黝黑的脸庞、一双双渴望的眼睛、一个个坚实的臂膀，还有山上那一面面鲜艳的红旗、一阵阵粗犷的呐喊、一把把挥动的锄头……尽管岁月流年，却铭记心底。经过几代人的努力，如今海拔1500米、面积18万亩的南滩草场，已建成牧道61千米。其中，人工改良草场达4万亩，人工种植草场达2.76万亩，拥有近千种动植物，草场里有畜类、鸟类、爬行类、两栖类、鱼类等野生动物 96 科，还有国家二级保护动物黑熊、鸳鸯、娃娃鱼等，成了首批国家草原自然公园。它不仅是镶在三湘四水之间的一颗巨大翡翠，而且是武陵片区一张熠熠生辉的名片。

驱车来到乡政府，老王指着一栋 4 层高的楼房说："老向，那就是乡政府，旁边是新建的医院和烟站，后面是政府宿舍，下面是新建的白石中学，两横一竖的主街道边，耸立着一栋栋装饰豪华气派的房子，或是商场、或是民宿、或是饭馆、或是茶肆，人们谈笑着、忙碌着，开心地来来往往。当年吃住的办公木楼已在一场火灾中灰飞烟灭了，我常去蹭饭吃的陈妈已经去县城的女儿家常住了，常常和我值夜班的电话员老李前年离世了，跟你在一起工作过的同事就剩下一个强国还在政府，他等下会过来陪你喝一杯，其他的都调走了或退休了。"一路白话，一路思绪，徜徉在故土旧地，面对着物非人散，青苔茵茵，秋风徐徐，旧迹难觅，品思着沧海桑田，岁月轮回，悲欢离合，沉浮如歌，我的心酸酸的、甜甜的、空空的，五味杂陈。

晚餐是在老支书宋佰明家里吃的，一锅土鸡、一碗腊肉、一钵猪蹄，几盘小菜，纯正的乡里味。我们天南地北地侃着，大碗地喝着，没了斯文，没了陌生，只悔当年早离开，只怨如今回归迟。据可靠消息，白石在如今"国家草场自然公园""湖南最大最优烤烟基地"这两块金字招牌下，还要建 10 万亩杜仲基地、10 万亩红心猕猴桃基地，更要着手计划开发北线旅游，让 18 万亩草场、300 里溇水、黄肆河峡谷、落香潭瀑布、千年廖城、中里石林，在乡村振兴中绽放异彩。

落日时分，有些微醉的我依依不舍地爬上吉普，挥手告别，原来计划的品三鹤园云雾茶、吃草场烤全羊、观黄泥尖日出、穿黄肆河峡谷等项目，都约定下次。其实，南滩是值得静下心来回归的，广袤的草原里，既有呼伦贝尔的辽阔，又有大坪朗的迤逦，春可看莺飞草长，夏可嗅百花怒放，秋可品高天星月，冬可观雪域无疆，和月亮对话、和星星挤眼、和静谧思考、和晨曦放飞，只要亲临融入，这些都将把你变成一个纯粹、诚实、善良的人。

亲亲的南滩，情未了，我恐夜夜梦回。

2023 年 9 月于西莲

夜间昙花悄悄开

养了 4 年昙花，几片翠得像玉一样的叶子立在盆中，给我带来了无限的春意和生机，使整个房间里充满温馨，可就是不见花开。

昨天我出差回来，却惊喜地发现：花盆内四支翠绿的叶片边缘，居然长短不一地垂着 4 个粉红的吊蕾，吊蕾呈椭圆状，毛茸茸的，一根竹筷粗细的花茎将花蕾系在叶子的边上。我知道昙花终于要开了。

我将花盆轻轻地移至客厅，放置在茶几上，静静地凝视着它，守候着花开的那一瞬间。11 点 20 分，粉红的花茎把一根根细长的茸毛张开，然后缓缓地将花蕾举起，使花头不再向下垂。大约又过了 1 分钟，花蕾四周那些淡红的小叶也自外向内依次张开，将花蕾紧紧地托在中间，露出些许雪白雪白的花瓣。而后，在一阵轻轻的撕裂声之后，雪白的花瓣便一瓣一瓣地自外向内依次绽开，就像电视机中花蕾绽放的特写镜头一样。同时，从花瓣上散发出来的淡淡昙香，顿时弥漫了整个客厅。最后，在花瓣的中央，轻轻地吐出 3 根淡黄色的花蕊，豆瓣似乳黄色的花蕊把雪白的昙花点缀得更加高雅无瑕。

我睁大眼睛注视着它，惊呆了，我吃惊于那昙花开放时瞬间的壮烈和伟大，我吃惊于那昙花销魂的无私与久远。昙花那种蓄毕生之精力，花开于刹那的壮举，不正是告诉人们：只要勇敢地把勤奋、自信、智慧装进行囊，跋涉不止，不就会收获一生吗？

那晚，我有生第一次失眠了……

2002 年 2 月于永定

（原载《张家界日报》2002 年 4 月 15 日）

潇洒钓一回

近一段时间，由于工作上的事情太多，压力太大，心情很烦躁。忽然想起有个朋友说过：烦的时候去钓鱼，保准就把烦躁和不平丢进了河里，说不准还有小的收获，让你美食一顿。于是和妻子商量，花了100多元购置了简单的渔具，准备周末一家三口去二家河，潇洒钓一回。

周末的天气很好，天高云淡，浮云轻移，不时有鸟儿从蓝天白云间掠过，并洒下一阵欢快的声音。缓缓从车窗前轻轻滑动的田野，是一张美丽无比的田园油画。图画里那一座座青山苍翠黛墨，一层层梯地流金荡绿，一棵棵果树挂满硕果，一片片稻田金穗熠熠，诱人的稻香和水果味飘落其间，是一种迷人的醉。田间地头，随处可见低头吃草的牛群、满山嬉闹的孩童、肩着农具的大伯、悠然行走的村妇。一阵微风拂面而来，将妻子的头发吹得向后随风摆动，不时绕拂我的脸庞，让人感觉到秋天的惬意和温馨。不知不觉中，我们一家很快就来到了目的地二家河。

到了二家河，择一塘边较凸出稍平坦的地方坐下，再环顾四周，已早有4人抛钩塘中，看他们那专心致志的样子，我也就不去打搅，交代老婆要照顾好小孩，别乱跑，小心掉到塘里去后，也就调和鱼饵，理线上饵，俨然一个垂钓者，当起了"姜太公"。塘水在微风的吹拂下泛着粼粼翠波，不时有气泡从水底冒出，听老手说那是鱼儿在换气，是鱼象。还有人说鱼有鱼路，只要看清了鱼路打下鱼窝子，再下钓，就一定不会空手而还。可惜我看不懂鱼路，只有瞎打瞎撞，死盯着那红色的浮漂，妄想有鱼一口吞下诱饵，将我的浮漂拉入水中，那我就有收获了。正当我幻想着我下钩的地方就是鱼路的时候，那红色的浮漂忽的一下被拉入水中，我神经一紧，双手几乎机械地向上一提，果然感到有一点重量，有一个东西拉着我的鱼线在池塘里东奔西窜，我知道是鱼儿上钩了。于是将鱼竿稍微竖直一些，再向上提了提，随着鱼在水中东奔西窜时紧时松地调节了一阵鱼线，抓住机会将鱼提出水面 3 次后，鱼儿的窜劲就小了许多，不再满塘跑，然后我将鱼线缓缓收紧，将鱼控制在我站立位置下方的 5 米范围内，喊老婆把网勺拿来舀鱼。老婆听到呼唤，和女儿一道欢呼雀跃，跑来合力把鱼用网勺舀出了水面。先在水里还看不清，提上岸一看，嗨，是条草鱼，大约有 6 斤，老婆孩子高兴得围着鱼嘀嘀咕咕，一阵高兴。我也一脸喜色，又装模作样地将鱼饵挂上鱼钩，用力把它抛向远处，等待着第二条鱼上钩。

其实我自己知道，论钓鱼的技术我真的还差得远，可以说是未入门，只不过是叶公好龙罢了。不过将鱼饵抛入水中后，人的思绪就变得有点悠然荡漾。就好像人生，只要你努力了，真实地耕耘过，有没有灿烂鲜艳的花朵和沉甸甸的收获，倒不是一件很重要的事，重要的是那追求的过程。过程对于一个人来说是一种幸福，是一种感受和觉悟的集合，融入了那个集合你就不会感到虚幻和空洞，你就会觉得真实地生活着。而太多的欲望却可以把人的腰杆压弯，把人的灵魂扭曲。平凡是美丽的，合适是自己的，能找到自己合适的，哪怕是平凡的，也可以使人生丰富多彩。不是有人说为什么鱼儿不流泪？因为鱼儿在水里；为什么鸟儿不觉累？因为再苦也要飞。在生活中没有人不期望自己能成功，但成功的人只有千分之五，可很少有人没有追求成功的过程，这也许才叫生活。人有时的贪恋和毁灭，就是因为不能脚踏实地走自己的过程，投机取巧，瞒天过海，没有找到自己合脚的那双鞋，所以步入歧途。

正当我胡思乱想之际，女儿悄悄地来到我身边，"嗨"的一声，把我吓得一跳，再转过身来看浮漂，早就不知去向，把鱼线收起一看，鱼饵早就没了。接着我又换了四五次鱼饵，在塘边静候了 3 个多小时，却再也没发现鱼儿上钩，倒是其他几位频频得手，羡得我心里痒痒的。看到他们慢条斯理、专心致志的样子，就自知心情烦躁是钓不到鱼的，他们那才叫进入角色，凡心沉稳。来钓鱼不就是要历练自己的耐心和定力吗？想到这里，我不禁一下子豁然开朗起来。一望那浮漂，又见那浮漂在动，好像有鱼在咬，于是死死地盯着，就在那浮漂沉入水中的一刹，我再度一抖鱼竿，又钩上了一条鱼。

天色渐渐地暗了，当晚霞把塘水映照得五彩斑斓、翠金万点的时候，我们一家人才匆匆收拾渔具，往家里赶。那天，我们虽然只钓到两条鱼，但却深深地弄懂了一个道理：凡事没有生而知之，只有学而知之，唯有精诚所至，就一定有所收获。

2008 年 9 月于永定南庄坪

劳模钟民

　　回到阔别 15 年的故乡，才又一次见到前年离休回家的大伯——全国税务系统劳动模范钟民。岁月不饶人啊，他着实老了，一身发白的天蓝裹着蹒跚的身体，黑发换成了白发，额头上画出几道深深的纹沟，只有那镶在苦瓜般脸上的两只眸子光辉依然。徜徉在故乡亲情的怀里，拾着大娘、叔叔对我大伯的唠叨，他的身影在我的心里更加伟大、崇高。

　　钟民是全国劳模，就一儿一女，一退下来儿子还不就顶个班，跟他老子一样捧个"铁饭碗"？亲戚们都这样想，他儿子也这样盘算着，就等那一天早日到来。终于那刻到来了，临办离休手续之前，组织上按政策给钟民下了一个戴帽招工指标，解决钟民的后顾之忧，消息一出，全家雀然。可是，就在他的分局里，有一位因意外交通事故致残的老税干卓然，遭此大灾之后家里生活十分困难，儿子只得辍学回家，还是钟民差三跑四才弄了一个代征员的差事，总算得以勉强度日。这个家今后怎么办成了钟民的一块心病。他三天两头跑城里，把自己将指标让给老卓的想法向市、县两级人事部门汇报，并写下不再要求组织给其儿子安排工作的保证，悄悄地把自己儿子的戴帽指标让给了卓然。就这样，老卓的儿子顶了他的班，家人和儿子竹篮打水，一场空欢。妻子气得患了一场大病住了 1 个月院，儿子闹着要脱离父子关系，最后还是他好说歹说，拿出自己多年的积蓄买了一辆手扶拖拉机交给儿子，才算平息了这场风波，儿子未能捧上"铁饭碗"，甚至连"泥饭碗"也未捧上，却成了一名手扶拖拉机手。

　　谁接替钟民局长挑起城区全年 1500 万地方税收的征收管理这副重担，不仅是县局党组考虑的重大问题，也是城区分局 30 多名税干讨论得最多的事。

因为只有 4 个月，钟民局长就要离休了。张副局长为人正直、办事公道，可是只懂政工这一线的事，业务上欠点火候；刘副局长不仅和张副局长一样人品可嘉，而且既懂业务又懂内务，抓收入敢说敢干、办法多、点子新，就是工作方法上粗点，有时得罪人，是个有争议的人。怎么办？向局党组推荐谁来接我这副担子？他想了好久，也有意地跟张、刘二人谈谈心，交代了一些难度大一点的事让他们去做。结果刘像往常一样认真负责，敢说敢干，而张则也做了一些，只是比平常更虚了些许，也许是考虑到考核考查怕得罪人吧。"对！就推荐刘局长。"他考虑再三，把自己的想法向党组做了汇报。对一个有争议的人，只要对工作有利，只要人品过得关，就应该大力推荐，大胆地起用。4 个月后，局党组经过考核任命刘副局长为"一把手"，负责主持全面工作。那年，该分局不仅全面超额完成了任务，而且市政府还给刘局长记了一等功，钟民举贤也一时在市里市外传为佳话。

在县城文明路的澧水大桥边，立着块高 3 米、宽 6 米的大型税法宣传栏，亮锃锃的不锈铝合金钢管、条边和玻璃窗，在太阳的照耀下，熠熠发光，就像是镶在县城的一颗明珠，成了一道特别的风景。那就是钟民离休后，自费4000 余元请人装修的"农民税法宣传墙"，里面设有：税收政策、服务指南、税案公告、农民信箱四个栏目，每月出一期，风雨不断。很多人都问他："都离休了，咱还管那税法宣传不宣传，贡献大到都当了劳模，该歇歇了。"可他总是笑呵呵地说："能做一点事就做一点，多宣传宣传，让农民多知道一些纳税的道理，总会有收获的。"现在讲的是依法治国，依法治税。是啊，只有守着不变的信念而辛勤耕耘的人，才会丰收有期。因为他是这样的人，所以他一生载满收获。

1999 年 4 月于桑植

（原载《张家界日报》1999 年 7 月 7 日）

我的梦

人是可以有梦的，没有梦，便没了希望和动力，可就是有人把自己的所有梦都变成现实，所以生活中就有了成功和收获，也有人一生都好高骛远，因没有脚踏实地而留下失望和遗憾。

从母亲的襁褓里爬出来，迈进人生的历程里，我就做过无数的梦。我的梦，是我生活的镜子，也是我心灵的向导，只不过闭着眼睛时做的梦，常常淡忘了，但睁着眼睛时做的梦，却永远紧紧地攫住我的心。有些梦让我一辈子去追求，历经千辛万苦，不曾回头；有些梦让我狂热一阵后，又重新回首。

有人说：灵魂里有风吹过，泛起的层层涟漪，那便是梦。有人说：眸子里神采飞扬，射出的道道闪光，那便是梦。有人说：年少的时候是多梦之秋，有很多想法总想讲给一个人听，但梦难成真。事后才知道那是因为少年不知世事难，仅仅空怀壮志，少努力、少经验，所以常常撞南墙留忧伤。有人说：成年的时候是收梦之季，大多数人要么功成名就，事业中天；要么普通平凡，安分守己。可在现实中，成功本身就没有大小。虽然许多人常常只能谈谈风景和天气，道道失落与无奈，找出一千种理由，掩藏不足和需求。然而他们所说过的每一句话，都会刻画着努力的痕迹，乘载着成功的喜悦。

其实，人的梦是跟自身密切联系的，梦的来临也没有季节性。只有切合实际而又锲而不舍的追梦人，才能一步一个台阶地实现自己的梦想。所以，梦没有伟大之分，更没有贵贱之别，每一个平凡、纯洁、和睦的梦想，都闪耀着伟大的光芒，都激励着人们的灵魂。

我曾想倾注一个男人全部的真诚，去圆一个完整的爱梦，让一个女孩拥有全部的温柔。可是，总有季节的信风带来阵雨，总有冬天的雷声将誓言打断，所以常常在复杂和零乱的情绪中，做了错事，让本来的故事都褪了色，心灵的船，险些就落了帆。

然而，灵魂是永恒的，毅力是无穷的。每一个梦都如同一滴水珠，可以映出你生命的历程，哪怕有一道小小的景观，哪怕是一不经意的刹那，都或许能诠释你前进的步履。可是，因为年轻，你可能在脚步中把梦挥霍，因为年轻，你可能让激情在双手中滑落。但我们谁也没有因为失落和彷徨，退步和失败而裹步不前，而是拾起脸庞上轮沟的启示和额头皱纹里的感悟，鼓足勇气继续前行。

当有梦弃你而去时，不要惋惜，如同不能阻挡内心的痴迷时光。而你可以在梦离去的地方结起草庐，坐在窗口，用曾经整个一生的爱去执着守望。尽管有时梦想没有实现而被匆匆遗忘，如同海洋深处的海沟一样痛，我还是要把泉水般的清纯留给梦。虽然岁月早把刻在岩石上的圣洁，风化得斑斑驳驳，若有若无，可我还是情义如金。

在这喧嚣的世界里，梦带给人们躁动与希望，因为躁动，人们失落，因为希望，人们行动。虽然梦没有带给我片刻的宁静，也无法将我走过的坎坷填平，但有过的经历塑造了一个不是原来的我，而是一个不断进步的新的我。

叩击心灵的梦，总是姗姗来迟，但它躲避不了人们追梦的眸子。梦是一种诱惑，而诱惑的美丽，就在于它的遥远缥缈，关山万重。所以，它不是简单的人、车、房、职务，也不是草地、蓝天、海洋、星星以及种种浪漫的景观，但绝对是真实、诚挚、火热的。尽管有时支离破碎，不成故事，没有结果，有些像流星，只在浩渺的天空划出一道光痕，但有过经历的人一定很知足，因为我有过梦，努力地追过梦，我也通过追梦实现了属于自己的梦。

当然，梦时常被人们隐藏，不公开发表。这是因为梦与非梦的蜕变，梦与现实生活的相互交织、相互碰撞，缀成了亦真亦幻的精神世界。不过无论你是高贵还是卑微，无论你是富贵还是贫穷，都不会因你恣意虚幻的梦而辉煌，却因为你孜孜以求的追梦旅途而被称道。

满天星辰的夜晚，常有人一边数着星星一边躺在床上问自己：今晚会有梦吗？梦中的我会发生些什么？明年的今天我会是什么样子……也许，只有呼吸停止的时候，梦才会完结，正如前行的车辆，只有到了油电耗尽的时候，才能停止前进。但我相信，如果一个人对于未来，连一个梦也没有，那么他活着，也停下来了，简单的行尸走肉。所以我会将我的梦延续，直到永远永远，直到我这片树叶飘落的那天。

所以我常常祝福人家：愿你夜夜有好梦，梦里事事能成真。

2011 年 9 月于石门

回头看看

因为平凡而又普通，从来就不曾闪光，所以连自己都未正视过自己，也就没有好好地回头，但凭日子从手指间轻轻地滑走。可近来的一些变故，使得我把过去的碎珠乱玉穿起来，试图总结一些什么，以便在心中蕴藏新的力量，走向远方的人生。

我出生于60年前的重阳，在母亲的襁褓和父亲的肩背上，我慢慢地长大。童年时最大的奢望，便是吃上一颗水果糖或半边干枯饼。5岁时，就学会了生火、打猪草等家务，6岁，爸妈把我送进了学校，因为营养不良，我又黑又瘦，可这并没有改变我一丝求知的欲望，由于做人老实善良，学习成绩也一直名列前茅，老师很喜欢我，同学们也愿意跟我玩。唯一的遗憾就是因我家庭出身的缘故，直到小学毕业我胸前都没有系上那根鲜红的领巾，不是一名骄傲的少先队员。

进初中了，长高了许多的我，除了读书之外，也能干一些简单的农活了，于是便可以在假期里或星期天，和哥哥偷偷地上山去挖药材、去打柴卖、去做一些副业工，那样一天能挣到三五毛钱。记得有一次，我与大哥去修水渠抬石头，尽管杠子很长，石头的重量几乎全部都压在哥哥的肩上，而我只是象征的一个支点，可一天下来，肩仍被木杠压破，痛得我连澡都不能洗，一连几夜都不能入眠，肩上留下的血痂至今未能消除。然而就是这肩上的血痂，却使我从小感悟到生活的艰辛，认识到天上从来就掉不下来馅饼，以至于现在回到故乡去水渠漫步，那种体味和痛楚还深深地撼动心际。那时的副业工，钱挣得不多，可积累下来，居然可以缴清一个学期10多元的杂费。所以爸妈看到"懂事"的我，宁肯起早贪黑地把农活做完，也没有产生让我辍学回家挣工分的念头，他们知道：让儿子多读一天书，今后就会让儿多一份生活的本领。就因为他们的付出和鼓励，加上那些艰难的副业工，我念完了初中，考进了高中。可就在高考临近的时候，父亲因长期的超负荷劳动，撒下相伴他40多年的妻子和6个儿女离开了人世，我也因此考试失利而名落孙山。爸爸的早逝是我心上一道疤，高考的失利，又在伤口上撒盐，我的生活，难道只有阴天吗？

然而，生活对每一个人都公开地给予机会。虽然高考失利，但我却在高考后的一个月有幸参加了合同制干部的公开招聘考试，并以较好的成绩找到了一个"泥饭碗"，当时有人戏称它为"长期副业工"。工作算是有了"着落"后，我没有像其他的同事一样掉以轻心，而是尽职尽责干好每一件事，一步一个脚印地去实现人生。同时，我还利用休息时间自学，努力圆我的大学梦。3年后，也就是我自学刚毕业，并光荣地成为一名中共预备党员时，我的生活实现了一次跨越：顺利通过自"五大生"中招干的考试考核，身着税服，头顶国徽，成了共和国的一名公务员。钱好用，可税不好收啊！在18年的税收工作中，我从专管员到所长，从基层到机关，我收获过，也失落过；我高兴过，也痛苦过。得过奖励，曾一度被评为标兵；受过批评，也曾一度消极沉沦。可是不论怎样，我总是挺着倔强的脖子，用力去套生活的枷犁。

其实，认真地去想，我真还有许多不足，做事粗枝大叶，性子急，掌握的知识欠系统，不全面，在急切的时候往往出错。特别是我性格固执，接受新生事物慢，所以经常慢人半拍，落后便是常有的事。但是，我能吃苦，不懒惰，比较好学，善动脑筋，待人真诚，并且撰写了百余篇调查报告，积有上百万字的所谓文稿。对于生活中的坎坷和工作中的不平，能以一份宁静的心情去面对。因为生活的经历告诉我：守不住寂寞和忍不住痛苦，也同样守不住幸福和得不到收获，只有经得住挫折和坎坷的人，才能收获到平安和快乐。所以，我在总结过去的、珍惜拥有的、追求未来的过程中，一定会不断进步。

195

岁岁重阳，今又重阳，年年脸上添风霜。漫步古仁堤旁的我，凝望着秋夜远穹的上弦月，聆听着逶迤潺潺的母亲水，回头看看，诠释生活的凝重和困惑。通过诠释，我坚信：跨过今天，明天我将更加成熟，未来我将进步许多。

2002 年 5 月于江垭

西莲的祖屋

　　有的人很有缘，或生在火车轮船，或降在飞机高铁，一开始就是神奇的经历，更有甚者被母亲掂着球一样的肚子，跨越中英街，飞过太平洋，使有的人一出生就获得绿卡。而我却和芸芸众生的大多数一样，生在莽莽大山里，降在潺潺溪流旁，然而就是西莲黄山坪下的那件祖屋，成为我永远温馨的港湾。

　　其实，老家的祖屋是有一定的历史的。听我父亲说选场的时候，我曾祖父还请了当时民国政府九溪卫最为出名的风水先生看了屋场，说是什么莲花台。不过后来一看左右有两道山脊，后有黄山坪为屏，形似一把太师圈椅。前有梯田层层，后有翠峦逶迤，旁有小溪流淌，周有绿树成荫，特别是左山梁处还生有一棵千年古楠，就像一把巨大的绿伞永久地撑在屋场的左上方，确为一居家好地。于是曾祖父率人劈荒成场，伐木为梁，筑路掘井，计划修一正两横五柱六齐十二排栅，结果由于操劳过度，祖父仅修起正屋和右横屋，便积劳成疾，双目失明，65 岁就遗憾辞世，以至到现在，祖屋还是一正一横。后到伯父、父亲儿立，虽有修葺之意，但儿多心空，时事纷繁，留下了几代人的憾事，到如今还未配上那遗憾的一横。不过倒是自选此地筑楼之后，向氏家道昌盛，人丁旺旺，不仅在民国时期有政府公职干事，而且新中国成立后在人民政府任职吃皇粮的公务员多达 20 余人。就是在家务农经商的儿女，也是在国泰民安的和睦中，年年庄稼丰收，家家商贾有道，过上的都是好日子。

　　祖屋的场子好，可经历的大事也多。虽然许多往事已如烟云飘散，可刻骨的经历却依然历历在目。刚解放时，生产队里有文化的人不多，我父亲读

197

过高小，在民国政府当过差，自然是最有文化的人了，加上当过财粮干事会算账，虽然中农出身，但由于确实没有适合的人，所以就成了生产队的会计加记工员，不过免费劳动，是不加工分的。自此生产互助组的东西全都集中在我家的老屋保管，祖屋也就成了生产队部，每到月半都会开会，熙熙攘攘的，永远都有吵不完的架。而每年吵得最凶的当是每年年终结算。如今在那漆黑的木板上，依旧能找到那时用粉笔刻画的记忆，可谓是历史的见证。

我的祖屋曾经是十分热闹的，但它的热闹不在于它本身，而是在于它同我们一样经历了那些不平凡的时代。20 世纪 50 年代初，它是生产队的队部，人来人往，吆喝不断，成为全体生产队社员最为关心的重点，因为在这里决定了他们一年的收获和温饱。50 年代末，祖屋因为面积较宽，不漏雨，于是把板壁一撤，摇身一变，成了大队的小学，从此，祖屋里小儿成群，书声琅琅，戴着眼镜的先生和挂着书包的小儿成了祖屋的主人，老贫下中成为校长开始管理学校。不过那是我们兄妹最为开心的时候，因为我们可以安静地蜷依在教室的一角，一边带弟妹，一边偷听课，学会了识字数数。我二姐之所以能开店卖小百货，就是因为偷学了 3 年，不然就真是文盲一个。然，祖屋最为辉煌是在"大跃进"大食堂时期，祖屋成了生产队的大食堂，横屋为食堂伙房专门做饭，正屋为食堂，摆放了 20 张桌子，最多的时候有 200 多人同时就餐，蒸汽腾腾，菜肴飘香，吃声如潮，一日两阵，人来人往，川流如梭，就是现在家里做喜事，也赶不上当日的热闹。所以我说祖屋是与热闹相伴的。

然而祖屋表象的热闹和败旧，只能记载一些过去的陈迹，而那些刻画在心灵中的感觉，始终就不曾让我彷徨或退缩，那就是祖屋的魂、祖屋的根。若不同根，断然不会同色，若不同色，断然不会有情。就是在这间祖屋里，我在母亲的褥褓里第一声哭泣，开始呼吸自然的气息；就是在这间祖屋里，我第一次睁开眼睛，开始打量这纷繁的大千世界；还是在这间祖屋里，在老爸的牵引下，我艰难地迈出了人生的第一步，从此踏入人生的征途，一路前行，不论成功还是失败，不论高兴还是沮丧，我都一往直前，不曾回头。在爸爸佝偻的肩上数星星，使我数出了父爱如山；在妈妈的温暖怀里吸乳奶，使我吸来了母恩似海；在屋后茂密的楠竹林里办家家，使我感悟了小儿稚趣；在上学、采药、放牛的风雨路途，使我读懂了兄妹情深、金兰之义。于是我在祖屋里慢慢长大，我在祖屋里慢慢成人。

离开祖屋是读高一的时候。爸妈为了让我学到更多的知识，有一个较好的未来，把后来才装上的祖屋木板再一次拆下卖掉，凑齐了学费，送我到官地坪三中读高中。自那时起，祖屋就在我的梦中了，因为那时只有寒暑假我才能回到祖屋里。因为自那以后我就走出了大山，祖屋也就成了我心灵的苑囿。

最近一次回到祖屋，眼前的境况让我心里一沉。不再听到妈妈不停的叨唠，不再嗅到老爸草烟的味道，不再看见灶膛红红的火苗，不再飘散诱人的菜肴，青黑的瓦砾居然已生出了野草，前后的阶沿已爬满青苔。忠实的小白狗你去哪里了？楠树上的喜鹊你搬了家吗？这时我才突然明白，爸妈走了，兄弟分了，姐妹嫁了，祖屋老了，一种沧海桑田的悲凉忽然就飘进了我的心里，眼睛一下就模糊起来。

忽然，就从祖屋的后山传来几声黄牛归栏的"哞、哞"叫声，我随眼抬头望去，只见天高云淡，一队鸿雁正消失在天的边际，祖屋和屋后的竹林已悄然抹上了一层金黄，四周其他的老屋炊烟又起，只有自己的祖屋已不闻鸡犬声、不见炊烟升了。

别了，伴我笑陪我哭的祖屋。

别了，育我身养我心的祖屋。

虽然你散得了往日的浮华，受得住今日的落寞，但却了不了我的牵挂和思念，挡不住我的寻觅与拜谒。说不准哪一天你屋里的儿孙又齐聚在一起，点燃火塘，升起炊烟，把冬眠了的浮华与喧闹再度唤醒，因为那是故土的缩影，心灵的苑囿。

2014年9月于西莲

（原载《张家界地税》2015年第1期）

牛二篾匠

前天在农贸市场上闲逛，在一堆篾货前流连了好久，看中一个五彩的篾饭篓，砍了几次价，才以150元得手。看着置放在餐厅上的五彩篾饭篓，我想起了我的一位故人牛二篾匠，也是因为想起了他对我的好，对乡亲们的好，才买了那个五彩的篾饭篓以示念想，牛二篾匠的影子也逐渐清晰起来。

记不清是怎么认识牛二篾匠的，只记得小时候不听话，或者是在干什么淘气的事，大人一喊牛二篾匠来了，我们就作猢狲散，跑得上气不接下气，或钻进床角，或躲在门后，一阵哆嗦，一阵惊慌，大气不敢出，相当地听话。待过了好大一阵子，仍不见牛二篾匠的影子，才知道是老家伙怕我们踩坏了菜园子里的菜苗或是在泥田里弄得全身是泥，故弄玄虚，吓得我们一阵紧张，其实牛二篾匠的影子还在后山那边呢。

后来我长大了些，经常到我后山的姐夫家接姐姐、姐夫和外甥回家过节，才真正近距离接触牛二篾匠，才真正认识牛二篾匠。牛二篾匠，常德石门罗坪千金庄人，父亲富农，祖传篾匠手艺。牛二家里排行老二，又子承父业，故称牛二篾匠。其实牛二上面有个牛大，因病早逝。父母因手艺家境较好，划为富农，"文化大革命"期间因出身受到歧视，父母早逝。是年牛二已三十有五，长相虽不是特别出众，但也没什么缺陷，纵有一把好手艺，可奈何家庭出身不好，始终无人愿嫁。自此，牛二便一身青衣、一块牛皮围兜、一把篾刀、一对马钉、一副刮刀，仗剑千山万水，手艺万户千家。

如今回忆起牛二篾匠的形象，都十分清晰，甚至有些崇拜。一米五左右的个子不高，腰里始终抹着一根自制的牛皮带，一个木栓穿在皮带上挂在左腰，上面插着一把篾刀。右腰的皮带上同样挂着一个用牛皮自制的袋夹，分装着一对马钉、一副刮刀，肩挎一卷背篓系，乍看极像小李飞刀的装束，有点精气神。无奈身材有点矮小，看起来不是太有形，就有点滑稽。加之牛二诙谐打趣，经常做些挤眉弄眼、猴模狗样滑稽的动作逗小孩玩，所以小孩就有点害怕，只要他一出现在村头，小孩便抱头四窜。这也就成了大人们拿来吓唬小孩的噱头。其实牛二篾匠很实在，只要你不笑话他，跟他做朋友，他还是很善良的，口袋里时常装有水果糖或几粒花生，不时地赏给听话的孩子。我就吃过他亲自给的水果糖，我的一些小伙伴也得到过他用篾织成的玩具，如小船、蜻蜓、篾球等一些东西。

牛二篾匠的父母死得早，家里又没个女人，虽然父母留有3间木房，可无人打理，有家也就像没有家一样。生产队的时候只身一人串乡做手艺，给生产队上交副业费。联产承包以后，牛二篾匠将自己的一亩二分田无偿送与隔壁的王寡妇耕种，行动更加方便了，四邻八乡，自由驰骋，凭手艺吃饭。当时牛二篾匠的手艺在石门、桑植、澧县一带是出了名的，农活用的背篓、撮箕，晒粮用的笓垫、簸箕，做饭用的筛子、撩箕，睡觉用的篾枕、香炉，陪嫁用的花背篓、针线篮，捕捞用的虾篓、渔筝，都能经过他那双灵巧的手倒弄得出，而且个个经久实用、五颜六色，让你爱不释手。而最为让乡亲邻舍喜欢的还有两点：一是你如果实在没钱付工资又急需添置篾货，他可先帮你把活儿做好，等到有了钱再付，赊账；二是他不像其他的匠人，天天好吃好喝，生活简单，好招待。另外，如果家里有需要整修的篾家活儿，他还免费帮你修整。用他的话说："不碍事儿，只要我得闲。"所以，牛二篾匠一出门就是半年，总有做不完的活儿，东家补撮箕，西家换背篓系，张家织笓垫，王家编陪嫁花背，脚踏溇澧两岸，心暖万户千家，就像一场及时雨一样，随时飘落到需要篾匠的农户里。

前年我姐夫70岁，全家前往道喜，惊奇的是又一次偶遇牛二篾匠。他不再是当年一副仗剑走他乡的装束了，而是一身藏蓝色休闲便装，平头白发，脚蹬一双棕色的皮鞋，嘴角上胡须也打扫得干干净净，尽管他已70多岁了，腰杆依然挺直，样子很精神，一点也不显老。他很是高兴地走过来与我握手寒暄。一问，才知道牛二篾匠已和隔壁的王寡妇走到一起了，他们不仅领养了一个女儿，而且还当上了村干部。两人凭自己的积蓄新盖了3间洋房，家电家具一应俱全，日子过得挺殷实，叨唠间满满的知足。牛二篾匠当然也不再出去揽活了，有时间就在家里摆弄几皮篾，织一些笔筒、饭盒、花盆等高档篾饰品，平平淡淡，波澜不惊，夕限无限，岁月静好。

其实，人的一生，无论高官显贵，还是小匠百姓，都应该脚踏实地，诚信做人。在逆境中奋力前行，在顺境中低调行事，多帮助别人，少锱铢必较，你的人生就会天宽地阔，岁月不寒。牛二篾匠如此，我们也应如此。

（原载《张家界日报》2022 年 4 月 25 日）

一顿土豆饭

整整 40 年了，我虽然没有吃过像熊掌之类的山珍海味，但也到过北京，下过海南，逛过上海外滩，吃过一些可口的饭菜。可在我记忆的深处，40 年前那顿土豆饭，至今叫我难以忘怀，那位给我烧土豆的农家大嫂，那处悬崖壁下的 3 间茅舍，也至今叫我梦挂魂牵。

夕阳已被大山和林海挡住了，只留下几丝金黄挂在山边。夏日的知了一个劲地在树上鸣叫，好像是在敲打我那空空的肚鼓。刚毕业我就被分配到基层所，所里又再次把我分配到最边远的五里溪乡当驻乡专管员。所长说是要到县局开会，不能送我去乡里报到，由我自行报到。好在自己本是农家孩子，自小在山里长大，自己去就自己去，还真不是难事。就这样，背上背包，走进乡里。

爬过百步凳，穿过关门岩，渡过漤水河，还来不及爬上金家坡，天就慢慢地暗了下来。早已疲惫不堪、饥肠咕噜的我看了看天色，想到看来今天是赶不到乡政府了，只能借宿农家。"大叔，我是新分来的税务干部，今天恐怕走不到乡政府了。能在你家借个宿吗？"我终于在夜幕下敲响了一家农户的大门。

"哦，是个小后生，刚分来的干部？你人生地不熟的，这离乡政府还有 30 多里路呢。"

大叔打开门，吧了一口土烟，顿了顿说，"你就在这里将就一下吧，正好我家老二去县里打工了，有个空房。只是家里条件差，怕比不上乡政府的公房。"

大嫂听见说话，"吱"的一声打开灶房，拖过一把木椅，把我让进了屋内。"坐，请坐，还没吃饭吧。我家里可不像你们城里公家人，也没什么好吃的。妹，去把那碗煎了的土豆拿来，让哥吃了，等会我再给你做。"

那碗土豆是小妹明天上学的中饭，特地用菜油煎了的，上面放了少许辣椒和葱花，一个个金黄黄的、香喷喷的，上面还冒着一层油泡，不咸不淡，大小均匀，很是馋人。

我接过那碗土豆，没半点客气，一阵狼吞虎咽，就全部卷进了肚子。小妹和大嫂看着我的吃相，一阵窃笑，弄得我一脸尴尬。忙说："谢谢大嫂，谢谢小妹。明天一早我就去乡政府报到。下次到乡政府我请你们吃火锅。"当时的满口大话，就是40年了都没兑现。

那晚，我睡在大叔老二的木床上。床上虽然只有一垫一盖两床棉被，可床上铺了一层稻草，很是暖和，还散发着禾香。那是我第一次吃那么香的土豆，也是我第一次睡稻草床。第二天天刚亮，我就起了床，悄悄地在床上留下2元钱，辞别了大叔、大嫂和小妹，去乡政府报到上班了。

在五里溪当专管员的时间不长，我就干了短短1年零7个月。第二年县局遴选办公室人员，我通过遴选被调到县局工作。在县里工作几年后，我又被调到市里，培训进修，结婚成家，世事繁杂，匆匆如烟。如今鬓生华发，也没回到过五里溪，也没能找机会回拜那位大叔大嫂。

后来听说，大叔大嫂靠种烤烟发了财，房子换成了砖瓦洋房，成了乡里第一批小康示范户。后来有又听说小妹学习上进，考上了省城中南大学，成为乡里第一个女研究生，再后来成了主治医生。有几回，我也学着买回土豆，做过土豆饭。可不管怎样，都做不出那碗土豆的味道，都没有那碗土豆的香气，都没有那种香喷喷的味道。我知道，那是大叔大嫂淳厚的乡情，那是大叔大嫂由衷的真心，它不仅滋润了我，也滋润了遥远的天堂山村。

如果有时间，我一定会怀着感恩的心，回到那边远小村，静享落日夜幕下的星光，一定会找到大叔大嫂，请他们吃一顿火锅，也恳请大嫂再赐我一碗土豆，再次品尝那碗顶尖的、纯正的人间佳肴。

2022 年 12 月

至爱至亲

快乐一家（2009 年元旦祖孙三代合影于张家界大庸桥公园）

有一种陪伴，虽然不语，却厚植了亲情，感动了生命；有一种守望，虽然无声，却成长了心灵，温暖了人生。我不想长大，想永远依偎在妈妈温暖的怀抱里，骑坐在爸爸坚实的肩膀上，看大海、摘星星……我不想离家，想永远躲在哥哥伟岸的身躯后，牵着姐姐纤细的柔手，抓泥鳅、拾海贝……可岁月匆匆，时光轮回，爸妈走了，我长大了；哥哥老了，我分家了；姐妹嫁了，我成舅了……回念过往，至爱至亲，便有了柔肠寸断的七祭母亲，刻骨铭心的画像火把，便有了故乡祖屋老井，相依相靠的长兄如父，还有别是伤痕，花落无声……那些人、那些事、那些爱、那些情，让我们在蹒跚中学会站立，在逆境中不屈前行，在学习中不断进步，在成功时多些谦逊。她是雨露，滋润了我平凡的人生；她是阳光，照亮了我前行的旅程；她是火把，驱散了我心中的寒冷；她是阶石，砌就了我攀缘的阶梯。所以，无论我身在天涯，亦能目睹你的笑容，无论我咫尺万里，亦能感受你的暖风。其实，就是那些平淡的相随、真情的依偎，使我不负落花与韶华，成就了今天的我，造就了今天的我们。

挚爱无语

学会写"爱"字，老师没有教我许久，三遍"ai"就行了。然而懂得爱、被人爱、学会爱，却是一生的事。就是到了而立之年，经历了为人子、为人夫、为人父的过程之后，揣摩到的也仅仅是挚爱无语。

记得18年前一天的早晨，我又要像上学期一样到百里开外的高中去读书了。天没亮，妈就为我煮了家里仅有的4个鸡蛋，塞在我上衣内袋，说先可以暖暖身子，饿了可以饱肚子。父亲一大早就给我用砍刀削了一根小小的楠竹扁担，将给我准备的一包干烤红薯片、一袋油渣子豆汁、一瓶我最喜爱吃的酸辣椒和一些衣服、书籍，用两个旧化肥尼龙袋装好，等我极不情愿地上路。妈妈把我送出大门后，便靠在塔子旁边那棵枣子树上看着我走，唠叨着要我穿好衣服，免得晚上着凉。父亲则肩起那担行李，将我送至老屋门口的大田角，他是站在初春乍寒的风中，用双眼默默地注视着我瘦弱的身子，在他眼里慢慢地消失。虽然自那次之后，他就再也没能够送我、看我，但他那弓身立于田间、口里冒着白烟、顶着一头华发的形象，却永远留在了我的心灵之中，我至今都没有忘记我爸那双注视我的眼睛，是那无语的目光给我鼓励、给我勇气、给我力量，使我走出大山，自强不息。

做错了事，心里本身就难受，当众讲几句做个检讨，七尺男儿大凡都感到汗颜，可我偏偏撞上了一回。有一次，我粗心大意做了一件错事，换来批评、做了检讨，心情沉悠悠、酸溜溜的，妻子看了我霜打的样子，心里早就明白了八分。她没有说什么，只是将晚餐多加了二道菜，还破天荒地地陪我喝了一小杯白干，依旧像往常一样把洗脚水烧得很烫，不声不响地放在我的脚跟前，把卧室的门打开，掀开被子，铺好枕头，看我怏怏地钻进被子之后，才去洗那一大堆脏衣服。平平常常的一瞥，有时是不以为然的，但不知要比蓝天白云、海誓山盟真挚得好多好多。因为平淡的爱垒在一起，就超越了平凡。

我本不喜欢过生日，因此对生日卡也知之不多，而在去年生日，女儿送我的那张自制的小卡片，却珍藏在我心灵的精品屋里。朦朦胧胧中，一双小手摇醒了我，塞给我一个纸糊的信封，打开一看，心不由得"扑通"起来，一张小学生语文作业本的格子纸上，水彩笔画了一个蛋糕，歪歪斜斜的 33 根蜡烛插在蛋糕里，上面闪着光。蛋糕的旁边是一束鲜艳的花，花的下面有一行很认真的钢笔字："祝爸爸生日快乐"。我一把把女儿搂在怀里，眼泪夺眶而出。

是的，在幼稚的童心中，父亲可是一座山。在平淡的无语中，孩子用爱告诉了我：挚爱中酽酽的意蕴，是只有用心才能够体会得到的。

1995 年 9 月于桑植

您在天堂还好吗

——祭母亲范彩珍

天空低沉，春寒袭人；祭幡飘舞，又至清明。

今年的清明对于我来说与往年不一样，可谓是旧思未了，新愁更深，因为就在清明前的 37 天，农历二月初一，母亲在我父亲病逝 29 年后，因病医治无效，辞别了辛苦养育的儿女、日夜牵挂的孝孙、朝夕相处的乡邻，撒手人寰，享年 80 岁。

月落沧海，波澜不惊；阳春飞雪，苍天有泪；山挽白纱，黄花飘零。我妈是一个朴实无华的农村妇女，更是一位义薄云天的母亲，是您养育了我、教育了我。因为有您为我遮风挡雨，我才一步一个脚印走出大山，成为一个对国家有为的人；因为有您为我点灯指路，我才一步一个脚印逐渐成长，成为一个对家乡有益的人；因为有您为我日夜操劳，我才一步一个脚印慢慢成熟，成为一个对单位有为的人。一句话：没有您就没有我的一切，没有您就没有我的今天，没有您就没有我的未来！

您以您的一举一动，教育我要热爱劳动，诚实待人，择善而从，老实做人！所以自 7 岁开始，我就和您一道上山打柴，爬坡背肥，采金银花，挖野药材，以自己的劳动来养德修神，宁可饥饿而不取他人之食，宁愿受寒而不用他人之布。所以我不论在单位还是在家庭，都以劳为本，从不懒惰，勤快精细，操持事务。

您以您的一言一行，引导我要热爱事业，努力工作，有为有位，不负所托！所以自我参加工作伊始，就扎实工作，尽职尽责，从不敷衍了事、推三阻四。特别是自通过公招进入税务系统以后的 22 年，您与我一道漂泊，并在调动中常常叮嘱：经济工作中见钱要心不贪、手不痒、眼不红，以一个农民的标准去要求生活，以一个干部的身份去努力工作。我从税的 22 年，是您帮我含辛茹苦带养女儿的 22 年，更是您父责母义风雨一肩的 22 年，没有您操劳的身影，没有您谆谆引导，能有我的今天吗？是您的付出换来了我事业的进步，是您的奉献换来了我家庭的平安，是您的辛劳换来了我女儿的成长。

您以您的赤诚之心，告诫我要乐不忘本，喜不忘忧，贫不能屈，富不能淫！所以我每时每刻都以俭为美，从不铺张浪费，食以肚饱为限，衣以遮寒为度，不与他人比享受，只与他人论贡献。现虽小有节余，可我仍以小气之举，吃剩菜剩饭，节约用水用电。因为我深深地知道，您是在用每天吃下那半碗用残汤泡成稀饭的瞬间，铸造一个母亲的慈祥可敬和伟大神圣。

您以您的人格品德，要求我要尊重长辈，和睦乡里，团结同事，乐于助人！所以我自小就在您的影响下，尊重老师，友好同学，孝顺长辈，帮助老乡。特别是走上工作岗位之后，我信奉诚实工作，服从组织安排，虽调动 6 个单位 7 个岗位，却从未掉队丢丑，并为单位赢得不少荣誉。因为我深深地知道，您是在用每天目送我上班的那一刹那，演绎一个母亲的和蔼可亲和义薄云天！

妈，您走得太匆忙，我无法接受您第一次也是最后一次对我的残忍，以至这种心痛和悔恨将永刻在我的心里。因为我还有许多的话未对您讲，还有许多的事需要您指点，还有太多太多的困难需要您帮，没有了您，我不知道是否会迷失方向，因为您从来就是儿女的路标、儿女的支柱，您从来就是我不落的太阳，就是我不断努力、永不言弃的力量！

妈，您很累了，是我让您操劳过度；妈，您很吝啬，连最后的时候都不让我为您吃一点苦，把痛苦全部带走，把欢乐全部留下；妈，您放心地走吧！我们一定秉承遗愿，互帮互助，牢记叮咛，勤奋工作，以痛为力，为您争光！

化天为纸，写不尽您予的恩情；以海为墨，抒不完对您的思念！雾雨霏霏，山风阵阵；冥纸当空，呼唤声声，千言万语，万语千言，就化作我对您的一句问询：您在天堂还好吗？

2009 年 2 月

（原载《湖南地税》2009 年第 4 期）

梧桐雨

——二祭母亲范彩珍

在我家老屋的旁边，长着一棵硕大的梧桐树，树干三尺有余，树冠一亩不足，树高四米六七。春天，桐花飘香，叶绿如玉，是孩童戏耍的天堂；夏天，树冠如伞，遮光躺阳，是伯叔吸烟歇息的场所；秋天，桐果倒悬，风过如铃，是百鸟觅食充饥的乐土；只有到了冬天，树叶散尽，叶落归根，唯有苍劲挺拔的"裸体树"，傲立寒冬，期待着又一个春天的轮回。

听我伯父说，这棵树是在我爸成亲的那年栽下的。那年豆蔻年华的母亲，经自由恋爱与在民国政府工作的父亲喜结连理，为了纪念这个特殊的日子，我爸便在老屋的旁边栽下了这棵梧桐树，一喻梧桐引凤，二喻爱情永久。从此，作为我爸我妈爱情见证的梧桐树就挺立在我故乡老屋的旁边，成为一道特别的风景，温馨着父亲母亲，也温暖着儿子儿孙。

据说，我爸是在采茶的时节认识我妈的。当时溇洋土家寨子有采茶比歌的习俗，谁的茶叶采得多，而且山歌唱得好，山寨就授予谁"茶姑"的称号，"茶姑"不仅能得到家族长辈的认可，而且能得到当时村寨组织者一笔不小的奖励。我妈连续两年获得"茶姑"的殊荣，一是靠采的茶叶多，二是靠自编自唱的山歌好。以至到我上初中的时候，学着妈妈的采茶方法，一个早上我采了8—9斤"两叶一枪"的茶业还不会迟到。我爸也就是看透了我妈聪明能干、吃苦耐劳的秉性，才成就了一个普通的家，虽经历时代更替、沧海桑田的变换，虽受过中年丧主、鳏寡无助的痛楚，可家道不落，儿女同舟，成为我们躲风避雨、健康成长的温馨港湾。

虽然，我爸民国政府时期在国民党溇阳乡伪政府工作，任财粮干事，但

211

那不是他特别开心快乐的日子。自湘西解放、他投诚起义后，就一直利用自己有文化、会识字、懂财务的特长，积极参加社会主义新中国的建设，以极大的热情与我母亲一道参加互助组、合作社、人民公社的建设，为新中国的建设尽绵薄之力。到了"文化大革命"之时，我爸因其出身和经历受到了牵累，我爸难以堪负精神压力，致使他英年早逝，年仅 59 岁。从此，巍峨的梧桐树下，少了一袋旱烟，多了一丝伤感；少了一份伟岸，多了一份缠绵。唯有那梧桐花开的清香和摇曳飘落的桐花，依然温暖如春。

星移斗转，白驹过隙。在梧桐树荫下，我和姊妹们依旧温暖地生活着、成长着，从一个个牙牙学语、举步蹒跚的小儿，长成了一个伟岸有型、眉清目秀的年轻人。姊妹六人，没有一个人身有残疾，没有一个人不识文断字，没有一个人没成家立业。妈妈，是您的呵护和付出，使我们一个个长大成人，而您却老了，在岁月的磨砺和风雨的洗涤下，您那一头飘逸的乌发已变得雪白，红润的额头已布满沟坎，挺直的腰椎已严重偻曲。可您就从来就没有动过再嫁的念头，从一而终，坚如磐石，堪称一方师表。

梧桐花开香袭万里，梧桐花落黯然如雨。前年的今天，也就是您刚去世的清明，我爸栽植的那棵桐树还花落如雪，可也就从此以后，这棵枝繁叶茂的梧桐，树枯香散，那雪白如粉的梧桐花，那飘逸绝伦的梧桐雨，就永远地留在我心灵的深处。想起它，我很温暖；忆起它，我很知足；梦见它，我很快乐。所以，我把它记下来作为清明的礼物，连同金黄的冥纸一并献给您，我平凡而又伟大的母亲。

2012 年 3 月于西莲

祭　日

——三祭母亲范彩珍

　　农历二月初一，对于我及我的家人来说是一个黑色、伤痛的日子，因为就是去年的今天，母亲因病安详地离开了她无比热爱的世界、无比留恋的亲人、无比珍爱的故土，驾鹤天堂，从此与我阴阳两隔，缅怀万重。

　　我原以为时间是可以冲淡记忆的，但实践证明对一个无比依赖和崇敬的人，岁月越久，痕迹就越深。母亲在的时候，我上班去总不会忘记告诉一声："妈，我上班去了。"在外面有应酬吃饭，我也总不会忘记打一个电话回家告诉妈："我不回来吃饭，不要等我。"但无论我什么时候回来，她总是坐在沙发上等，只要是听到开门的声音，她就会问："回来了，你看都什么时间了，没喝醉吧。"可自母亲去世后，每次出门，我还是都会不由自主地说出那句话，每次回家，我都会依稀听到那句问候，只是坐在沙发上的身影总是那么缥缈朦胧，只是那句温馨的问候总是那么久远，她近在咫尺，远在天堂。唯一能够感觉的就是再也喝不上母亲砌好的醒酒茶，再也看不到厨房里热气腾腾的白米粥。是的，只有这时，我才觉得母亲已经离我而去，那种撕心裂肺的感觉，瞬间便涌上心头。

　　其实，我比以前更加勤奋了，除了一种责任和追求实现自我价值以外，有一个重要的原因就是我以为人累了就可以忘记痛苦，但雪落无痕，大爱有声，一个人对母爱的渴望是什么办法都无法消除的，相反时间越久，渴望就越急迫。我已经记不清有多少次拖着疲惫的身体步入房间的时候，仿佛看到您从相框里走来，吝惜的目光让疲惫一扫而光；我也记不清多少次在外漂泊，深感心力交瘁的时候，依稀望见您从山上走来，挽起我的手臂继续向前。因为只有这时，我才真正理解您对我的教诲：作为一个男人，要有一颗坚毅不屈、豁达诚实的心；作为一个干部，要有一种勤奋务实、敢作敢为的精神。

没想到，就在无限的思念中我已和您匆匆地诀别了2年，虽然每一顿饭我们都会自觉地放上您的碗筷，每一餐酒我们都会为您酌上半杯，但依然只有您那仿佛的影子在身边游动，依然只有您那慈祥的声音在耳边环绕，虔诚的跪拜和缥缈的香烟是唤不回您消逝的脚步的，只不过因为生命的轮回，使我更加热爱生活、更加珍惜生活、更加懂得生活，爱的传承和接力，也在蓬勃的生命中延伸。

人生的驿站很多，有许多地方我们都会打马走过，人的母亲却只有一个，每个人都只能在一个襁褓里长大。是您用一盏灯照亮我脚下的路，是您用一碗水满足我干渴的希望，是您用一粒米暖过我饥饿的肠辘，虽然我早已步过而立之年，但也就是您让我懂得了什么是恩惠、什么是恩典、什么是恩情；也就是您让我解读了什么叫母义无边、什么叫睦邻相亲、什么叫家和国强。

妈妈，今年的清明比去年明，路途没了那厚厚的雨雾，路面也没那坎坷的不平，在初春的阳光里，我和其他孝男孝女孝孙为您焚香燃炮，告诉您近年来的收获。虽然已经看不见您首肯的笑颜，但我相信，您一定在那漫天盛开的烟花中为我们祝福，您一定会在明年的今天，再站在家乡老屋的门口等我。

2010 年 2 月于西莲老屋

（原载《张家界地税》2011 年第 1 期）

茶花淡淡香

——四祭母亲范彩珍

　　每次嗅到淡淡的茶香，我就会想起我故乡的茶园，那块一亩有余，全靠我母亲双手垦植培育的茶园。绿茵茵的茶叶翠滴滴，弯悠悠的茶行似流琴，黑油油的土地像地毯，湿漉漉的气息如春风，我们在那块茶园里嬉戏，也在那块茶园里长大，是那一片片茶叶给我们希望，也是那一片片茶叶把我们送出大山。

　　依稀记得小时候那里是我家的一片责任荒山，父亲的坟也葬在那里，妈用锄头在一块稍微平整的地方劈出一块地方，叫二哥招呼好我和妹，就去垦荒了，每次她的手上、额头，都有莿划下的血印子，但每次一到天晴，一有休闲，她就又将我们撂在那块平地，毅然垦复那片荒山。3 年过去了，那片荒山已经不见了，成了一块熟地，并成行成行地栽上了茶树，再过 3 年，成行成行的茶树慢慢长大了，枝茂叶盛，可以采摘了，它成了我家的摇钱树。我们高兴地叫它麦园子，因为在这个园子里，春天我们采茶，秋天我们收麦，茶叶可以卖钱供我们上学，麦子可以换成面条，成为难得的美肴，因为这块园子我们可以有希望地生活。

　　每年茶花都要开两次，一次盛开在萧瑟的深秋，另一次盛开在葱茏的初夏。而每次无论秋后还是春前，都是我们特别开心的日子。一行行绿茶树上开满了白色的小花，黄色的花蕊中间不时有蜜蜂飞舞。微风一吹，淡淡的花香夹带着甜甜的蜜味，顿时充满整个茶园，沁人心扉，使人如痴如醉。我们则雀跃地穿梭在茶树之间，不时采下一朵茶花，放在嘴角深吸一口，让那甜甜的蜜和淡淡的香融进心里。那便是最好的零食了，现在想来好像还没有什么零食的味道超过它，它是我心中永远的饮料和零食。

妈很是看重这块不足一亩的茶园，从来都不让园里生一根杂草，也从不许采茶人随意砍枝损毁。所以茶园一直都很茂盛，采叶量很高，从头道茶到三道茶，可采700多斤熟叶，每年可获1000多元。这在当时可是个不小的数目呀，我们兄妹俩人的学费就是那茶树长出来的。可以说没有妈的远见和勤劳，就没有那块牵念的茶园，没有妈开垦的那块茶园，就没有我兄妹走出大山的机会，茶园厚厚的土地和绿嫩的茶片，承载了我母亲的希望和儿女的未来。

后来，我们走出了大山，来到了山外的精彩世界，母亲也一同随着出来逛世面、带孙女。可每到清明前后，无论我们身在何处，母亲总会带着我们一家三口，回到那块园子，给守园的父亲烧把纸，点个灯，抚摸那一行行茶树，那一粒粒春芽，那一寸寸沃土。母亲每次临走时总不忘叮嘱老二一定要记得把园子复垦，上点猪牛鸡肥，保持茶叶的有机性，总不停地唠叨我们有时间了要多回家看看，是家乡人抚养我们，是园子带来了好运，不要忘本也不能忘本。

然时光如驹，逝者如斯。如今园子还在，可父母均逝，我也人到中年。子欲孝而亲不在，但那种思念的疼却永远铭心刻骨。冒着薄薄春雨来到园子，只见茶园依然郁郁葱葱，母亲依稀穿越在茶行间，或是弓身垄耕，或是舞手采叶，唯有那点点茶花，依然盛艳如故，依然如玉似珠，依然蕊黄瓣洁，依然清香淡淡，犹如一首不老的曲子，演绎着勤劳与真情，奉献与收获，诚实与快乐。

春寒乍暖中，我任思绪像骏马一样穿越岁月，当游离的目光触摸到镶嵌在墓碑上母亲那道久滞的笑容时，一种酸楚豁然而至，一种东西忽然就迷着了双眼，顺势而下，掉进了茶园，落在了茶叶上，滚跌在树枝间。妈，屈指一算，人生中您生我养我了46年，离开我也整整4年，可我从未感觉您已远离，而是天天都在我们身边。于是将园子的感觉记下来，是为四祭，也为儿子思念的一炷清香、一缕青烟。

2013年2月清明

（原载《张家界日报》2013年4月4日；《湖南地税网站》《张家界地税》2013年第1期）

杏叶黄了
——五祭母亲范彩珍

又到了一叶知秋的时节，不时有人约我去天门山赏秋景，去张家界观红叶，把玩一下手中的长枪短炮，说不准还能拍下个什么御笔点秋、红叶如花的作品。可我却想：已是快1年没回老家了，上次回家还是春还乍暖的清明，万物才刚刚苏醒。如今春去夏落，花开花谢，又到满目金黄。人生匆匆，流年如水，是不是该回老家转转了，是不是又该给长眠于银杏树下的母亲焚纸燃香了？是的，细细一数母亲已离开我们5年，虽然当年那生离死别的伤依然时时隐隐作痛，可为了实实在在的生活，我们确要把伤心收藏心底，把思念变成动力，做自己应该做的事情，把现实的生活演绎。

于是一大早，我就迎着晨曦，领着一家三口，一路颠簸，去老家赏秋。车过岩门口，远远就能看见那棵硕大的银杏树，它把一抹金色洒在我老屋的旁边，印在我家乡的茶园，只有那一层层一丘丘腊水田的翠波，把金色的树影和蓝天白云交映在一起，成为一张张绝美的明信片，免费送寄给那些远方的游子。我顺着那抹金色指过去告诉女儿："旦，看见那片楠竹林了吗？看见那棵银杏树了吗？看见旁边那件青瓦木屋了吗？那就是爸的老家，爸的祖屋，也是爸小时戏耍的天堂。"女儿自小就很少在老家待，上学后更是十年等一回，当然不像我那么激动，那样有感情，对银杏树下的往事刻骨铭心。

其实，小时候我并不知道银杏树的珍贵，只知道春天来了，满树绿茵茵的，青翠欲滴，能嗅到阵阵花香，却不见娇艳花朵。夏天来了，我们在树下戏耍、在树下做作业、在树下数星星，甚至和几个小朋友在树下和衣而眠，没有蚊虫、没有炎热，留给我们的是清爽、是惬意、是作业本上的红五星。

217

秋天来了，满树的叶子金黄金黄的，一阵风过，满天金蝶飞舞，如琴语旋律，醉人心扉。那是我们最为满足的季节，天不亮我们就会跑到树下，去捡那一颗颗熟落的橙黄色白果，用水洗净后放进书包或揣进口袋，它就是我最美的零食了。那时家里穷，劳力少，成分高，根本不能像其他同学一样有钱买水果糖、泡米粑，而自天而降的白果不仅可以烧着吃，杏肉还特别香嫩，有时甚至还有同学愿意用一粒水果糖换我的十颗白果，解我一年的馋。只有到了冬天，褪尽金色的树躯傲立于冬幕的苍穹，给人以峻峭雄奇、华贵雅尔之感，宛如生命的艺雕。

后来，我读了书才知道，银杏，别名白果，也叫公孙树或鸭脚树，属落叶乔木，是世界上十分珍贵的树种之一，也是古代银杏类植物在地球上存活的唯一品种，植物学家们把它看作植物界的"金色活化石"，并与雪松、南洋杉、金钱松一起，被称为世界四大园林树木。我国园艺家常常把银杏与牡丹、兰花相提并论，誉为"园林三宝"，并把它尊崇为国树。它树叶扇形，在长枝上散生，短枝上簇生。其球花单性，雌雄异株。种子核果状。雌树四月开花，9 月挂果，果仁可以煮食或炒食，有祛痰、止咳、润肺、定喘等功效，但过多进食可能引起中毒，可遇热后毒性减小。由于我们都将白果烧着吃，故我们没有遇险。

后来，我才知道，我妈栽那棵雌银杏树，原是想白果是中药，可以卖钱补贴家用，树大了可以为女儿打嫁妆，同时也有希望儿女如树早日成材之意。不料想银杏不仅有极高的科学价值，全身都是宝，而且树干俊美挺拔，树冠如伞蔽云，成了祖屋的一道风景。特别是在树下长大的我们，看到它那苍劲的体魄、温厚的性格、清奇的风骨、飘落的杏叶，就会想起品格如树的母亲，就会念起母亲养育我们的那些含辛茹苦但却温馨无比的日子，就会在落叶纷纷中咏起王维"文杏裁为梁，香茅结为宇，不知栋里云，去作人间雨"的诗句，而感受母恩如海。

其实，有时候我们似乎太多计较社会给了我们什么，父母给了我们什么，总是在计算获取，而作为儿女的我们，又什么时候认真地计算过我们给了父母什么？给了父母多少？感恩的行动在哪里……

站在气势雄伟、树干虬曲、葱郁庄重的银杏树下，我又仿佛蜷曲在了母亲温暖的怀里。这时我才明白：原来母亲栽下银杏树，不仅仅是补贴家用或伐木为材，而是希望我们"尝杏""吟杏""品杏""知杏"，能像银杏树一样，健康成长，天天开心，敢担当，能作为，做一个对社会有益的人。是呀，独领秋色的杏树就如母亲在生活中给我撑起的一把纯天然的绿色保护伞，使我们永远蔽荫其下，远离风雨。

金黄如蝶的银杏在空中翻飞着，忽然有两片在不经意间就飘落在我的头发上。轻轻拈下，只见象征着幸福吉祥的树叶，对称扇形，金黄剔透，叶子边缘分裂为二，而到叶柄处又合并为一，难怪人们把它视作"调和的象征"，寓意着"一和二""阴和阳"的统一，"生和死""春和秋"的和谐。因为一片片圣洁无瑕的杏叶，总在用它特别的方式咏唱着如诗如歌的日子。

我们信步走到母亲的坟前，献上香，深深地磕了三个响头，然后将手中的杏叶向空中一扬，心中轻轻默语："我和孙女来看您了，杏叶黄了，杏仁落了，远离尘嚣的妈妈，您在世界的那边过得好吗？"

2014 年 9 月于江垭温泉

（原载《张家界地税》2014 年第 2 期）

故乡的老井

——六祭母亲范彩珍

在我桑植西莲老家的旁边，有一个叫水井湾的地方。而之所以叫水井湾，就是因为那里有一眼泉水、一口老井，它不仅管着上下两个村民小组300来户人家的人畜饮水，还担负着80多亩稻田的浇灌。据说，这口水井是我爷爷的祖父最先发现并掘开的，100多年来从未干涸过。泉水汩汩而出，甘洌可口，润肺祛寒，惠及十里八村。所有途经老井的人都会在井旁歇上一会儿，抽上一袋烟，喝上几口泉水，天南地北地侃上一阵，而后又南来北去，各奔东西。

然而，这口井是和其他的水井有区别的，尤其是北方的水井。它不仅没有北方老井的辘轳把儿和提水用的井绳，也没有机打的垂直井壁和圆形的井口，更不需要用力摇晃辘轳，然后才能把井水打上来。而是在一曲叫岭上大田的田坎凹处，生有几蓬青藤，青藤根部几块巨大的天然石镶在田坎的深处，几道石缝间，便有泉水汩汩而出。曾祖父就是顺着石缝往下开挖，左右形成了一个约2平方米的池子，再在池的左右两边嵌了几块青石条，又在泉眼的前方平整了一小块平地并铺上石块，一泓泉水便盛于眼前，这就造砌了一个南方土家一个典型的水井。挑水时只需一弯腰，先将前面的水桶往井里一斜打满井水，然后一提至于井面石块，再将后面的水桶依照前方顺势一斜一带，提气一伸腰，一担水就到了肩上，然后一阵"吱吱呀呀"，一路气喘吁吁，泉水就流进了水缸，它就是我故乡的老井。

这口老井先后用了三代人，没有任何变化，早上有大人挑水做饭，晚上有仔娃牵牛喝水，日升月落，无声无息。井面的石头磨得凹凸不平了，换了一次又一次；坎上的青藤花开了又谢，不管寒风秋雨，只有青藤的年轮在无声无息地默数着岁月。但是这一口老井，到了民国二十六年（1937）却发生了变化，变化了的原因就是我妈那年嫁给了我爸，年轻的妈妈带来了新的生活观念：人畜饮水要分开，不然容易传染疾病；水井淤泥要经常清洗，不然易生寄生虫；过往行人喝水要舀起来喝，用手掬起来喝不但不卫生，而且老人孩子还易出危险。所以自那年以后，我妈除了每年都买一把木瓢放在井旁外，还雇人在原来的老井外边加挖了一个大约 4 平方米的池塘，并在池塘的一边斜置了 3 块石板，用于洗衣酱菜，池塘的尾部也用碎石围了土堤，专门用于牛羊饮水，每年的冬天我妈都会和爸一道给老井清一次淤泥，即使我爸去世了，清淤的事都从没中断过。于是，老井里有了洗衣的棒槌声，有了媳妇的欢笑声，有了孩子的打闹声，有了南来北往路人的称赞声。老井的水更清了，老井的水更甜了，我妈固井扩泉方便乡邻的事情也成为美谈，随着南来北往喝水的人而传遍十里八乡。

其实，老井不仅是乡邻歇脚聊天的去处，更是我儿时玩耍的天堂。春天，我带着堂兄在老井的池塘上扮家家，将从家里悄悄拿来的香肠、土豆烧得焦煳，满水井都飘着肉香；夏天，我光着屁腔在老井外的水田里挖泥鳅，从头到脚全身都是稀泥，把一田稻子弄得东倒西歪；秋天，稻谷收了，满田的稻草把子像一个个人影立在那里，它是我们躲猫猫的好藏处。只要将草把散开往身上一顶，然后一弯腰站在那里一动不动，伙伴们八成找不到；到了冬天，尽管手冻得开裂，鼻涕成冰，我都会邀堂妹把水一瓢一瓢舀倒在老井的石坎上，让井水冻结成一大块一大堆奇形怪状的冰凌，堆上一个半人高的雪人，然后叫队里的伙计看我的"作品"。但不管是热天还是冬天，也不管是春季还是秋季，每一次嬉闹都会招来母亲的一顿责骂，不是屁股上几耳把就是脑壳上几指壳，可我还是玩心不改，花样照旧，直到我考上高中，离开故乡。如今我已年过半百，静坐井旁，屁腔上的疼痛早已忘记，脑壳上的肿包早已消失，只有那"别把人家的稻子弄坏了、不读书做作业你就没出息、做哥哥的不做好事别把妹带坏了、砍脑壳的你什么时候才能长大呀……"的骂言责语，依稀还响在老井的上空，也刻在了我的心里，成为我成长的音符。

是的，老井的热闹是与我妈乐于助人、和睦乡里的为人分不开的，水井的变化也只是我妈质朴厚道、贤惠勤劳的一道缩影。虽然我妈只读过 3 年私塾，但她自幼聪慧，善于思考，乐善好施。特别是她敢于冲破那些传统旧规陋习的勇气，不仅给我家带来了进步、革命的变化气息，给儿女们指出了一条勤劳致富、学海苦渡、上善若水的道路，而且惠及乡邻，得到了十里八乡村民的赞许。即使我妈后来随我迁居市区，但她没有忘记那口老井，每年都要带着我们回家清一次老井。她说："是这口老井养育了她的一家，养育了她的乡邻。我们要感恩它，要记着它。不是它的滴滴清泉，我们能有幸福的今天吗？不是它的无私奉献，能有故乡的青山绿水吗？"

岁月无声，老井有情；母恩如泉，乡愁有痕。如今，老井依旧，物是人非。村民已经用上了自来水，母亲也走了 6 年，所以老井也再没有人清洗，只有在井底随水轻摇的水草和青石板上绿茵茵的青苔，仿佛还让人依稀忆起那些热闹的日子，仿佛还让人隐约听见那一阵阵"哞、哞"的牛叫。真是"老井槐荫沉岁月，沧桑在目久甘醇。情如泉涌流不断，饮水思源到久远"。

次日，我父子二人借来锄头水桶，花了半天的时间，将老井的淤泥清尽，然后把老井周围的野草青藤砍除，让老井恢复了往日的清澈。然后，我们用矿泉水瓶装了满满一瓶井水，慢慢离去。我想人们一定不会忘了这口蕴养山村的老井，也一定不会忘不了那位贤良淑德的女人。

别了，如诗的老井；念了，天堂的母亲。

2015 年 1 月于桑植西莲

（原载《张家界税韵》2020 年第 2 期）

妈　我在梦中等您

——七祭母亲范彩珍

　　人常说，"日有所思，夜有所梦"，我没有感觉，也不苟同，因为我经常白天思考的事情，与晚上的梦境不一致，有时甚至大相径庭，风与牛马不相及。但是，我喜欢做梦，我期待有梦，因为，我想在梦中见妈。

　　妈，您已经离开我们7年了，这也是我用自己拙劣的笔，第七次默写对您的思念之情。儿子在送您前往天堂的时候，曾暗暗默许一定为你写下七篇文章，自以为"祭文"，算是对您送我读书识字最直接的回报。所以，从哀动天地的《您在天堂还好吗》到淅淅沥沥的《梧桐雨》，从撕肝裂肺的《祭日》到意悠无穷的《茶花淡淡香》，从秋雨霜露的《杏叶黄了》到泉水如歌的《故乡的老井》，我一路用一颗虔诚感恩的心，回忆往日的点点滴滴，默诉着母子之情，回味着养育之恩，一如躺在您温暖、博大的怀里，享受着母恩的甜蜜和犊子的天伦。

　　妈，在成功的时候我想在梦中见您。因为不是您经常教我每做一件事都要有毅力，都要从细节做起，都要善于从过程中总结经验，都要与同事、团队一道齐心协力、吃亏而为，可能我就不会有今天的成功。虽然我没有惊天动地的壮举和值得骄傲的业绩，一样平凡得如小草白云，但我却收获了我追求成功的过程，经历了向上的艰难和前进的曲折，走过了一条自强自立、舍力拼搏、无怨无悔的阳光之路。所以，在通过自学拿到研究生毕业文凭的时候，在梦里我告诉您我终于圆了我的学业梦；在单位评比受到嘉奖记功的时候，在梦里我告诉您我一直都努力工作；在工作30年50岁知天命的时候，在梦里我告诉您我能与人为善、诚实守信、淡泊名利。我想虽然您远在天堂，却也一样可以分享儿子成功的喜悦，看到儿子前进的步履。

妈，在疲惫的时候我想在梦中见您。因为在我工作遇到困难、感受压力的时候，我可以将心中的委屈和不平向您倾诉，向您撒娇，向您表达自己的懦弱和不自信，然后拾起您鼓励的话语，稳定自己的心情，调整浮躁的心态，鼓起继续前行的勇气，重新上路。所以多少次当我准备放弃的时候，多少次当我气馁灰心的时候，多少次当我疲惫快要倒下的时候，我都想在梦中见您，我都会在梦中见到您，因为只要躺在您梦幻的怀里，我就会浴火重生，恢复斗志和勇气，而后又重新背起生活的行囊，继续做一个敢负责任、有益社会的人。

妈，在困惑的时候我想在梦中见您。因为无论是工作还是生活，我都有迷茫和困惑的时候，我都有偏离方向和定力不准的时候，生活中的一个小插曲，工作中的一个小失误，如果不能及时得以修正或调整，就可能谬之千里。我想，正是您的微语大理，才使我克服了工作急躁粗心、方法简单的毛病，慢慢变得沉稳；正是您的母恩如书，才使我稳住了家庭的小舟，让这叶小船温馨安定，避免了风风雨雨；正是您的诚信如山，才使我养成与人为善、诚信守诺的品行，有一群患难与共的兄妹，有一帮同心协力的同事，生活得有方向，前进得有动力。

妈，在嫁女的时候我想在梦中见您。告诉您，您一手带大的孙女如今大学毕业了，参加工作了，谈恋爱了，准备结婚了。从她的牙牙学语到健康迈步，从她的片言知读到学业有成，无一不浸透着您的心血和操劳。我没有忘记您在清冷的晨风中，牵着垚垚的小手走在上学路上躯偻的身影，更不会淡忘您在夕阳西下的余晖中，背着女儿的书包蹒跚晚归的脚步，是您牵着垚垚的衣襟长大，是您呵护着孙女的冷暖；是您替代了我本来的辛苦，是您不仅养育我还养育您孙；是您尝尽了生活的苦却给了儿孙的甜，是您遮挡了风雨却留给了儿孙平安。如今儿孙已长大，到了能牵着您的手走过春秋冬夏的时候，而您却与我阴阳两界，我们只能在梦中见您，与您倾诉……

妈，您听见了吗？您知道儿孙想您吗？您看见了那开在夜空灿烂的烟花吗？或许我不再为您专写祭文了，但我的文字里永远有您的痕迹；或许我也将慢慢老去，但我永生都忘不了您的养育之恩；或许我回家的次数少些了，但再遥远的路也挡不住我清明为您扫墓的脚步；或许我什么想法都没有了，也断不了我想在梦中见您的念头。因为，母爱无限；因为，母恩如海。

　　7年了，妈，想您的山路不远，念您的恩情永久，愿天堂的您也常回家看看您那满堂的儿孙。

2016 年清明节前于张家界

婉媛如烛

　　人的缘分是上天注定的，要不然在匆匆流年和茫茫人海中，怎么就一定会遇见那个一生相依相伴的她？所有的同学和老乡都羡慕我，都说我命好，找到了一个贤惠善良的好妻子，旺夫兴业，忠诚勤劳。

　　风雨之路结同心。我和婉媛最初相识于官地坪三中，当时我家境贫寒，父亲病故，是班上最窘迫的学生之一。婉媛转学插班到我们班上，她家庭条件好，父亲是村支部书记，哥哥、姐姐还是国家干部，典型的公主。或许是有时老师总是拿我的作文当范文，又或是考试我总排在前三，婉媛记得了有我这样一个同学。但那时我们都很单纯，不像现在一些学生早恋，心里唯一的想法就是读好书，走出大山，吃上国家粮，哪怕当个矿工都行。所以我俩并不熟悉，甚至都没什么印象，一直到高中毕业，都没有说上几句话。可世事弄人，高考我们都榜上无名，却又逢政府部门和财税部门招录聘用制干部，婉媛考上了的政府部门去乡政府当上了妇女主任，我也考上了财政部门，去乡镇财政所当上了会计，同时披上了聘用制干部的身份，被分配到边远的乡镇。兜兜转转，分分合合，在1984年的全县三级扩干会上，我们两人再次相遇，从此我俩先鸿雁传书，相互慰问鼓励，成为知己；后是跋山涉水，倾诉爱恋深情，成为恋人。只要有时间，就风雪无阻，海誓山盟，总有说不完的话、叙不完的情。就在我自学大学毕业的1986年国庆节，婉媛毅然决然，不顾她母亲的反对，与我牵手走进了婚礼的殿堂，成了我的爱人。原本平行的两条线从此融合成一条线，携手同心，耳鬓相磨，风雨共担，一路铿锵。

　　胜似女儿不像媳。婉媛初嫁于我，多少还有点公主脾气，因为她家庭条件好，生活优越感强，有些时候要求高，开销大手大脚。而我出身贫寒，条件不好，生活过得紧紧紧巴巴，剩菜剩饭总舍不得丢，特别是我妈勤俭持家一辈子，更是看不惯浪费奢靡。记得有一次我妈给孙子炒蛋炒饭，一不小心多酌了点酱油，饭就变得黑乎乎的，不是很好看，但妈一尝觉得还行，就没舍得倒，喂孙子吃。婉媛下乡回来看见饭黑乎乎的，就说了句"饭都炒煳了就不吃了，再炒点喂"，这下闯祸了，我妈大发了一顿脾气，几铲把饭撒到水沟，和婉媛吵了一架，说婉媛看不起她，帮着带孙子熬更守夜还没得个好，要回乡下去。婉媛觉得也很委屈，又没说什么，还落得个不知好歹。后来还是我急急忙忙从城里赶到乡政府劝解，婉媛主动向妈道了歉，婆媳才熄了火。也就是通过这一场吵，妈妈也认识到了自己老观念、老习惯、老眼光的不足，婉媛更是知道了理解老人、主动沟通、尊重长辈的重要性。以心交心，以心换心，后来我们一家从乡里到城里，从县里到市里，一起生活了23年，婉媛再也没和我妈拌上半句嘴。妈每天做好饭，就听着楼梯上的脚步声，直到婉媛的脚步响了，妈便起身开门"这么晚才回来，吃饭吧，菜都凉了"。关爱有加，视同己出，几十春秋，从未有变。婉媛把工资都交给老妈，一切由她老人家当家，绕其膝前，孝敬备至，用心用情，细微不忘。带她逛商场，遛公园，上北京，下海南，成了真正的母女。邻居老人都羡慕嫉妒，说婉媛对娘真好，娘生这个女值。

家有贤妻无烦忧。我对生活的要求不高，只求过得去，不求高质量，所以时常马虎随意，可婉媛就不一样，讲究整齐卫生，致力兄妹团结，看重邻里和睦。兄妹有难，她第一个应急，从不推诿退让。邻里有事，她第一个帮忙，出钱帮物，全热心肠。家里上下内外，她打扫收拾得整整齐齐，一尘不染，随时都达到四星级状态。所以我平常都不用管家里的大事小事，一切由老妈老婆当家，一心工作，心无旁骛。也正是家有贤妻，我才一路向前，工作上虽不能说是仕途通达，可也能轻车熟路，游刃有余，偶有建树，平安退休。

危难之时见真情。有人说爱情会随着婚后的柴米油盐酱醋而变现实，此话不假，谁都脱不开生活而理想化过虚幻的日子，但爱在平常，爱得实在，却在婉媛身上体现无余。前不久，家里装修，我不小心从楼上跌落，造成腰椎压迫性骨折，其中有二节漂移，不得已住院手术，生活不能自理。我个头大，身体重，婉媛身材娇小，力气有限，又有洁癖，护理成了我最大的难题。我想请一名男护工照顾，可婉媛死活不同意，说什么都不放心，怕护工弄不好卫生长蛆，粗心搬动拉裂伤口，接屎担尿不及时，生怕我受委屈，硬是克制住自己生理的极限，挺着娇小的身躯，熬更守夜60多天，直到我能勉强自理。累瘦了身子，熬红了眼圈，操碎了心思，换来了我的平安度危，早日康复。如今我基本能行动了，但我知道如果没有婉媛的悉心照顾，真情保护，肯定恢复不了这么快、这么好，是婉媛帮我快速地渡过这一劫。

岁月流年，人生匆匆。随着婚龄的增长，特别是结婚有了女儿后，我太多的关心都转向了女儿，太多的重点都流向了工作，太多的时间都忙于了应酬，忘了山盟海誓，丢了几多承诺，淡了保护关怀。殊不知载着生活的负荷一路伴我前行的婉媛，如今已至耳顺之年，鬓生华发。她这一辈子，心中只有丈夫，只有女儿，只有老妈，唯独没有她自己。

婉媛如烛，照我前行，成我家业，佑我平安，孝我父母，敬我同怀。如今，我已衰老，君也苍颜。但只要心中有暖，就会岁月不寒。我将视你如烟，永含唇间，君若安好，便是晴天。

2023 年 9 月于张家界

长兄如父

　　一个人的命运，有一半是靠父母决定的，父母的境况，决定了儿时是否衣暖食饱，及时入校，无忧无虑。而另一半则是靠自己的打拼和努力，孜孜以求，在学业、创业、仕途等建功立业，收获成功。我的命运很好，虽出生在大山的农家，可父母靠着顽强的毅力，把我兄弟姊妹 6 人都抚养长大，教育成人。但长期超负荷的劳作，致使父亲病魔缠身，在我 14 岁那年就英年早逝，其实当年他刚进花甲耳顺。一家七口的生计，全落在了我母亲和哥姐的身上。那时，经济落后，兄妹尚小，生活十分困难，老大自然就成了家里的顶梁柱，是他让我们感觉到：虽然父亲不在了，但长兄如父，我们的天不会塌，我们的路只会越走越宽。

　　有人说，经历是一种财富，此话不假。在我与长兄厮守的如烟岁月里，是他的毅力让我遇难不惧，是他的睿智让我心有灵犀，是他的勤奋让我踔厉奋发，是他的引导让我进步不止。长兄就如同我人生路上的一盏明灯，熠熠闪耀，照我前行。

　　分家立业是裸身。农村里长大要成家立业，成家就分家，这是常规，只有立户分家才能分得自留地，在生产队独立核算工分和盈余。1975 年大哥结婚了，分家了，可大哥的分法让我至今记忆犹新。当时家里穷，除了四间瓦房，其中还有一间没装板壁外，就几口木柜、几件农具、几把木椅，还有几只鸡、一只羊，仓里仅有 30 多斤稻谷和近百斤玉米，那是我妈近几年省吃俭用的结余。当时，家有 7 个人穿衣吃饭，二哥自幼多病，要吃饱穿暖确实得精打细算。记得嫂子嫁入我家的第一个冬天，我们围在火坑一起开家庭会，妈妈把分家的想法告诉大家，说是分两间房、15 斤谷、30 斤玉米、半坛油给大哥，嫂子的嫁妆当然全部归嫂子，另加两只鸡。生产队年终结算后分三分之一给他。当时大哥是生产队最主要的劳动力，挣的工分最多。大哥发言说："粮食我不要，房子我住没装板壁的那间，你们人多，我才两个人，很容易就能过日子。"结果大哥就是裸身分家立业，第二天请人用竹子夹了板壁，用石头黄土垒起了灶膛，把所有的粮食和好的住处全都留给了我们。其实后来，大哥一有点剩余的钱粮，就交给我妈，接济我们，仅是名义上的分家。后来在大哥帮助下，我们长大了，姐妹出嫁了，我和妹也端上了"铁饭碗"。大哥靠着勤耕苦作，先是成了村里的万元户，后又成了林业员、村主任，最后被转招为林业职工，也吃上了国家粮。有予才有得，有舍才有得。当时大哥肯定想不到会有这样的结果，可就是他的无私、他的勤苦、他的宽宏，注定他必然有一个好的结局。真爱风雨牵紧手，真难相帮知暖寒。因果相应，不仅是佛语，而是真理。

伐薪烧炭中里村。记得那是大集体时代末期，生产队可以让极少数人外出搞副业，然后上交一定的款项给集体。只要肯吃苦，搞副业的还是可以留下点小头补贴家用。为了让一大家过得好一些，为了给二哥治病、我和小妹能上学，大哥毅然决定外出搞副业，去离家150多里远的中里大队北山烧炭。北山方圆百里无人烟，常有野猪、毒蛇出没，人迹罕至。他就在那样的群山中择了一个避风凹地，用一把柴刀、一柄斧子、一把锄头，开辟了一条简易山道，用山石和黄土筑起炭窑，开始伐木烧炭。我是放了寒假去跟他搭伴当帮手的，虽然只有14岁，但也足够能帮他拉锯子、齐树枝、提窑水、垒窑洞。我有时在野猪棚里躺着休息，而他则是早上天刚麻麻亮就起床，晚上十一二点才休息，砍树、锯断、劈开、装窑，手上磨起血泡，脸上满是挂伤的血印，用棕裹着的双脚满是冻疮。他怕我冻着，怕我受伤，怕影响我学习，只是在特别需要帮手的时候才叫我。就这样在中里百山的野猪棚里，我和他忙了整整2个多月，烧出了一万多斤木炭，跟村里交了3000元，自己落了近500元。而就是这500元解决了我兄妹二人一年的学费，二哥的医疗费，每人添置了一件新衣，还将原用竹枝夹成的隔墙换成了木板，不再漏风过雨。年底，全家还饱饱地吃上了一顿饺子和猪肉。从那时起，我才知道天下没有免费的午餐，要想过好日子，就得不怕苦，就得吃得苦，苦尽甘来。

狗洞挖煤风儿界。我老家西莲是一个自然资源丰富的乡村，盛产木材、茶叶、烟叶，地下煤炭、铁矿等矿产也很富有。20世纪60年代，为了生产大队有积累，大队在风儿界开了个煤矿，把采出的煤卖给交界的石门县，以此来增加集体的收入。可当时采掘条件十分简陋，坑道是用原木搭撑的，洞口也仅够一个人弯腰才能进出，两条简易铁轨随着坑洞向内延伸，当时人们戏称"狗洞"，因为坑道洞口确实不大，有点类似。煤是人工用铁锹挖下再装入带有铁轮的簸箕后，用人力推出坑道的。大哥是村里的矿工。为了尽早完成生产任务，一放学我就去帮他挖煤，他在前面拉，我在后面推，两车能挡三车的重量。进去时脱掉衣物，白白净净，可来来回回，待我出来，全身都是黑漆漆的，只有两只眼眶是白的。好在坑道里不冷，我们小孩又没穿衣服，收工出了坑道，往煤矿旁边的竹筧一站，一阵泉水冲洗，身上除了几道簸勒的红印外，又是一个少年。由于我们兄弟两人同心，每年不到半月就能完成生产任务，既降低了风险，又挣得了工分。不到三年，煤矿就因为安全原因关闭了，我也再没有陪着大哥去挖煤推车。但每每想起那昏暗的油灯、狭窄的坑道、漆黑的身影，我就一阵阵惊怵，也更能理解"兄弟齐心、其利断金"的含义，也就更加珍惜兄弟姊妹一生的情分。

牛绳牵渡昌溪河。我现在能有一个体面的工作，妹妹也能成为乡里的第一个女大学生，这都与大哥分不开。如果不是他忘我无私的鼎力相助，我们肯定谈不上读完高中，最多上完初中就会辍学回家。他不仅给了我们经济上的帮助，使我们在学费、生活费上无后顾之忧，而且不时给予我们精神上的鼓励，激励我们学本领、强自信。我们当时上高中，要到区政府所在官地坪，不通班车，爬山涉河100多里，经常是早上四五点从家里出发，晚上八九点钟才能赶到学校，一遇到雪天雨季，他就得送我们过河，送我们过雪地，以免发生危险。记得有一次我们刚到人潮溪的昌溪河，天上暴雨如注，山谷阴风怒吼，本来不大的小河一时浊流滚滚，涛声震天。我和妹妹蜷缩在河边，一阵阵惊怵。他仔细查看了一阵后，去旁边的张家借来了一根套牛绳，一头拴牢在河旁的一棵柳树上，一头拴在自己的腰里，蹚着迅猛齐肩的河水，冒着生命危险，一步一步，小心翼翼，攀着树枝、河石，摸索着艰难地蹚过河，然后解开腰上的套牛绳，系牢在河那边的一棵松树上，再攀着套牛绳，返回到这边。再将我背在背上，让我牢牢地箍住他的颈项，然后他攀着绳子，把我背过河去。就这样，他来回 4 次，才把我和妹妹及上学吃住的东西渡过河。雨水、汗水湿透了他全身，脚上也被坚硬石头划了无数道印子，咧着口，渗着血。待收拾好东西，他说了声"耽搁了一个多小时，攒劲赶路，别迟到了"。没有半点抱怨，没有半点迟疑，依旧挑起地上的行李，冒雨前行。如今，乡里修上了水泥路，人们再也不用跋山涉水，可每每开车经过昌溪河，我都会停车凝望那棵柳树，凝望那段河流，凝望那户人家，都会浮现当时大哥冒雨涉险送我们泅渡上学的情景。大哥的泅渡困苦了自己，成就了我们。其实，人生就是在泅渡，一次次的泅渡，一步步的成长，一次次的感悟，一点点的回报，把自己奉献给事业，把热情回馈给社会。

少时只觉哥肩宽，耳顺才懂世事艰。回望兄弟过往路，方知长兄如父般。如今，父母已离世多年，嫂子也撒手人寰，留下了的大哥今年七十有三，发白了，腰驼了，眼花了，但我深知，有你在，我们的家就在，我们的根就在，我们的兄弟姊妹情就在。随着岁月的终始轮回，这份亲情、这份呵护、这份缘分，将更加弥久沉香。

感谢曾经，兄弟一道的经历让我懂得了做人，学会了忍受，培养了毅力，历练了意志，促进了成长；感恩兄长，长兄无私的义薄让我赓续了奉献，养成了良习，成就了学业，走出了大山。有你，我们不会孤单，有你，我们奋力向前。

2022 年 12 月于西莲

别是伤痕

　　谁都知道天下没有不散的宴席，但是，许许多多的人却不愿意话别，其实不然，别虽然是伤痕，但同样是一首荡人心扉的歌。为此，我们又何必在意那小小客站里的一次次相聚？明明知道留下的尽是伤感，我们又何必太在意人间的怨恨是非？人不必太多地计较名利，而是需要勇敢地去探索、去追求、去搏斗、去献身。这样，你就不会醉倒在小小的客站里而空叹人生的悲悯，这样，你就不会让时间的十二朵水仙花，在名利中凋零，这样，你一定就有所收获。

　　不是一句话就能唤来温馨的，也不是一支烟就能凝结伤痕的，当然，更不是用一杯美酒就能把这潮涨潮落的世间磨平。因此，实实在在的爱情不一定都要轰轰烈烈，而是在于瓜熟蒂落，要不它一定为爱的谎言所迷惑；实实在在的为人不一定都要财盈官高，而是在于心存高远，要不然他一定为名利所引诱，最终落得一个空空荡荡。所以，别怨失败，别记伤痕，只要自己能正确对待失败和伤痕，只要自己能持久不息地勤奋耕耘，既是伤痕也是一首动听的歌。

　　没有别离就没有相逢，没有伤痕就没有期盼。就让名随缘、利随缘，爱也随缘吧！人生的道路上失败的人多，成功的人少，所以成功了不必欢呼雀跃，失败了也不必耿耿于怀，而要看开些，实实在在找原因，从头再来，精诚所至，金石为开，最终必然会获得成功。

2003 年 9 月

（载《张家界日报》2003 年 9 月 9 日）

画　像

　　我爸是一个极其平凡的农民，山里生山里长，书读得不多就几天私塾，却是大山里的一个农家好把式，活样样都拿得起。也许正因为此，我妈才嫁给他。我家八口人的日子在十年困难时期也能勉强过得去，哥姐还都读了个初中毕业。14岁那年，强壮的父亲终因长期超负的劳动而积劳成疾，过早地离开了他耗尽一生心血的家，撒手人寰。在办理他后事的时候，我们才发现也才知道爸为了省几个铜板供儿女念书，居然连一张照片也没留下，却留下了我们一生也弥补不了的遗憾。因为当时除了读书我们偶尔也能吃到几粒水果糖，而当时照一张照片就四角五分钱。

　　为了弥补我们的遗憾，寄托我们的思念，妈叫我花20元钱，请当时一中最好的美术老师给他画了一张半身像：古铜色的脸上，颧骨稍稍外凸，浓眉大眼，国字状脸，双目炯炯有神。满嘴胡须又粗又黑，嘴巴微微张合，隐约可见一对被草烟熏黄的虎牙，一头发白的短发，被一条青丝手巾捆住，显得干练、精神。额头几道深深的纹沟，浓缩了他一生的风风雨雨和喜怒哀乐。画中的他穿一件老式青卡几布棉袄，我记得那是他最好的衣裳。画好了像，我又到照相馆特地买了一个相框，将画像装进去，安好玻璃，然后回到家，将它交给了母亲。妈妈如获至宝，将它挂在他俩当初结婚的东厢房里，成了她熬寡守贞漫漫长夜中的一盏不灭灯。

　　如今，这画像在我妈的老屋里挂了21年，相框已经陈旧了，像纸也已发黄，可却没有一丝灰尘，画像中的爸爸用他永远深情的目光注视着他风雨相濡的妻子和令他牵肠挂肚的儿女。她就是在他鼓励的目光中克服一个个难关把我们拉扯大的，我和小妹也在他鼓励的目光中走出了大山。去年，我在单位集资买了一套房后，回乡把已 62 岁的老妈接进城居住，说是让她享几天"清福"，看看外面的世界，俨然"风光"一下，她什么也没带，唯独带了那张 20 年前父亲的画像。她喃喃地说："有好事不能忘了他，哪怕他现在什么也不知道，什么也都看不见。"

山道弯弯，颠簸甚多。我一路小心翼翼地抱着父亲的画像，什么也说不出来，只觉得心里酸溜溜的、沉甸甸的。但妈却用她那博大、真挚、朴实、温暖的胸怀，向我们诠释了"岁月有痕、爱情如歌"这句话，因为她最重要的事就是爱她的丈夫和儿女，她用爱铺平了现实的坎坷，拓展了生存的空间，熨平了欲望的沟壑。这便是妈留给儿女的，也是妈做得最好的。

2001 年 2 月于桑植

花落有声

很多人赏花开、嗅花香、赞花艳，但少有人去静观花落。昨晚饭后闲步，沿澧水北岸踏歌而行，一路看见樱花飘落，着实浮想联翩。其实花落有声，差的是你是否用心去听、用心去品、用心去悟。花落百姿，姿姿让人惊魂；落英片片，片片花骨傲世。花谢花落韵犹在，花骨花魂令人敬。

在飘落的花红中，梅花的落声是最壮烈的。在寒风飘雪中，一朵朵梅花或火红、或绛紫、或乳白，挂在枝头，傲着风雪，丝丝不绝地传送着阵阵梅香，让人在嗖嗖的寒意中感受着温暖。可就是在它无私传递温馨的时刻，一朵朵红瓣伴随着雪花飘落在雪地里、冰凌上，默默地，静静地，一丝不苟地，红白相间，一片片，一层层，最终化了白雪，淡了红颜。难怪有诗云："梅花爱雪雪不知，开在雪中做情痴。芳心醉落三千瓣，片片香魂皆成思。"

相对于寒梅，桃花的落声是所有落红中最为热烈的。它在早春中最先爬上枝头，在桃叶吐绿前就急不可待地生出花蕾，两夜春雨，三阵春风，便如一片片红云落在山边溪旁、桥头地角。桃花红得醉人，艳得心跳，是女人的喜花，更是男人的宠幸。所以才有崔护"去年今日此门中，人面桃花相映红。人面不知何处去，桃花依旧笑春风"的绝句，才有桃花运、桃花扇、桃花潭的传说。然一阵春雷、一场春雨，桃花便被风吹雨打，红英点点，散落一地，化作春泥，静待轮回。故诗人周朴道："桃花春色暖先开，明媚谁人不看来。可惜狂风吹落后，殷红片片点莓苔。"

在所有的落花声中，唯有梧桐的落声是最伤感的。一树树、一簇簇、一朵朵梧桐花，肃立在清明前后的细雨里，如诗般地话着相思，如梦般地诉着往事，任凭清风摇动后，随着细雨"滴滴答答"，洒满一地。"花落梧桐风别